GERHARD LOIBELSBERGER
Zerrüttung

GERHARD LOIBELSBERGER
Zerrüttung
EIN ROMAN AUS WIEN IM JAHR 1933

Immer informiert

Spannung pur – mit unserem Newsletter informieren wir Sie
regelmäßig über Wissenswertes aus unserer Bücherwelt.

Gefällt mir!

Facebook: @Gmeiner.Verlag
Instagram: @gmeinerverlag
Twitter: @GmeinerVerlag

Besuchen Sie uns im Internet:
www.gmeiner-verlag.de

© 2023 – Gmeiner-Verlag GmbH
Im Ehnried 5, 88605 Meßkirch
Telefon 0 75 75 / 20 95 - 0
info@gmeiner-verlag.de
Alle Rechte vorbehalten
1. Auflage 2023

Lektorat: Claudia Senghaas, Kirchardt
Umschlaggestaltung: U.O.R.G. Lutz Eberle, Stuttgart
unter Verwendung eines Bildes von: © https://de.wikipedia.org/wiki/
Datei:Klimt_-_Pallas_Athene.jpeg
Druck: GGP Media GmbH, Pößneck
Printed in Germany
ISBN 978-3-8392-0521-1

Das ist kein Kriminalroman.
Das ist ein auf Fakten basierender historischer Roman.

Alle kursiv gesetzten Stellen dieses Buches sind Originalzitate aus den Jahren 1933, 1934 und 1936.

Mein Dank gebührt meiner Frau Lisa sowie ihrer Liebe, Geduld und Nachsicht.

*

Für Hilfe und Information bedanke ich mich bei Wolfgang Maderthaner, Kurt Lhotzky, Andreas Pittler und Martina Meyer sowie bei meiner Großcousine Elfi und meinem Großcousin Karl.

LISTE DER HISTORISCHEN PERSONEN

Marco d'Aviano
Kapuzinermönch und Berater Kaiser Leopold I. (1631–1699)

Viktor Adler
österreichischer Politiker, Arzt, Gründer der Sozialdemokratischen Partei (1852–1918)

Albrecht Alberti
österreichischer Politiker (Christlichsoziale Partei, NSDAP, Verband der Unabhängigen), Heimwehrführer (1889–1963)

Georg Maria Alexich
österreichischer Diplomat, außenpolitischer Berater der Heimwehrführung (1893–1994)

Quirinus Altmayer
Zunftmeister der Friseure (1875–1940)

Ludolf von Alvensleben
Attentäter, SS-Offizier, Kriegsverbrecher (1901–1970)

Georg Bernhard
Journalist, Politiker (1875–1944)

Karl Buresch
Finanzminister (Christlichsoziale Partei, Vaterländische Front) (1878–1936)

Gaspar Cassadó
spanischer Cellist und Komponist (1897–1966)

Rudolf Dertil
österreichischer Nationalsozialist und Attentäter (1911–1938)

Hubert Dewaty
österreichischer Politiker (Landbund, NSDAP) (1892–1962)

Engelbert Dollfuß
österreichischer autoritär regierender Bundeskanzler (Christlichsoziale Partei, Vaterländische Front) (1892–1934)

Hans Ebner
österreichischer Politiker (Heimatblock, Verband der Unabhängigen) (1889–1969)

Emil Fey
Wiener Heimwehrführer, Bundesminister, Vizekanzler (1886–1938)

Wilhelm Foerster
Astronom, Publizist, Pazifist (1832–1921)

Alfred Frauenfeld
österreichischer Nationalsozialist, NSDAP-Gauleiter in Wien, Generalkommissar der Krim (1898–1977)

Sigmund Freud
Arzt, Begründer der Psychoanalyse (1856–1939)

Ernst Glaeser
Schriftsteller (1902–1963)

Joseph Goebbels
Nationalsozialistischer Reichsminister für Volksaufklärung und Propaganda (1897–1945)

Hermann Göring
Nationalsozialistischer Politiker, Kriegsverbrecher (1893–1946)

Sepp Hainzl
österreichischer Politiker (Heimatblock, NSDAP, FPÖ), SS-Standartenführer (1888–1960)

Werner Hegemann
Architekt, Schriftsteller (1881–1936)

Ernst Heilmann
deutscher Politiker (Sozialdemokrat) (1881–1940)

Rudolf Hirsch v. Planegg
bayerischer Politiker (BVP), Physiker (1900–1974)

Adolf Hitler
deutscher Diktator (1889–1945)

Josef Holzer
österreichischer Dirigent (1881–1946)

Miklós Horty
k.u.k. Admiral, von 1920 bis 1944 autoritär regierendes ungarisches Staatsoberhaupt (1868–1957)

Alois Hundhammer
bayerischer Politiker (BVP) (1900–1974)

Erich Kästner
Schriftsteller (1899–1974)

Carl Karwinsky
österreichischer Politiker (parteilos), Staatssekretär (1888–1958)

Karl Kautsky
Philosoph, Marxist, Politiker (1854–1938)

Henriette Kern
Ziehmutter von Erich Loibelsberger (1869–1933)

Alfred Kerr
Schriftsteller, Theaterkritiker, Journalist (1867–1948)

Egon Erwin Kisch
österreichisch-tschechischer Journalist und Reporter (1885–1948)

Berthold König
österreichischer Politiker (Sozialdemokrat), Gewerkschafter (1875–1954)

Wenzel Kovanda
tschechoslowakischer Politiker, Stadtrat in Brünn (1880–1952)

Leopold Kunschak
österreichischer Politiker (Christlichsoziale Partei, Vaterländische Front, ÖVP) (1871–1953)

Prälat Hans Leicht
bayerischer Politiker (BVP), Reichstagsabgeordneter (1868–1940)

Hans von Lex
bayerischer Politiker (BVP), Landtagsabgeordneter (1893–1970)

Fritz Lichtenegger
österreichischer Politiker (Heimatblock), (1900–1975)

Erich Loibelsberger
Sohn von Rudolf Loibelsberger (1924–1933)

Rudolf Loibelsberger
Großonkel des Autors (1877–1936)

Emil Ludwig
Schriftsteller (1881–1948)

Karl Lueger
Gründer der christlichsozialen Partei, Wiener Bürgermeister (Christlichsoziale Partei) (1844–1910)

Heinrich Mann
Schriftsteller (1871–1950)

Karl Marx
Philosoph, Journalist (1818–1883)

Wilhelm Miklas
österreichischer Politiker (Christlichsoziale Partei), Bundespräsident (1872–1956)

Benito Mussolini
italienischer Diktator (1883–1945)

Odo Neustädter-Stürmer
österreichischer Politiker (Heimatblock), Staatssekretär, Bundesminister (1885–1938)

Carl von Ossietzky
Herausgeber, Journalist, Schriftsteller (1889–1938)

Anton Pfeiffer
bayerischer Politiker (BVP), Landtagsabgeordneter (1888–1957)

Erich Maria Remarque
Schriftsteller (1898–1970)

Karl Renner
österreichischer Politiker (Sozialdemokrat), 1. Nationalratspräsident, Bundespräsident (1870–1950)

Fritz Schäffer
bayerischer Politiker (BVP), Landtagsabgeordneter (1888–1967)

Johann Schorsch
österreichischer Politiker (Sozialdemokrat), Staatsrat (1874–1952)

Kurt Schuschnigg
österreichischer Politiker (Christlichsoziale Partei, Vaterländische Front), Bundeskanzler (1897–1977)

Ignaz Seipel
Prälat, Politiker (Christlichsoziale Partei), Bundeskanzler (1876–1932)

Karl Seitz
österreichischer Politiker (Sozialdemokrat), Wiener Bürgermeister (1869–1950)

Ernst Rüdiger Starhemberg
österreichischer Politiker (Heimatblock), Bundesführer der Heimwehr, Vizekanzler (1899–1956)

Richard Steidle
österreichischer Politiker (Christlichsoziale Partei), Heimwehrführer, Tiroler Sicherheitsdirektor (1881–1940)

Sepp Straffner
österreichischer Politiker (Großdeutsche Volkspartei), 3. Nationalratspräsident (1875–1952)

Julius Streicher
nationalsozialistischer Publizist, Kriegsverbrecher (1885–1946)

Josef Sturm
niederösterreichischer Politiker (Christlichsoziale Partei), Priester, Bauernbunddirektor, Landeshauptmannstellvertreter (1885–1944)

Kurt Tucholsky
Schriftsteller (1890–1935)

Josef Vinzl
österreichischer Politiker (Nationaler Wirtschaftsblock), (1867–1947)

Theodor Wolff
Schriftsteller (1868–1943)

Carl Fürst von Wrede
bayerischer Politiker (BVP), Landtagsabgeordneter (1899–1945)

Man frage nicht, was all die Zeit ich machte.
Ich bleibe stumm;
und sage nicht, warum.
Und Stille gibt es, da die Erde krachte.
Kein Wort, das traf;
man spricht nur aus dem Schlaf.
Und träumt von einer Sonne, welche lachte.
Es geht vorbei;
nachher war's einerlei.
Das Wort entschlief, als jene Welt erwachte

Karl Kraus, Oktober 1933

ZWEI TAGE IM MÄRZ

»Wenn Sie heute Ihre Brüder, die flüchtenden Bolschewiken aus Deutschland, huldvoll aufnehmen wollen, so wird die Zeit hereinbrechen, in der auch Sie wieder genau so Ihre Binkel auf den Buckel nehmen werden müssen, mit denen Sie aus Galizien* angereist sind, und werden weiter nach Süden gehen.«

Der Rede des Heimatblock-Abgeordneten Fritz Lichtenegger folgten Zwischenrufe von sozialdemokratischen Parlamentariern sowie eine Rede des steirischen Heimatblock-Abgeordneten Hainzl. Der sozialdemokratische Abgeordnete und Gewerkschafter Johann Schorsch antwortete:

»Alle Gewerkschafter wissen, dass die Gewerkschaften die Tatsache groß und stark gemacht hat, daß man durch Maßregelungen Märtyrer geschaffen hat. Durch solche Maßregelungen hat man niemals erreicht, daß eine Gewerkschaft zusammengebrochen ist, sondern dann erst justament ist die Arbeiterschaft auf dem Standpunkt gestanden: Wir lassen uns nicht unterkriegen!«

Nachdem der Landbündler Dewaty gesprochen hatte, schritt Bundeskanzler Dollfuß zum Rednerpult und verkündete, dass die Zeit zu ernst und die Situation zu schwie-

---

* Ehemaliges Kronland Österreichs. Die westliche Hälfte liegt heute in Polen, die östliche in der Ukraine. Galiziens Hauptstadt war Lemberg (heute: Lwiw).

rig sei, als dass man es auf eine Kraftprobe wie diesen Streik ankommen lassen dürfe. Die Regierung könne dem Antrag der Sozialdemokraten, keinerlei Maßnahmen durchzuführen, nicht entsprechen. Hingegen sei sie bereit, dem Antrag des Abgeordneten Leopold Kunschak zuzustimmen. Nach einer scharfen Antwort des Eisenbahnergewerkschafters Berthold König begann der Nationalrat abzustimmen. Da bei den Regierungsparteien einige Abgeordnete nicht anwesend waren, herrschte im Hohen Haus eine angespannte Atmosphäre.

Nationalratspräsident Dr. Renner gab bekannt, dass über die Anträge in der Reihenfolge, in der sie eingebracht worden waren, abgestimmt werde: zuerst über den sozialdemokratischen, dann über die beiden großdeutschen und zuletzt über den christlichsozialen. Der sozialdemokratische Antrag sowie der erste der beiden großdeutschen Anträge fanden keine Mehrheit. Dann wurde der zweite großdeutsche Antrag behandelt, der eine Ablehnung der Maßregelungen der Eisenbahner beinhaltete. Da die beiden Heimatblock-Abgeordneten Ebner und Hainzl sowie der Großdeutsche Vinzl weiße Stimmzettel abgaben, wurde der Antrag mit 81 zu 80 Stimmen angenommen. Es gab minutenlangen Applaus seitens der Sozialdemokraten. Dollfuß sah verdutzt drein, und etliche Stimmen forderten lautstark: »Demissionieren, Herr Bundeskanzler! Demissionieren!«

*

Nechyba wachte so wie an jedem Sonntag etwas später auf. Schließlich hatte seine Frau Aurelia an diesem Tag frei und musste nicht knapp nach fünf Uhr früh aus den Federn. Er wachte auf, weil er sie in der Küche herumwerken hörte. Zufrieden döste er noch einige Zeit vor sich hin, bis der Duft von frisch gekochtem Kaffee ihn endgültig weckte. Mein Gott, ist das Leben als Pensionist schön, dachte er sich, als er in seine Patschen[*] und in seinen Morgenmantel schlüpfte. Noch immer etwas tramhapert[**] schlurfte er in die Küche, gab seiner Frau, die gerade am Herd stand, ein Busserl, sagte leise »Guten Morgen« und begab sich aufs Klo. Mein Gott, dachte er sich neuerlich, was ist das doch für ein Luxus, ein eigenes WC in der Wohnung zu haben und es nicht mit anderen Mietern teilen zu müssen. Der Abort am Gang, so wie es in seiner alten Wohnung in der Papagenogasse gewesen war, war Geschichte. Zufrieden setzte er sich wenig später zu seiner Frau an den Küchentisch, wo schon ein Häferl mit dampfendem Kaffee auf ihn wartete.

»Hast gut geschlafen, Nechyba?«

Er nickte, schlürfte den heißen Kaffee und murmelte: »Und du?«

»Tief und fest. Bis du in der Früh plötzlich wie ein Walross zu schnarchen ang'fangen hast.«

»Geh, das hast sicher nur geträumt.«

»Und warum hat die Schnarcherei aufgehört, als ich dir einen Stesser[***] geben hab?«

»Ah du warst das! Ich hab' nämlich träumt, dass ich irgend so einen Ganeff[****] verhafte, und dass sich der Falott[*****]

---

[*] Hausschuhe
[**] verschlafen
[***] Stoß
[****] Gauner
[*****] Lump

wehrt. Aber wenn du das wegen meiner Schnarcherei warst, dann tut mir das leid. Hab' ich nachher wenigstens nimmer g'schnarcht?«

»Du hast dich umgedreht, und a Ruh war.«

»Siehst, manchmal kommt man nur mit Stoßen und Schubsen weiter«, antwortete er schmunzelnd. Aurelia nickte, stand auf, streichelte über sein dünn gewordenes Haar und holte sich noch ein Häferl Kaffee. Dann schnitt sie von dem am Vorabend gebackenen Erdäpfelbrot* zwei Scheiben ab, bestrich sie mit Butter, legte sie auf einen Teller und setzte sich wieder. Sie nahm eine Scheibe, biss ab und schob ihm den Teller mit der zweiten Scheibe vor die Nase.

»Da! Iss! Damit du mir net vom Fleisch fallst.«

Später, weil er gut aufgelegt war und weil er seiner Frau eine Freude machen wollte, begleitete er sie zur Heiligen Messe in die Pfarrkirche St. Ägyd in der Gumpendorfer Straße. Nach dem Gottesdienst trennten sich die Wege des Ehepaars. Er begab sich ins Café Jelinek, und Aurelia ging heim, um den sonntäglichen Schweinsbraten zuzubereiten.

Es war ein wunderbarer Sonntag. Föhn hatte die Schleier des morgendlichen Nebels zerrissen, und Nechyba verspürte an diesem 5. März zum ersten Mal, dass der Frühling nahte. Auf seinem Spaziergang atmete er mehrmals tief durch und empfand eine tiefe Zufriedenheit mit Gott und der Welt. Im Café Jelinek griff er zur Arbeiter-Zeitung, las die Schlagzeile *Aus der Eisenbahnerkrise – eine Parlamentskrise*. *Alle drei Präsidenten des Nationalrates legen*

---
* Kartoffelbrot

ihre Mandate nieder und runzelte die Stirn. Nach einem Schluck Mokka begann er zu lesen:
Die Krise, die durch den Entschluß der Regierung, die Eisenbahner wegen des Proteststreiks vom 1. März zu maßregeln, ausgebrochen ist. Ist gestern zu einer schweren Krise des Parlaments, zu einer wahren Staatskrise geworden. Die Regierungsparteien sind in der entscheidenden Abstimmung unterlegen; der Nationalrat hat mit einer Mehrheit von einer Stimme einen Antrag angenommen, dessen Sinn es war, daß wegen des Streiks keine Maßregelungen erfolgen dürfen. Unzählige Male haben die Regierungsparteien ihren Willen nur mit einer Mehrheit von einer Stimme durchgedrückt. Da sie gestern mit einer Mehrheit von einer Stimme unterlegen sind, wollten sie sich dem nicht fügen und versuchten Winkelzüge, die das Parlament geradezu gesprengt, die dazu geführt haben, daß alle drei Präsidenten des Nationalrates ihr Amt niedergelegt haben, so daß zur Stunde nicht einmal feststeht, wer jetzt überhaupt noch berufen ist, den Nationalrat zu einer neuen Sitzung einzuberufen!

Nachdem Nechyba den vier Seiten langen Bericht über die skandalöse Nationalratssitzung gelesen hatte, brummte er:

»Wenn das der Dollfuß und seine Regierung nicht ausnutzen werden ...«

Herr Engelbert, der Kellner des Café Jelinek, der sich gerade an Nechybas Tisch vorbeibewegt hatte, hielt inne und grantelte:

»Gehen S', hörn S' auf mit dem Politisieren!«

»Wer politisiert denn? Ich habe nur eine Befürchtung geäußert.«

»Ihre Befürchtung teile ich durchaus. Aber trotzdem: Hörn S' auf mit dem Politisieren. Es bringt nix. Der Bundeskanzler tut sowieso, was er will. Oder besser gesagt das, was der Heimatschutz und deren Führer ihm einflüstern. Sie werden sehen, über kurz oder lang werden wir in einem faschistischen Staat leben ...«

Nechyba ließ die Zeitung sinken und war fassungslos. Er wollte nicht glauben, dass der Nationalrat sich selbst durch den Rücktritt aller drei Nationalratspräsidenten handlungsunfähig gemacht hat. Der Artikel endete übrigens mit folgenden Worten:

Damit war die Weiterführung der Sitzung unmöglich geworden. Die Sozialdemokraten erhoben sich und riefen: Neuwahlen! Sofort Neuwahlen!

Als er das Wort Neuwahlen las, fiel ihm ein, dass heute ja der 5. März war und in Deutschland Wahlen stattfanden. Ihm schwante Übles. Er trank seinen Mokka aus, stand auf, zahlte und ergriff die Flucht. Gejagt von üblen Befürchtungen, die sowohl die Parlamentskrise in Österreich als auch die Wahlen in Deutschland betrafen, eilte er heim zu Aurelia. Zu einem Schweinsbraten, von dem er hoffte, dass er ihn von seinen düsteren Gedanken ablenken würde.

*

Uiii! Der Herr Vater ist böse. Sehr böse. Jetzt hat er ein Bierkrügl an die Wand geschleudert. I hab' mich geduckt, weil so viel Splitter umadum* g'flogen sind. Das Bier rinnt jetzt

---
* herum

die Wand herunter. Uiii jegerl! Die Frau Mutter blazt* und holt einen Fetzen** zum Aufwischen. Der Herr Vater brüllt:
»Wannst net sofort zum Blazn aufhörst, zertrümmer ich die Kuchlkredenz!«
»Net die Kredenz! Bitte net die Kredenz, das is a Erbstück von der Oma.«
»Hör ma auf mit der g'schissenen Oma! Oma! Oma! Immer die Oma! Ich kann den Blödsinn von der Oma nimmer hören. Wannst noch einmal Oma sagst, zerleg i die ganze Kuchl.«
Jetzt hat sich die Frau Mutter hingekniet und wischt das Bier zamm. Der Herr Vater gibt ihr an Stesser, und sie hockerlt sich in die Ecke. Schlagt die Händ' übern Kopf zusammen. Sie hat Angst. I hab auch Angst, aber i will sie net allein lassen. Der Herr Vater brüllt:
»Die schwindliche Familie! I halt die ganze Packlrass*** nimmer aus! Die Oma! Der Opa! Die Mizzi Tant' und die ganzn andern Oaschg'sichter! Hör ma auf mit dieser Mischpoche. Da! Da schau den Buam an! Kasweiß is er im G'sicht. Und wer is schuld? Du! Weilst ihn immer so verzärteln tust. Da! Da schau ihn an! Das is ka Bua, des is a Seicherl****! Das hast du aus ihm g'macht!«
I halt den Herrn Vater nimmer aus. Bevor i mir vor Angst in die Hosn mach, renn i ausse auf die Straßn.

*

---

* weinen
** Lappen
*** Familie (despektierlich)
**** Memme

Als Nechyba am nächsten Morgen das Café Jelinek betrat, lag auf einem Kaffeehaustisch die aktuelle Kronen-Zeitung. Deren Titelseite zierte nicht, wie es sonst üblich war, ein Bild. Stattdessen sah er Riesenlettern, die den Betrachter förmlich anzubrüllen schienen:
Große Wahlerfolge der Nationalsozialisten.
6 Millionen Stimmen und 90 Mandate gewonnen.
Die Kommunisten empfindlich geschwächt.
Sozialdemokraten und Zentrum behaupten ihren Besitzstand.
Parlamentarische Mehrheit für Hitler gesichert.
Es dämmerte ihm, dass er gerade eine Zeitenwende miterlebte. Nach diesem Wochenende würde in Europa nichts mehr so sein, wie es war. Nechyba griff zur Kronen-Zeitung sowie zur Arbeiter-Zeitung, setzte sich in seine Stammloge und begann zu lesen. Plötzlich hörte er Herrn Engelberts Stimme:

»Wie üblich einen doppelten Mokka, Herr Ministerialrat?«

Nechyba schreckte aus seinen Gedanken hoch und grantelte:

»Ja. Und bringen S' mir separat einen doppelten Cognac.«

Als Herr Engelbert die Getränke serviert hatte, bemerkte er beiläufig:

»Gar net schlecht ... einen doppelten Cognac zum Gabelfrühstück ... na dann prost!«

Nechyba funkelte ihn an und replizierte:

»Den brauch i, weil mir sonst das Frühstück wieder aufkommt.«

Dann deutete er auf die Titelseite der Kronen-Zeitung. »Da! Da! Lesen S' das! Da wird einem speiübel. Sechs Millionen Stimmen und 90 Mandate haben die Nazi gewonnen! Es ist zum Speiben* ... zum ...« Herr Engelbert unterbrach ihn mit einer unwirschen Handbewegung. In barschem Tonfall beschied er dem Gast: »Hören S' auf mit dem Politisieren!«

*

Später am Nachmittag, als er von seinem Chef abgelöst und aus dem im Pfandhaus erstandenen Smoking heraus- und in seine Alltagskleidung hineingeschlüpft war, ging Engelbert Novak das Gespräch mit dem Ministerialrat Nechyba nicht und nicht aus dem Schädel. Als ehemaligem Rotgardisten machte ihm die politische Entwicklung natürlich auch große Sorgen. Dass Deutschland nicht mehr zu retten war, hatte er seit dem 30. Jänner des heurigen Jahres befürchtet. Damals war Hitler mithilfe der Zentrumspartei zum deutschen Kanzler gewählt worden. Dass Hitler aber keine Zeit verstreichen ließ und nun bei den von ihm angezettelten Neuwahlen über 40 Prozent der Wählerstimmen gewinnen würde, hatte er nicht erwartet. Seit Anfang Februar waren viele deutsche Genossen und Genossinnen in sogenannte Schutzhaft genommen worden. Vorgestern bei der Wahl hat es vor vielen Wahllokalen Patrouillen von SA und SS gegeben.

»Wirklich freie Wahlen waren das sowieso nicht mehr«, seufzte Engelbert Novak, als er draußen vorm Café in der

---
* kotzen

frischen Luft stand. Er zögerte kurz und überlegte, ob er heimgehen oder noch auf ein Bier in seinem Stammbeisl* vorbeischauen sollte. Er entschloss sich für Letzteres. Schließlich wollte er den üblen Geschmack, den er nach seiner ganzen Grübelei am Gaumen verspürte, hinunterspülen.

*

Es war ein trüber Morgen. Das Außenthermometer zeigte etwas über null Grad an, und Rudolf Loibelsberger steckte der Kater vom Vorabend in den Knochen. Aufgewacht war er, weil ihn fürchterlicher Durst quälte. Nachdem er ein großes Glas Wasser hinuntergestürzt hatte, schlüpfte er ins Gewand, das vorm Bett am Boden verstreut lag. Es roch nach kaltem Zigarettenrauch, schalem Bier und Gulasch. Ekel überkam ihn. Diese Mischung erinnerte ihn an die unsägliche Diskussion, die es gestern Abend im Wirtshaus gegeben hatte. Durch sein benebeltes Hirn hallten die Kommentare über die aktuelle politische Situation wider: »Der Hitler g'hört her. Auch bei uns. Zeit wird's.«
Diese vom Schlosser Hradek in die bis dahin friedliche Stammtischrunde geknurrte Bemerkung hatte die Emotionen hochgehen lassen. Als sich der Schuster Lechner und der Trafikant Wasnigg dieser Meinung anschlossen, war ihm der Kragen geplatzt, und er hatte laut und deutlich dargelegt, dass die Nazi bisher nichts außer Unruhe und Terror zustande gebracht hatten. Und dass ihm persönlich der Hit-

---

* Stammkneipe

ler mit seiner komischen Gatschwelle* sowie dessen Kompagnon, der feiste Göring, zutiefst zuwider waren. Daraufhin hatte ihm Hradek an den Kopf geworfen, dass der Millimetternich** ja auch nicht der geborene Sympathler sei. Ein Wort gab das andere, und ein Krügel folgte dem nächsten. Er erinnerte sich dunkel, dass ihm das Argumentieren immer schwerer fiel und dass es ihm irgendwann gereicht hatte. An sein Heimkommen erinnerte er sich nicht mehr. Auch daran nicht, wie er ins Bett gekommen war. Erstaunt hatte er jetzt festgestellt, dass er in der Nacht noch das Gewand ausgezogen hatte, bevor er umgekippt und in einen unruhigen Schlaf gefallen war. Mit zittrigen Fingern kochte er Kaffee. Er machte das wie die Türken, indem er Kaffee und Zucker vermischte und mit Wasser aufkochte. Er überlegte, ob er auch Kaffee für seine Frau zubereiten sollte. Wo war sie überhaupt? In seinem benebelten Zustand hatte er zuvor gar nicht darauf geachtet, ob sie im Ehebett lag oder nicht. Er tapste zurück ins Schlafzimmer und sah, dass ihre Seite des Bettes zerwühlt, aber leer war. Er kratzte sich den brummenden Schädel, wankte zum Kabinett, wo der Bub schlief, öffnete die Tür und sah, dass seine Frau zum Buben unter die Decke geschlüpft war. Beide schliefen tief. Leise schloss er die Tür, begab sich zurück in die Küche und goss sich ein Häferl dampfend heißen Kaffee ein. Am Küchenfenster stehend, sah er in den Hinterhof hinaus und schlürfte das heiße Gebräu. Nachdem er es geleert hatte, stellte er das Häferl aufs Fensterbrett, nahm den Tabakbeutel aus

---

* Schmalzlocke
** Ein Spitzname, den die Nazi Dollfuß aufgrund seiner geringen Körpergröße (1,50 m) gegeben hatten.

der Hosentasche und wuzelte* sich eine Zigarette. Seinem Zustand entsprechend geriet sie ziemlich krumm, doch das störte ihn nicht. Was ihn aber störte, war, dass die Blätter einer Zeitung, die der Wind am Vorabend herumgewirbelt hatte, überall im Hof verstreut lagen.

»Sauerei«, murmelte er und zwang sich, in seine Strickweste und in die Schuhe zu schlüpfen und hinauszugehen. Als Hausmeister duldete er im Hinterhof keinerlei Unordnung. Draußen empfing ihn feuchtkalte Morgenluft. Beim mehrmaligen Bücken und Aufheben des Papiers rutschte seine Hose nach unten, sodass ihm die Kälte beim Maurerdekolleté in die Hose kroch. Als er alle Blätter eingesammelt hatte, schlurfte er zum Koloniakübel**, um sie wegzuschmeißen. Doch da stach ihm eine große fette Überschrift ins Auge:
Angriff auf die Freiheitsrechte
Die Regierung hebt Versammlungs- und Preßfreiheit durch Verordnung auf.

Rudolf Loibelsberger stutzte. Er kratzte sich die Bartstoppeln, zögerte kurz und tapste dann mitsamt der eingesammelten Zeitung zurück in seine Wohnung. Dort braute er neuerlich Kaffee, diesmal nicht nur für sich, sondern auch für seine Frau sowie einen Kathreiner Malzkaffee für seinen Sohn. Die Häferln brachte er ins Kabinett und weckte beide sanft. Schließlich war es Viertel nach sieben, und der Bub musste aufstehen und in die Schule gehen. Anschließend strich er den beiden jeweils ein Butterbrot, das er ihnen ans Bett brachte. Dann setzte er sich an den

---

* drehen
** Mistkübel

Küchentisch, wo er sich neuerlich eine Zigarette wuzelte und anzündete. Er nahm einen Schluck Kaffee und begann den Leitartikel der zuvor eingesammelten und noch immer etwas feuchten Arbeiter-Zeitung zu lesen:

Um ½ 1 Uhr nachts erfahren wir, daß die Regierung gestern eine umfangreiche Verordnung beschlossen hat, die unter anderem das österreichische Versammlungsgesetz und das Pressegesetz wesentlich abändert, die grundlegenden Freiheitsrechte der Staatsbürger angreift.

Die Verordnung »stützt sich« auf das Kriegswirtschaftliche Ermächtigungsgesetz vom Jahr 1917, auf jenes Kriegsgesetz, das die Regierung ermächtigt hat, »während der Dauer der durch den Krieg hervorgerufenen außerordentlichen Verhältnisse durch Verordnung die notwendigen Verfügungen zur Abwehr wirtschaftlicher Schädigungen und zur Versorgung der Bevölkerung mit Nahrungsmitteln« zu treffen. Auf Grund dieser Ermächtigung will die Regierung die Versammlungsfreiheit und die Preßfreiheit aufheben!

»Was soll das? Wir sind doch net im Krieg«, murmelte Loibelsberger, nahm einen Schluck Kaffee und machte einen langen Zug von der Zigarette.

Dann las er weiter:

Mit gleichem Recht könnte man auf Grund dieser Ermächtigung durch eine Regierungsverordnung die Republik abschaffen und die Monarchie wieder einführen und dies damit begründen, daß dies »zur Abwehr wirtschaftlicher Schädigung« notwendig sei!

Dabei schreibt das Staatsgrundgesetz über die Rechte der Staatsbürger, also ein wesentlicher Bestandteil unserer Verfassung, ausdrücklich vor, daß Beschränkungen der Ver-

sammlungsfreiheit und der Preßfreiheit nur durch Gesetz getroffen werden können, also nicht durch Verordnung!

Seine Frau war nun ebenfalls aufgestanden, blinzelte verschlafen, setzte sich mit Kaffeehäferl und Butterbrot neben ihn und keppelte[*]:
»Gestern hast wieder einmal einen Rausch wie ein Eckhaus g'habt. Du bist ins Bett g'fallen und hast sofort zum Schnarchen ang'fangen, dass die Wänd g'wackelt haben.«
Von ihrer Keppelei irritiert, hatte er beim Lesen den Faden verloren. Und so stieg er ein Stück weiter unten wieder in den Artikel ein:

Die Regierung hat zunächst durch eine generelle Weisung angeordnet, bis auf weiteres alle Versammlungen und Kundgebungen, auch in geschlossenen Räumen, zu verbieten. Auf Vereinsversammlungen bezieht sich diese generelle Weisung nicht, sofern nicht »unter dem Vorwand solcher Versammlungen unzulässige politische Demonstrationen zur Durchführung gelangen«. In der vermetternichten Republik[**] *sollen politische Demonstrationen »unzulässig« sein!*

Beim Lesen des letzten Satzes schluckte Loibelsberger und dachte: Jetzt wird der Dollfuß tatsächlich zu einem kleinen Metternich, zum Millimetternich. Mit flauem Gefühl las er weiter:

Dabei wird das alte Verfahren, daß der Staatsanwalt Zeitungen konfiszieren kann, also nicht eine Entscheidung des Gerichts einholen muß, wieder eingeführt! Und zum Ueberfluß werden auch schwere Strafen für die Beleidi-

---
[*] schimpfen
[**] Fürst Metternich errichtete in Österreich während der ersten Hälfte des 19. Jahrhunderts einen repressiven Polizeistaat mit Spitzelwesen und Zensur.

gung ausländischer Regierungen angeordnet! Wer also Hitler, Mussolini oder Horthy* beleidigt, kann schwer bestraft werden! Auch wer die Sowjetregierung beleidigt?

Nun stand der kleine Erich fertig angezogen neben seinem Vater, um sich zu verabschieden und auf den Weg in die Schule zu machen. Er streichelte dem Buben gedankenverloren über den Kopf und las weiter:

All das ist ein offener Verfassungsbruch, ist die Aufhebung von staatsbürgerlichen Rechten, die durch die Verfassung gewährleistet sind, ist ein Staatsstreich der Regierung! Diese Verordnung ist der erste Schritt zum Fascismus in Oesterreich!

*

Heut in der Nacht ist die Frau Mutter zu mir unter die Decke g'schlüpft. Weil der Herr Vater so laut g'schnarcht hat, dass i des sogar im Kabinett g'hört hab. Das macht die Frau Mutter dann, wenn der Herr Vater spät auf d' Nacht aus dem Wirtshaus heimkommt und b'soffen wie eine Haubitze** ist. Das hat übrigens der alte Herr Nechyba g'sagt, wie mein Herr Vater nach so einer Nacht laut umadum g'schrien hat. Das hab' ich ihn zur Etti-Tant' sagen gehört. Wobei i net weiß, was a Haubitze is. Irgendwas Großes wahrscheinlich. So groß wie die Räusche, die der Herr Vater immer wieder heimbringt. Heut' in der Früh war er ganz lieb. Er hat der Frau Mutter und mir die Kaffeehä-

---

* Miklós Horthy war von 1920 bis 1944 das autoritär regierende Staatsoberhaupt Ungarns.
** stockbesoffen

ferln und dann auch die Butterbrote ans Bett bracht. Da hab' i mi sehr g'freut. Und die Frau Mutter war ganz baff, hat net g'wusst, was sie sagen soll. Später, wie's bei ihm am Küchentisch g'sessen is, hat's aufs Neue mit ihm zu keppeln* ang'fangen. Das hab' i gar net leiwand** g'funden. Wo er doch heut so lieb war, der Herr Vater.

*

Warum muß ich so lange leiden?
Die Verzweiflungstat eines Arbeitslosen. Ein erschütternder Abschiedsbrief.

Im Salzer-Wittgensteinschen Wald bei Kalksburg wurde Sonntag ein junger Arbeitsloser aus Meidling erhängt aufgefunden. In den Kleidern des Toten fand man ein an die Redaktion der »Kronen-Zeitung« gerichtetes Schreiben, in dem ein verzweifelter Mensch in Worten voll Bitterkeit die Welt anklagt, die ihm und so vielen anderen arbeitsfreudigen Menschen keine Existenzmöglichkeit bieten kann.

Furchtbares muß der Unglückliche in den letzten Stunden seines Lebens erduldet haben. Auf dem Briefumschlag schrieb er: »Es dämmert, ich treffe Vorbereitungen zum Sterben. Aber immer gehen Leute – warum muß ich so lange leiden?«

Im Brief heißt es: »Bin gezwungen, von dieser Welt zu scheiden, da ich seit Februar 1930 arbeitslos und seit Mai 1931 ausgesteuert bin. Habe alles mögliche versucht,

---

* schimpfen
** gut

um Arbeit zu bekommen, aber vergeblich. Da ich meiner armen, guten Mutter nicht länger mehr zur Last fallen will, habe ich mich entschlossen zu sterben. Ich wollte zuerst Hungers sterben, da ich aber bei der Mutter wohnte, konnte ich meinen Entschluß, einen qualvollen Tod zu erleiden, nicht ausführen.

Ist man verurteilt sich selbst umzubringen? Es ist vier Uhr nachmittags, ich habe höchstens noch zweieinhalb Stunden zu leben. Mein Schritt wird begreiflich erscheinen, wenn ich anführe, daß meine Mutter mit vierzehn Schilling, die sie wöchentlich als Unterstützung erhält, sich selbst, mich und meine Schwester, die Kontoristin, aber gleich mir ausgesteuert ist, erhalten muß.

Sollte man mich nicht ruhig sterben lassen, dann sei verflucht, wer mich daran hindert.«

Nechyba war betroffen. Er ließ die Kronen-Zeitung sinken und starrte beim Fenster des Café Jelinek hinaus. Der Wind trieb dicke Wolkenverbände vor sich her, sodass Licht und Schatten ständig wechselten. Und als er die sich laufend verändernden Schatten beobachtete, kam ihm vor, als ob die sonnigen Augenblicke immer spärlicher und die Schatten immer mächtiger wurden. Er hatte den Eindruck, dass dieses Spiel von Sonne und Wolken ein Abbild der politischen Situation war. Schwere dunkle Wolken kämpften gegen das Licht. Ein Schauer überrieselte ihn, und er hatte die furchtbare Ahnung, dass es nicht mehr lange dauern würde, bis die Welt in Dunkelheit versinkt. Der Mokka schmeckte plötzlich extrem bitter, und er rief:

»Herr Engelbert, zahlen!«

Der Ober nickte, kam jedoch nicht. Nechyba kannte

das. Ein Wiener Ober, der sofort herbeieilte, wenn man ihn rief, hatte keine Berufsehre im Leib. Das konnte man Herrn Engelbert nicht nachsagen, und so dauerte es ein paar Minuten, bis er sich schließlich bequemte, zu Nechybas Tisch zu kommen und zu kassieren. Ein ordentlicher Ober ist schließlich kein Laufbursche, dachte Nechyba, als er das Café Jelinek verließ. Unten an der Kreuzung Gumpendorfer Straße und Hofmühlgasse stand in einem Hauseingang ein Bettler. Seine Kleidung war zerlumpt, sein Haupt gesenkt, in der Hand hielt er einen speckigen Filz, der in besseren Tagen ein Herrenhut gewesen war. Nechyba, der noch immer ziemlich aufgewühlt war, zückte sein Portemonnaie und warf einen Schilling in den Hut. Er hörte ein gemurmeltes »Vergelt's Gott …« und begab sich eiligen Schrittes heim. Der Ministerialrat i.R. sehnte sich nach der Geborgenheit seiner Wohnung, nach seinem Fauteuil und seinem Hornyphon*-Radioapparat. Auf Letzteren freute er sich ganz besonders, denn er hatte im Radioprogramm der Kronen-Zeitung gelesen, dass es zehn Minuten nach fünf ein Nachmittagskonzert gab, bei dem Stücke von Josef Lanner, Giacomo Meyerbeer und Franz Liszt gesendet wurden. Das wollte er auf keinen Fall versäumen.

*

»Herr Engelbert! Wo zum Kuckuck ist die heutige Ausgabe der Arbeiter-Zeitung?«

---
* Die Firma von Friedrich Horny bestand von 1923 bis 1934. Ab 1927 gab es die Marke Hornyphon, die bis 1971 bestand.

Der Ober, der gerade an einem Tisch im hinteren Teil des Kaffeehauses servierte, zuckte ob des lautstarken Ausbruchs zusammen. Irritiert hob er die linke Augenbraue und replizierte:

»Aber Herr Ministerialrat, ich bitte Sie. Was machen S' denn für einen Bahöö*?«

»Weil ich mich ärgere, dass die Arbeiter-Zeitung net zu finden ist.«

Herr Engelbert durchsuchte in aller Ruhe die aufliegenden Zeitungen und Zeitschriften, wendete sich dann dem Zeitungsständer zu, wo zahlreiche Blätter in Zeitungshaltern aufgehängt waren. Als er auch dort nicht fündig wurde, murmelte er:

»Die hat der Erdboden verschluckt. Lesen S' halt heut einmal was anderes.«

»Sie! Werden S' net pampig**!«

»Herr Ministerialrat, das würde ich mir nie erlauben. Das steht mir nicht zu.«

Nechyba merkte, dass er in seinem Ärger zu weit gegangen war, und bedauerte seine Äußerung.

»Ist schon gut, Herr Engelbert. War nicht so gemeint. Ich bin halt ein Häferl***. Das war ich schon immer. Aber dass gerade heut' die Arbeiter-Zeitung net greifbar ist, magerlt**** mich sehr. Ich wollt' unbedingt wissen, was sie zum gestrigen Aussperren der Parlamentarier aus dem Parlament schreibt. Angeblich hat die Regierung Krimi-

---

* Lärm
** frech
*** Choleriker
**** ärgern

nalbeamte eingesetzt, die das Parlamentsgebäude geräumt und abgesperrt haben. Was sagen Sie dazu?«

Engelbert Novak schüttelte den Kopf und sagte das, was er in so einer Situation immer sagte: »Hören S' auf mit dem Politisieren.«

Nechyba kehrte brummelnd und grummelnd zu seinem Tisch zurück. Unterm Arm das sozialdemokratische Kleine Blatt sowie die ebenfalls kleinformatige Kronen-Zeitung. Das Kleine Blatt las er normalerweise nicht so gerne wie die Arbeiter-Zeitung, die inhaltlich und intellektuell doch einen wesentlich höheren Anspruch hatte. Die eher reaktionäre Kronen-Zeitung las er wegen des interessanten Chronikteils und des täglichen Radioprogramms, dem zu Beginn jeder Ausgabe auf Seite 2 großflächig Platz eingeräumt wurde. Das Kleine Blatt verkündete am Titel:

Die Sitzung hat getagt! Trotz Polizeiaufgebot der Regierung.

Die von Präsident Straffner einberufene Sitzung des Nationalrates hat getagt.

Bis 2 Uhr nachmittags währten die Bemühungen der Regierungsparteien, die beiden Oppositionsparteien zu bewegen, auf die Sitzung zu verzichten.

Da diese Bemühungen erfolglos blieben, drohte die Regierung, den Abgeordneten das Betreten des Sitzungssaales mit Gewalt zu verhindern. 100 Kriminalbeamte in Zivil zogen aus dem Parterre des Parlaments zum Sitzungssaal, um seine Eingänge zu besetzen. Aber sie kamen zu spät! Die sozialdemokratischen und großdeutschen Abgeordneten hatten sich bereits im Sitzungs-

saal versammelt, Präsident Straffner hatte seine Erklärung abgegeben. So konnte die Sitzung ordnungsgemäß geschlossen werden.

Nechyba ließ das Kleine Blatt sinken, seufzte und war heilfroh, dass er in Pension war und bei diesem Einsatz gegen demokratisch gewählte Abgeordnete nicht dabei sein musste. Er griff zur Kronen-Zeitung, die als Titelbild wie so oft etwas völlig Unpolitisches brachte: Tänzerinnen und Tänzer sowie die Bildunterschrift *Das siamesische Schwesternpaar und die Liebe.* Darüber befand sich allerdings direkt unter dem Zeitungskopf die Überschrift: *Das Parlament von 210 Kriminalbeamten besetzt. Wie der Kampf um die Sitzung verlief.*

Aha, dachte Nechyba, jetzt sind's plötzlich nicht mehr 100, sondern 210 Kiberer[*] gewesen. Typisch Kronen-Zeitung. Alles ein bisserl übertreiben und sensationslüstern darstellen. Trotzdem blätterte er weiter zu dem Artikel auf Seite 5:

Die Sitzung wurde abgehalten und nach ihrer Beendigung verboten. Fernbleiben der Regierung und der Mehrheitsparteien. »Es war keine Sitzung des Nationalrates« – behauptet die Regierung. Der kritische Tag ohne Zusammenstoß verlaufen.

Der gefürchtete Tag ist recht glimpflich verlaufen, die schwere Krise ist ohne ernsten Zwischenfall, ohne jede Anwendung von Gewalt, ohne eine einzige Verhaftung überstanden. Zusammenfassend kann man nur über den Verlauf des gestrigen Tages sagen: Die Regierung und ihre Parteien haben im Kampf ums Parlament gesiegt, die

---
[*] Kriminalpolizisten

sozialdemokratische-großdeutsche Opposition hingegen hat die Schlacht ums Parlament gewonnen. Sieger in allen Lagern – diesen versöhnlichen Ausgang hat der Streit um ¾ 3 Uhr nachmittags genommen, der eine halbe Stunde vorher noch sehr bedrohlich ausgesehen hatte.

»Die Sitzung hat stattgefunden«, erklären die Parteien der Opposition.

»Die beabsichtigte Versammlung hat überhaupt nicht stattgefunden«, ließ die Regierung zwei Stunden nach Schluß der Sitzung mitteilen.

»So ein Kasperltheater!«, grantelte Nechyba. »Merkt der Dollfuß nicht, dass er und die Regierung sich lächerlich machen?«

Er legte die Zeitung auf den Tisch, nahm einen Schluck Mokka und verzichtete aufs Weiterlesen. Dann fiel sein Blick auf eine Überschrift der Seite 4 und er las doch weiter:

Auch im April und Mai nur Ratenauszahlungen bei den Bundesbahnen. Der Rest soll im Sommer nachfolgen.

Eine neue Hiobsbotschaft: Die Eisenbahner, denen die ratenweise Auszahlung der Märzgehälter so hart ankam, sollen auch im April und Mai nur einen Teil ihrer Bezüge zu Monatsanfang erhalten. Die Einnahmen aus dem Personen- und Güterverkehr werden nämlich bis heute von Tag zu Tag geringer, und vor der Belebung des Reiseverkehrs in der Sommersaison ist auch kein Ende dieser Entwicklung abzusehen. Andererseits bekommen die Bundesbahnen erst dann einen Privatkredit, wenn das Bundesbahnsanierungsgesetz und das Autoeisenbahngesetz erledigt sein werden. Aus diesen beiden Gründen, sagt die Gene-

raldirektion, hat sie nicht das Geld für die volle Auszahlung der Bezüge.

Im April werden die Eisenbahner nach dem Plan der Generaldirektion nur 90 Prozent ihrer Bezüge bekommen, und auch die nicht auf einmal;

30 Prozent am 1. April, die restlichen 60 Prozent am 11. und 21. April. Sollten bis Mitte April die beiden Gesetze noch immer nicht erledigt sein und die Bundesbahnen mithin noch immer keinen Kredit bekommen haben, dann werden im Mai nur 80 Prozent ausgezahlt, wobei man vorläufig noch nicht die Zahl und Höhe der Raten festgesetzt hat.

Nechyba nahm neuerlich einen Schluck Mokka und murmelte in seinen aufgezwirbelten Schnauzbart:

»Statt dass sich die Regierung um die wirklich wichtigen Sachen kümmert und Gesetze verabschiedet, die für die Menschen überlebensnotwendig sind, verfasst sie blödsinnige Erklärungen über das von ihr ausgeschaltete Parlament.«

Er starrte eine Weile voll Erbitterung in die Luft und wollte dann auf die Seite 2 zurückblättern, um das Radioprogramm zu studieren. Sein Blick blieb jedoch bei einer Überschrift der Seite 3 hängen:

Selbstmord eines akademischen Malers.

Der Sohn des Hirtenberger Patronenfabrikanten Keller vergiftete sich mit Leuchtgas.

Gestern Nacht hat sich der 34jährige akademische Maler Rudolf Keller in seiner Wohnung, 12. Bez., Gatterholzgasse 19, mit Leuchtgas vergiftet. Er war ein Sohn des vormaligen Hirtenberger Patronenfabrikanten und hat sich infolge der wirtschaftlichen Depression in großer Not befunden.

Zwischen ihm und seiner Frau kam es deshalb wiederholt zu Differenzen, die Dienstagvormittags einen größeren Umfang annahmen, so daß die Frau mit ihrem Kind die gemeinsame Wohnung verließ und bei einer Freundin übernachtete.

Als die Frau morgens ihren Mann aufsuchen wollte, fand sie die Wohnung versperrt und ließ sie aufbrechen. Sie fand dann ihren Mann im Zimmer tot auf.

Nechyba seufzte. Da er sich gerade mit dem Unglück anderer Leute beschäftigte, las er auch noch den darunter stehenden Artikel:

Ein Achtzigjähriger erhängt sich.

Das Drama eines ehemaligen Weingroßhändlers.

Gestern früh wurde in seiner Wohnung, 8. Bez., Lammgasse 10, der frühere Kaufmann Samuel Dietrichstein erhängt aufgefunden. Dietrichstein war früher ein sehr vermögender Mann. Er betrieb mit seinem Bruder eine Weingroßhandlung, deren Hauptsitz in Rumänien war, während er selbst die Vertretung in Wien besorgte. Zu der Zeit besaß er auch eine schöne Villa in der Gymnasiumstraße. Die Ungunst der Zeitverhältnisse brachte es mit sich, daß das Geschäft immer mehr niederging und schließlich aufgegeben werden mußte. Dietrichstein, der am 25. d.J. sein achtzigstes Lebensjahr vollendet hätte, hat in Branchenkreisen das größte Ansehen genossen.

Jetzt reichte es! Er schlug die Zeitung zu, schob sie weg und dachte: eine schreckliche Zeit, in der wir leben. Kein Wunder, dass sich die Leut' nach einem starken Mann sehnen, der mit dem ganzen wirtschaftlichen und politischen Pallawatsch* aufräumt.

*

Finanzminister (zum Druckereileiter): Rascher, rascher – die Bevölkerung hungert und das ist das einzige Futter, das wir bieten können.
So lautete der Text zum Titelbild der illustrierten Wochenschrift Die Bombe am 1. Jänner 1921. Aurelia kannte das Titelbild in- und auswendig. Es zeigte den Finanzminister, der neben einem Drucker und einer Druckmaschine stand, aus der sich ein nicht enden wollender Schwall an Geldscheinen ergoss. Immer, wenn ihre Arbeitgeberin Auguste Schmerda einen Anfall von Melancholie hatte, holte sie diese bereits recht abgegriffene Ausgabe der Zeitschrift hervor und starrte sie stundenlang an.

»Ach, Aurelia ... Was verdanke ich nicht alles meinem Roderich ...«, seufzte sie und schnäuzte sich in ihr Seidentaschentuch, das sie in Stunden des verdüsterten Seelenzustandes immer zur Hand hatte. Zu sagen gab es in diesen Situationen nicht viel, da alles, was es an Trost zu sagen gab, bereits unzählige Male erwähnt worden war. Aurelia erinnerte sich an jenen heißen Sommertag im August des Jahres 1925, als Hofrat i.R. Dr. Roderich Schmerda an einem plötzlichen Herzversagen verstarb. Danach war seine Frau wie paralysiert. Tagelang blieb sie im Bett liegen und starrte die Zimmerdecke an. Immer und immer wieder hörte Aurelia ihre Dienstgeberin weinen. Zum Essen

---
* Durcheinander, Chaos

musste sie Auguste Schmerda zwingen. Das gelang deshalb, weil bereits vor Roderichs Ableben Auguste immer schon das tat, was Aurelia ihr sagte. Also löffelte sie brav die Pürees, das gedünstete Gemüse und die Kraftsüppchen, die ihr die Köchin ans Bett brachte. Seit damals war Aurelia so etwas wie die Gesellschaftsdame und darüber hinaus die Busenfreundin der Witwe Schmerda geworden. Wann immer diese in Schwermut zu versinken drohte, rief sie mit leiser Stimme nach Aurelia. Diese ließ in solchen Fällen alles liegen und stehen und leistete ihrer Arbeitgeberin Gesellschaft. Es reichte meist, wenn Aurelia nur still neben ihr saß und einfach da war. Bei besonders schlimmen Schwermutsanfällen griff Auguste Schmerda nach Aurelias Hand, an die sie sich wie ein ängstliches Kind klammerte. Da aber die Arbeit in Küche und Haushalt getan werden musste, hatte Aurelia zusätzlich zum langjährigen Dienstmädchen Gerti ein weiteres Mädel engagiert, das ihr zur Hand ging. Die beiden Bediensteten erledigten die Hausarbeit und verrichteten Küchendienste. Erstaunlicherweise hatte sich die anfangs etwas patscherte[*] und dumm wirkende Gerti, im Laufe der dreißig Jahre, die sie nun schon mit Aurelia zusammenarbeitete, zu einer recht passablen Köchin entwickelt. Und so war Aurelia nach und nach von der Köchin zur Haus- und Hofmeisterin des Schmerdaschen Haushaltes geworden. Sie kommandierte nicht nur die Mädeln herum, sondern verwaltete auch die Finanzen und stand der Dame des Hauses in jeder Hinsicht zur Seite.

»Als mein Roderich damals am 1. Jänner dieses Titelbild

---
[*] ungeschickte

sah, versank er in tiefe Nachdenklichkeit. Plötzlich ist er aufgesprungen und in sein bestes Gewand geschlüpft. Ich musste ihm die Haare kämmen und mit Pomade glätten, dann ist er hinunter in die Beletage zur Hausherrnwohnung gegangen. Als er nach einer knappen Stunde zurückkam, umarmte er mich und sagte: ›Gusti, meine Liebe, ich habe gerade das Haus gekauft …‹«

Aurelia kannte diese Geschichte nur zu gut. Roderich Schmerda war damals, angeregt durch die Titelseite der Bombe und besorgt über die galoppierende Inflation, hinunter zum Hausherrn gegangen. Das war nicht mehr der alte Herr von Schlicht, sondern dessen Sohn, der Oberleutnant von Schlicht, der nach zwei Jahren russischer Kriegsgefangenschaft es gerade noch geschafft hatte, seinen Vater, Ritter Jaromir von Schlicht, wiederzusehen, bevor dieser starb. Er erbte das Zinshaus sowie ein kleines Vermögen, das er binnen kürzester Zeit verspielte. In seiner Verzweiflung beichtete er seine miserable finanzielle Lage dem Hofrat i.R. Schmerda, da dieser ein guter Freund seines Vaters gewesen war und er von klein auf zu ihm Onkel hatte sagen dürfen. Onkel Schmerda erkannte die Gunst der Stunde, kratzte all seine Ersparnisse zusammen und machte dem Oberleutnant am Neujahrstag 1921 ein Kaufangebot, das diesem die Errettung aus seiner finanziell aussichtslosen Lage versprach. Der Oberleutnant von Schlicht willigte erleichtert ein, und so trafen sich die beiden einige Tage später beim Notar, wo Schmerda die Kaufsumme hinterlegte und Schlicht den Kaufvertrag unterzeichnete. Seit damals gehörte das prächtige Zinshaus im 6. Wiener Gemeindebezirk Roderich Schmerda. Und die 1.

Jänner-Ausgabe der Bombe, die ihn zu diesem Schritt inspiriert hatte, bekam einen Ehrenplatz in einer Schweinsledermappe auf seinem Schreibtisch. Wie richtig Schmerdas Entschluss am Neujahrstag 1921 gewesen war, zeigte sich im Laufe dieses und des nächsten Jahres, als die Inflation auf 205 % und im Jahr darauf auf irrwitzige 2.877 % anstieg. Aurelia erinnerte sich, dass sie damals mit einer Einkaufstasche, die vollgestopft mit dicken Bündeln von Geldscheinen war, einkaufen ging und anschließend vom Naschmarkt mit zwei Händen voll Gemüse zurückkehrte.

*

Am selben Abend daheim bei ihrem Mann, der übrigens ein wunderbares Panadlsupperl aus alten Semmeln gekocht hatte, erzählte Aurelia wie so oft von ihrem heutigen Arbeitstag.

»Sag, geht dir das nicht auf die Nerven? Das dauernde Lamentieren und Dahinsiechen deiner Arbeitgeberin?«

»Nechyba, was redest denn da für einen Unsinn?«

»Na ja, ich hab' mir halt nur gedacht …«

»Überlass das Denken den Pferden, die haben einen größeren Kopf als du.«

»Wie wenn ich was mit Pferden am Hut hätte …«

»Ich wollt' dich nicht kränken. Aber bitte denk dich doch ein bisschen in die Situation der armen Auguste hinein. Was täte die ohne mich? Ich bin ja nicht nur ihre Köchin, ihre Hauswirtschafterin, sondern, wie sie selbst immer wieder betont, auch ihre Freundin. Und obendrein kümmere ich mich auch um die Einnahmen aus dem Zinshaus.«

Nechyba brummte zustimmend, stand auf und ging in die Speis', aus der er ein Flascherl Gemischten Satz vom Nussberg holte. Er stellte zwei Weingläser auf den Tisch, öffnete die Flasche und goss ein. Dann stieß er mit Aurelia an, gab ihr ein Bussi, lehnte sich zurück und schloss die Augen. Müde war er geworden in den letzten Jahren. Eine Alterserscheinung. Dass er nichts dergleichen bei seiner Frau bemerkte, schrieb er der Tatsache zu, dass sie um zehn Jahre jünger war. Und dass ihr der mittlerweile erworbene Status innerhalb der Familie Schmerda außerordentlich gut gefiel. Deshalb hatte er alle Hoffnungen fahren lassen, dass seine Frau jemals ihre Anstellung bei den Schmerdas aufgeben würde, so wie er es sich seinerzeit bei der Beförderung zum Ministerialrat gewünscht hatte. In einem versöhnlichen Ton sagte er schließlich:

»Der Hofrat Schmerda war wirklich ein g'scheiter Kopf. Weißt, ich hab' unlängst im Kaffeehaus in einer Zeitung gelesen, dass die Preise zwischen 1914 und 1924 um knapp das Vierzehntausendfache angestiegen waren.«

»Die Inflation war a Wahnsinn. Kannst dich noch erinnern, wie am 1. Jänner 1925 der Schilling eingeführt worden ist? Da hamma für hundert Kronen einen Groschen bekommen. Vorm Krieg hast du als Oberinspector 200 Kronen verdient. 1925 wäre dein Gehalt ganze zwei Groschen wert gewesen.«

»Ja, ja … Der Hofrat hat das kommen sehen. Klugerweise hat er im letzten Moment seine verbliebenen Ersparnisse in den Kauf des Hauses, in dem er und seine Familie wohnten, investiert.«

DIE DRITTE HÖLLE

»Nur Provinzblätter … Nix als Provinzblätter sind geliefert worden. Und die der Regierung nahestehenden Blattln: Die Neue Zeit, die Christlichsoziale Arbeiter-Zeitung und natürlich das Wochenblatt des Heimatschutzes …«, murmelte Herr Engelbert, als er am Morgen des 25. März den schmalen Stoß der angelieferten Zeitungen betrachtete. Die großen Wiener Tageszeitungen fehlten. Nach einem Moment der Verwunderung fiel ihm ein, dass in Wien gestern Abend die sozialdemokratisch organisierten Schriftsetzer vierundzwanzig Stunden in den Streik getreten waren. Eine Kampfmaßnahme, die sich gegen die verfügte Vorzensur der Arbeiter-Zeitung und des Kleinen Blattes richtete.

»So wollen der Dollfuß und die Hahnenschwänzler[*] die Arbeiterpresse mundtot machen«, brummte Herr Engelbert. Kaum hatte er das gesagt, wurde ihm auf die Schulter geklopft, und er hörte Frau Jelineks mahnende Stimme:

»Hören S' auf mit dem Politisieren!«

Er bekam einen roten Kopf und replizierte:

»Tut mir leid, Frau Chefin. Das ist mir so rausgerutscht.«

»Na dann ist's ja gut.«

---

[*] Mitglieder der paramilitärischen Verbände der Heimwehr / des Heimatschutzes

Es folgte ein sanfter Klaps, und schon war die Chefin wieder in der Kaffeehausküche verschwunden.

*

Jeden Samstagabend führte Engelbert Novak seine Lebensgefährtin Dorli Wiener zum Essen aus. Das war eine liebe Gewohnheit, auf die sich Dorli immer sehr freute, da sie selbst nicht sonderlich gerne kochte. Engelbert, der jeden Tag bis drei Uhr nachmittags arbeitete und auf dem Heimweg oft noch in seinem Stammbeisl einkehrte, wo er ein spätes Mittagessen zu sich nahm, kam meistens ohne sonderlichen Hunger heim. Also musste sie auch nicht viel kochen. Sie sorgte aber dafür, dass in der Speis' immer etwas Wurst und ein Stück Käse bereitlagen, falls sie oder Engelbert abends noch ein Hungergefühl überkam.

Als sie im Speisesaal der Goldenen Glocke saßen, gemeinsam ein ganzes Backhendl mit Erdäpfelsalat verspeisten und mit einem Glas Gemischten Satz aus Nussdorf nachspülten, kam ein Zeitungskolporteur in die Gastwirtschaft und bot die frisch gedruckte Arbeiter-Zeitung an:

»Die Morgenausgabe schon heute Abend.«

Da Neuigkeiten über die Vorzensur und den Streik der Schriftsetzer Engelbert Novak brennend interessierten, kaufte er ein Exemplar. Dorli, die normalerweise keine Tageszeitungen las, beugte sich gemeinsam mit ihm über die Titelseite, wo unter anderem zu lesen stand:

Zum ersten Mal seit den Tagen des Krieges und des kaiserlichen Absolutismus erscheint die Arbeiter-Zeitung heute wieder unter Vorzensur. Für ein sozialdemokratisches Blatt ist es eine Ehre, verfolgt zu werden. Maßregeln, die uns unter ein Ausnahmerecht stellen, entspringen der Angst der herrschenden Gewalten vor der Macht unseres Wortes.

Dorli, die sich für Politik wenig interessierte, fragte: »Sag, wer hat die Vorzensur eigentlich verfügt?«

»Na wer? Der Dollfuß und die Regierung. Da schau! Da steht's schwarz auf weiß:

Freitag nachmittag wurden der Arbeiter-Zeitung und dem Kleinen Blatt Verfügungen des Bundeskanzlers zugestellt, die bestimmten, daß beide Zeitungen ›auf Grund‹ der kriegswirtschaftlichen Presseverordnung der Regierung unter Vorzensur gestellt werden.«

»Ja sind wir denn im Krieg?«

»Wir nicht, Dorli.«

»Wer denn?«

»Die Regierung. Sie führt Krieg gegen die Sozialdemokraten.«

»Nicht gegen die Nazi?«

»Gegen die auch.«

Engelbert nahm einen langen Schluck vom Gemischten Satz, ließ den guten Tropfen über den Gaumen rollen, lehnte sich zurück und schloss die Augen. Eigentlich wollte er nur mehr seine Ruhe und mit Politik nichts mehr zu tun haben. Trotzdem beeinflusste sie sein Leben auf unerträgliche Weise. Dorli hatte inzwischen weitergeblättert. Sie schubste ihn und fragte:

»Sag, glauben die Sozialdemokraten eigentlich an die Hölle?«

»Wieso?«

»Na weil da ein Artikel mit der Überschrift *Die dritte Hölle* gedruckt ist. Schau:

Aus Protokollen, die sich in unseren Händen befinden und die wir auszugsweise veröffentlichen werden, geht hervor, daß sich trotz allen offiziellen Beruhigungsversuchen und Ableugnungen auch noch in den allerletzten Tagen der Terror der SA. in Berlin und im Reich, wenn auch in versteckteren Formen fortsetzt. Das Furchtbare ist, daß die Mehrheit der Bevölkerung von diesen Terrorakten keine Ahnung hat. Die Betroffenen selbst wagen es nicht, in die Oeffentlichkeit zu gehen, soweit man von einer Oeffentlichkeit in Deutschland überhaupt noch sprechen kann. Immer wieder wiederholt sich die Bitte der Opfer des braunen Terrors, nur ja ihren Fall nicht zur Sprache zu bringen, da sie Vergeltungsmaßnahmen, das heißt, die Wiederholung der Folterungen, befürchten.«

Dorli machte beim Vorlesen eine Pause, bevor sie leise fortfuhr:

»*Aus dem Krankenhaus geholt.*

Da wird beispielsweise ein Sozialdemokrat oder ein Kommunist aus dem Bett geholt, noch in der Wohnung blutig geschlagen, zu einer SA.-Sektion verschleppt, muß dort die Spießruten laufen, wird von dort weiter in einen andern SA.-Keller gebracht und so schwer verwundet, daß er ins Krankenhaus überführt werden muß. Dann geschieht das Ungeheuerliche, daß er aus dem Krankenhaus herausgeholt, zurück an die Folterstätte gebracht wird und selbst, wenn er schwer *verwundet ist, dort aufs neue mit Gummiknütteln, Stahlringen und Fäusten geprügelt wird, so lange bis er die geforderten Geständnisse ablegt oder auch zur Strafe dafür, daß er ›geplaudert‹ hat.*«

Mit entsetzten Augen sah Dorli ihren Lebensgefährten an, reichte ihm die Zeitung und flüsterte:

»Und da verfolgt unsere Regierung die Sozialdemokraten. Die Nazi sollten sie verfolgen!«

Er überflog einige der folgenden Absätze des Artikels und stutzte bei der Zwischenüberschrift *Sie können ihn abholen lassen* ... Leise las er Dorli vor:

»*Unter den zahlreichen in den allerletzten Tagen in Berlin zur Folterung verschleppten Reichsbannerleuten*[*] *befand sich der jugendliche Sohn eines Gewerkschafters. Der Vater hatte in Erfahrung gebracht, daß sein Kind sich in der berüchtigten SA.-Kaserne Hedemannstraße Nr. 5 befand. In größter Besorgnis gelang es ihm endlich, mit der dortigen SA.-Stelle telephonische Verbindung zu bekommen; es wurde ihm mitgeteilt, daß sein Sohn nach kurzer Zeit wieder nach Haus geschickt werden würde. Als der Junge zur angegebnen Zeit nicht nach Hause kam, rief der Vater wieder an.*

Es wurde ihm gesagt, der Sohn würde noch am Abend nach Hause kommen. Aber auch am Abend kam er nicht. Der besorgte Vater fragte zum drittenmal an und erhielt die Auskunft: Jetzt können Sie Ihren Sohn holen lassen – aus dem Leichenschauhaus!«

*

---
[*] Größte demokratische Massenorganisation der Weimarer Republik

Ein grauer Frühlingstag war das, der 3. April. Nechyba verspürte ein starkes Unlustgefühl in sich. Nichts machte ihm Freude, und so hockte er am Frühstückstisch in der Küche und starrte hinaus in den Hinterhof. Die Wolken am Himmel waren dicht und grau, die Dächer feucht vom Regen. Obwohl draußen alles glänzte und von einem zarten Schimmer überzogen war, glänzte in ihm selbst gar nichts. Dumpf und düster saß er da. Nicht nur das Wetter deprimierte ihn, sondern auch die Wahrnehmung, dass alles immer schlimmer wurde. Nun hatte Dollfuß dem Druck des Heimatblocks nachgegeben und den Republikanischen Schutzbund* verboten. Das erzeugte Empörung unter den Sozialdemokraten.

»Das ist nicht gut, das ist gar nicht gut«, murmelte er, »das kann à la longue zum Bürgerkrieg führen.«

Er griff zu seinem Kaffeehäferl und trank den letzten Schluck Kaffee. Gedankenverloren stellte er es vor sich auf den Tisch und starrte in den braunen Kaffeesatz und auf den braunen Rand des Häferls. Dort, wo sein Mund und sein Schnauzbart angesetzt hatten, befanden sich braune Schlieren, die sich über das strahlende Weiß der Porzellanschale bis hinunter zur Untertasse ausgebreitet hatten. Und plötzlich erschien ihm sein schmutziges Kaffeehäferl eine Allegorie der politischen Situation in Österreich zu sein. Über und über besudelt von schwarzbräunlichen Flecken und Schlieren.

Schließlich raffte sich Nechyba auf. Nach dem Waschen und Anziehen spazierte er stadteinwärts zu einem kleinen

---
* Paramilitärische sozialdemokratische Organisation

Friseurladen in der Laimgrubengasse, um sich rasieren zu lassen. Mit einem Gesicht, das glatt wie ein Kinderpopo war, und umweht von einem Hauch von Rasierwasser, flanierte Nechyba nun den Naschmarkt entlang. Plötzlich bekam er Lust, etwas Aufwendiges zu kochen. Er erstand Wurzelwerk, eine Zitrone, eine Flasche Rotwein, zwei Flaschen Schwarzbier sowie einen Karpfen, den er in der Fischhandlung entgräten und filetieren ließ. Daheim stellte er als Erstes das Bier in die kühle Speis'. Dann schnitt er den Karpfen in Streifen und marinierte diese mit Salz und Zitrone. Auch sie kamen in die kühle Speisekammer. Nun setzte er mit den Gräten, dem Kopf und den Innereien des Karpfens sowie mit dem geputzten und gewaschenen Wurzelwerk einen Fischfond an. Als dieser köchelte, begab sich Nechyba neuerlich in die Speis' und prüfte, ob das Bier etwas kühler geworden war. Da dies der Fall war, nahm er eine Bierflasche in die Küche mit, holte ein Glas aus der Küchenkredenz und lauschte mit Vergnügen dem »Plopp!«, als er den Bügelverschluss öffnete.

»So ein dunkles Bier hat auch seinen Reiz«, sagte er halblaut. »Die österreichischen Schwarzbiere sind zwar nicht so süffig wie die böhmischen, aber für die Zubereitung meines Schwarzfisches ist so ein dunkles, malziges Bier ideal. Schließlich heißt das Gericht Schwarzfisch und nicht Blondlocke.«

Er starrte auf die Hinterhöfe und Dächer der Nachbarhäuser. Die Wolken hatten etwas aufgelockert, und der Himmel war nicht mehr so düster wie in der Früh. Er nahm einen langen Schluck vom Bier und seufzte:

»Ahhh!«

Einerseits vor Genuss, andererseits aber auch, weil er wieder an die Politik denken musste und an das Verbot des Schutzbundes und dessen Folgen. Ob sich die Stimmung im Land wieder aufhellen und beruhigen würde? Nechyba konnte es nicht glauben. Wahrscheinlicher war, dass sich die Fronten verhärteten. Genauso wie die Feindschaft zwischen den Schwarzen und den Braunen eskalierte. Erschreckend war auch, dass die NSDAP immer mehr Zulauf bekam.

»Was soll man da machen?«, seufzte Nechyba und trank mit Bedacht sein Bier aus. »Nix kannst machen. Der Dollfuß steckt in der Klemme. Zwischen den Roten und den Braunen. Und er muss höllisch aufpassen, dass er nicht zerquetscht wird.«

Während er weiter vor sich hin grübelte, fuhr er mit dem Kochen fort. Erst stellte er Salzerdäpfel zu, seihte danach den Fischfond ab und goss ihn mit jeweils einem Viertelliter Schwarzbier und Rotwein auf. Nun kamen klein geschnittene Äpfel und Dörrzwetschken, Rosinen, Mandelstifte sowie Zitronen- und Orangenzesten hinzu. Als er den Fond stark reduziert hatte, nahm er ihn vom Herd und legte die marinierten Karpfenstücke hinein. Auf ganz kleiner Flamme ließ er sie zehn Minuten lang in der schwarzbraunen Sauce ziehen. Dann war es so weit: Nechyba deckte auf, richtete Fisch, Sauce und Salzerdäpfel auf einem Teller an. Mit Genuss begann er zu speisen. Beim Essen schaute er in den Hinterhof und auf den grauen Himmel, von dem neuerlich Regen fiel. Das wunderbare Essen sowie das Flüstern des Regens stimmten ihn mild. Angenehm gesättigt beobachtete er die Wolken am Himmel. Nach kurzer Zeit fielen ihm die Augen zu, und er nickte ein.

Als er eine halbe Stunde später erwachte, fühlte er sich wunderbar erfrischt. Er gab das, was vom Schwarzfisch übrig geblieben war, in die Speis' und hoffte, dass Aurelia heute Abend Gusto auf Fisch haben würde. Nichts liebte er mehr, als ihr beim Essen zuzuschauen und zu beobachten, dass ihr das, was sie aß, Freude bereitete. Nachdem er den Herd geputzt und das Geschirr abgewaschen hatte, begab er sich gut gelaunt ins Café Jelinek. Dort wurde ihm – so wie immer – von Herrn Engelbert ein doppelter Mokka serviert. Er griff zur Arbeiter-Zeitung und stutzte beim Lesen der Überschrift der Titelseite, die folgendermaßen lautete: *Ein unruhiger Sonntag – Schwere Zusammenstöße in Niederösterreich.* Nechyba nahm einen Schluck Kaffee und dachte: Na jetzt geht's los. Jetzt wehren sich die Roten und geben Kontra. Doch dem war nicht so. Wie er beim Weiterlesen feststellte, waren sie überall in der Defensive:

In mehreren Orten Niederösterreichs kam es am Sonntag zu Zusammenstößen zwischen politischen Gegnern. Die Erregung über die Auflösung des Republikanischen Schutzbundes hält im ganzen Land immer noch an.

No na, dachte Nechyba, nahm einen weiteren Schluck und übersprang die nächsten Zeilen.

Während die Gendarmerie gegen die Arbeiter mitunter unerhört brutal vorging, ließ man die Heimwehr und auch die Nazi, die am Sonntag in mehreren Teilen Niederösterreichs Veranstaltungen hatten, gewähren. Die Folge war,

dass es in manchen Orten zu Ueberfällen und Zusammenstößen zwischen Heimwehr, Hakenkreuzlern und Arbeitern kam.
Nazi überfallen das Anton-Hueber-Haus in Hadersdorf-Weidlingau. Die Nazi veranstalteten Sonntagnachmittag in der Baunzen bei Purkersdorf trotz Aufmarsch- und Versammlungsverbot eine »Geländeübung«. An der Uebung waren ungefähr 300 Mann beteiligt. Diese Uebung hatte in der Bevölkerung des Wientals starke Unruhe erregt, aber die Bezirkshauptmannschaft schritt nicht ein. Und die Hakenkreuzler konnten ungestört ihre Manöver ausführen. Nach Schluß der Uebung marschierten die Nazi geschlossen gegen Hadersdorf-Weidlingau. Als sie beim Anton-Hueber-Haus, dem Jugenderholungsheim der freien Gewerkschaften vorüberkamen, spielten Lehrlinge Ball. Die Nazi, die nicht zufällig an dem Heim vorüberkommen konnten, da es abseits der Straße liegt, unternahmen einen regelrechten Sturm auf das Heim.

»Jetzt attackieren die Braunen auch schon Kinder und Jugendliche«, brummte Nechyba. Dann las er *Gendarmerie geht mit gefälltem Bajonett gegen Frauen los* und dachte: Die Schwarzen stehen den Nazi in nichts nach. Er überflog den nächsten Absatz, in dem berichtet wurde, dass nach dem Ende des Frauentags im Wiener Neustädter Brauhaussaal die Frauen von der Gendarmerie auf brutalste Weise auseinandergetrieben wurden. Und auch die Berichte *Hahnenschwänzler überfallen Arbeiterradfahrer* und *Die Heimwehr darf bewaffnet aufmarschieren* überraschten Nechyba nicht. Schließlich bildete der

Heimatblock gemeinsam mit den Christlichsozialen die Regierung. Dadurch hatten die Hahnenschwänzler Narrenfreiheit und konnten machen, was sie wollten. Und weil das alles so vorhersehbar war, ödete es ihn an. Also begann er erst den nächsten Absatz wieder genauer zu lesen:
Prügelei zwischen Hahnenschwänzlern und Nazi in Amstetten
In Amstetten, einer Hochburg der Hahnenschwänzler, gibt es seit einigen Tagen Reibereien zwischen den grünweißen und den braunen Fascisten. Die Hahnenschwänzler sind sehr ungehalten darüber, daß die Nazi Amstetten »erobern« wollen. In der Nacht von Samstag auf Sonntag stieß ein Trupp Hakenkreuzler, die mit Stahlruten und Revolvern ausgerüstet waren, mit Heimatschützern zusammen. Dabei gab es mehrere Verletzte. Ebenfalls in der Nacht von Samstag auf Sonntag kam es in Eggendorf zu einem Zusammenstoß zwischen Nazi und Heimatschützern. Sonntag mittag wurde der Heimwehrmann Ruckensteiner aus Oehling auf dem Hauptplatz in Amstetten von Nazi überfallen und niedergeschlagen. Auch in die Villa des Heimatschutzführers Wallner versuchten Nazi einzudringen. Sie wurden von Heimatschützern hinausgeworfen. Sonntagabend haben neuerlich schwere Zusammenstöße zwischen Nazi und Heimatschützern in Amstetten stattgefunden. Der Heimatschutz will angeblich den ganzen Kreis alarmieren, wenn die Naziüberfälle nicht aufhören.
Eine Schießerei in Orth an der Donau.
In Orth an der Donau veranstalteten die Nazi Samstag abend einen Kameradschaftsabend. Zu dem Kameradschaftsabend kam auch eine Reiterstaffel aus Wien. Auf

dem Heimweg aus dem Gasthaus wurden die Nazi von christlichsozialen Gegnern überfallen. Dabei sind auch einige Schüsse gewechselt worden. Die Gendarmerie nahm einige SS.-Leute fest und lieferte sie dem Bezirksgericht in Großenzersdorf ein. *Die Verhafteten wurden Sonntag wieder auf freien Fuß gesetzt.*

Nechyba legte die Zeitung weg, nahm einen Schluck kalten Kaffee und sah beim Fenster hinaus dem sanft niedergehenden Regen zu. Herr Engelbert näherte sich, wie immer auf leisen Sohlen, und fragte fürsorglich:

»Darf's noch ein Mokka sein, Herr Ministerialrat?«

»Danke, ich hab' genug.«

»Aber Herr Ministerialrat! Meine Frage hat sich auf Ihre leere Kaffeeschale bezogen und nicht auf die Situation im Land.«

Nechyba sah den Ober an, hob den rechten Zeigefinger und ermahnte ihn grinsend:

»Hören S' auf mit dem Politisieren.«

*

Wie ich von der Schul, die was in der Sonnenuhrgasse is, kommen bin, bin ich dem alten Herrn Nechyba aus dem zweiten Stock übern Weg gelaufen. Es war auf der Ecke zur Gumpendorfer Straße. Dort, wo der Bäck' is, von dem der Herr Nechyba gerade herausgekommen is. Wir ham dann freundlich miteinander geplaudert. Als Erstes hat er mich g'fragt, wie's mir in der Schule geht. Und ich hab ihm geantwortet: Guat geht's ma. Weil die Frau Lehrerin immer sehr zufrieden mit mir is und weil ich mich beim Lernen so bemüh und weil, wenn ich was net versteh, immer fragen tu. Das hab' ich auch dem Herrn Nechyba erzählt, und so sind wir dann plötzlich vor unserem Haus g'standen. Und dann is los'gangen. Der Riesenkrawäu* in unserer Wohnung drinnen. Den Herrn Vater hat man bis auf die Gass'n brüllen gehört. Und dann hat auch die Frau Mutter mit einer ganz hohen Stimme zum Keifen** angefangen. Das is ma durch Mark und Bein gangen. Und dann is ein Trumm g'flogen. Platschbumm hat's g'macht. Und die Frau Mutter hat noch lauter gekeift. Meine Knie ham zum Zittern ang'fangen, und ich hab' mich ganz arg zammreißen müssen, dass ich mir net in die Hosn pisch***. Weil der Herr Vater so narrisch brüllt hat. Und dann hat mich der Herr Nechyba an der Hand g'nommen und ins Nachbarhaus g'führt. Zur lieben Frau Kern, zu der i Etti-Tant' sagen darf. Die hat wegen dem Bahöö ganz besorgt ausm Fenster ausseg'schaut, und der Herr Nechyba hat's g'fragt, ob's net ein bisserl auf mich aufpassen könnt'. Und dann hat mich die Etti-Tant' zu sich in ihre Wohnung reing'lassen, und der Herr Nechyba is gangen. A Zeitl später hab ich ihn dann brüllen g'hört. Er hat meinem Herrn Vater gedroht, dass er die ehemaligen Kollegen von der Polizei holt und dass die ihn abführen werden. Da hab ich wieder zum Zittern ang'fangen und mir gedacht: So nett is der alte Herr Nechyba gar net.

*

---

* Riesenkrawall
** schimpfen
*** pissen

Henriette Kern wohnte im Nachbarhaus der Nechybas, das der Zunft der Wiener Friseure gehörte, bei der sie viele Jahre als Bedienerin tätig war. Als sie an diesem Tag in der Gumpendorfer Straße an der Trafik* vorbeiging, war sie plötzlich ganz aufgeregt. In der Auslage der Trafik sah sie das gezeichnete Titelbild der Kronen-Zeitung. Es zeigte das Innere des Petersdoms und den Papst, wie er auf einem thronartigen Stuhl über der Masse der Gläubigen schwebte. Dazu gab es folgende Bildbeschreibungen:
Die Eröffnung des heiligen Jahres.
Die Feierlichkeiten in der Peterskirche.
Der Einzug des Heiligen Vaters auf hohem Tragstuhl.
Der Papst schlägt mit einem goldenen Hammer an die geschlossene »Heilige Pforte«.
Mein Gott, wie gerne wäre ich da dabei gewesen, dachte sie. Sie betrat wie in Trance die Trafik, holte aus ihrer Geldbörse sieben Groschen heraus, die die Kronen-Zeitung kostete, und erstand das Objekt ihrer Begierde. Daheim, als sie sich an den Küchentisch setzte und die Zeitung aufschlug, war sie etwas enttäuscht. Dem großartigen Titelbild folgte auf Seite 2 nur ein kurzer Artikel, den sie im Handumdrehen gelesen hatte:
Pius XI. eröffnete das Heilige Jahr.
(Unser Titelbild)
Im Petersdom in Rom wurde Samstag das heilige Jahr vom Papst feierlich eröffnet. In der zu einem großen Festsaal umgewandelten Vorhalle ging die symbolische Handlung der Oeffnung der Heiligen Pforte vor sich. Das Radio vermittelte Millionen Hörern die Teilnahme an dieser ein-

---
* Laden für Tabakwaren, Zeitungen etc.

zigartigen Feier. Um 11 Uhr setzte der Gesang des vatikanischen Sängerchors ein. Unter jubelndem Beifall, Händeklatschen und lauten Rufen »Viva il papa« wird der Papst auf hoher Sedia in den Dom getragen. Der Heilige Vater schlägt dreimal mit dem goldenen Hammer an die »Heilige Pforte« – das Jubeljahr ist eröffnet. Die Glocken von St. Peter setzen in vollem Geläute ein. Man hört die Stimme Pius XI. im Gebet. Er kniet vor den Reliquien der Passion, er erteilt den Apostolischen Segen und den vollkommenen Ablaß.

Enttäuscht ob des nicht sonderlich informativen Berichts stand sie auf und nahm sich ein Glas Wasser. Dann blätterte sie die Kronen-Zeitung weiter durch und wurde immer enttäuschter. Nicht über die Berichterstattung der Zeitung, sondern über das, was in der Welt so vorging. Sie überflog der Reihe nach die Überschriften: *Ein Polizeibeamter als Bürge des Hochstaplers Pieß? Diensthebung eines Oberkommissärs… Das Attentat auf die Brüder Rotter… Die Todesfalle bei den Falkland-Inseln… Die letzten Grüße aus dem Gulasch-Reindl… Waffensuche in verschiedenen Wiener Bezirken… Explosion einer Handgranate in der Innern Stadt…*

Seufzend nahm sie einen Schluck Wasser und wollte das Blatt schon weglegen, da überkam sie die Neugierde und sie begann, einen der Artikel zu lesen:

Die letzten Grüße aus dem Gulasch-Reindl – Eine wahre Begebenheit.

Eine eigenartige Hundetragödie spielte sich in den letzten Wochen im 20. Bezirk ab. Frau K. war im Besitz eines weißen Pintscherls mit Kosenamen »Lumpi«, der schon der alten Herrenriege angehörte und das stattliche Alter von dreizehn Jahren erreicht hatte.

Die folgenden Absätze, in denen ausführlich die Eigen- und Unarten dieses Hundes geschildert wurden, überflog sie. Sie las erst an der Stelle weiter, bei der es wieder spannend wurde:

… aber kein Laut war von ihrem Lumpi zu hören. Keine Spur war mehr von ihm zu finden – weg war er!

Sein Frauerl, von dem Verlust schwer betroffen, erstattete bei der Polizei die Anzeige. Die Nachforschungen wurden eingeleitet, blieben jedoch ergebnislos, bis eines Tages das Frauerl durch die Post eine Korrespondenzkarte folgenden Inhalts zugeschickt bekam:

»Letzte Grüße aus dem Gulasch-Reindl von deinem Lumpi. – Abgemurkst und verspeist am Bruckhaufen im Februar 1933.«

Sein Frauerl ahnte Fürchterliches und übergab die Karte dem Kommissariat. Die findige Polizei hatte bald einen Anhaltspunkt und konnte den Schreiber der Karte eruieren. Der Mann wollte anfangs vom Lumpi nichts wissen und ihn überhaupt nie gekannt haben. Er wurde aber eines Besseren belehrt. Eine Schriftprobe ergab alsbald seine Schuld. Er wurde wegen Diebstahls des Lumpi dem Gericht angezeigt und wird sich dort verantworten müssen. Lumpis Tod wird gerächt, das Gulasch dürfte dem »Abmurkser« noch lange im Magen liegen.

Empört schlug Henriette Kern die Zeitung zu. So viele Grauslichkeiten auf einmal vertrug sie nicht und kam für sich zur Conclusio: Heiliges Jahr hin oder her – die Welt ist schlecht.

※

»*Streikverbot!*«

So lautete am 22. April die riesengroße, über drei Spalten reichende Überschrift auf der Titelseite der Arbeiter-Zeitung. Als Nechyba das sah, bekam er einen Schweißausbruch. Mit feuchten Händen griff er sich das Blatt und wollte zu der Loge gehen, in der er immer saß, doch die war besetzt. Irgendein Fremder hatte sich dort niedergelassen, den er noch nie im Café Jelinek gesehen hatte. Nechyba war empört. Noch dazu las der Kerl die Reichspost, das Parteiblatt der Christlichsozialen. Voll Ingrimm setzte er sich in die freie Nachbarloge und starrte den Ungustl* feindselig an. Herr Engelbert fragte: »Herr Ministerialrat, wie üblich?«, und Nechyba nickte. Als der Ober den doppelten Mokka servierte, sagte er so laut, dass es der Reichspost-Leser nebenan hören musste:

»Sitzt da heute jemand auf Ihrem Stammplatz?«

Nechyba nickte düster und wandte sich dem Leitartikel der Arbeiter-Zeitung zu:

Die Regierung hat gestern beschlossen, aufgrund des Kriegswirtschaftlichen Ermächtigungsgesetzes ein Streikverbot zu erlassen.

Der Wortlaut der Verordnung ist noch nicht bekannt. Aber die Regierung hat eine Mitteilung ausgeschickt, gemäß der folgende Streiks verboten und strafbar sein sollen:

Alle politischen Streiks, sowohl in öffentlichen als auch in privaten Betrieben;

Wirtschaftliche Streiks, also Kämpfe um den Arbeitslohn und um die Arbeitsbedingungen in folgenden Betrieben: in allen Betrieben, die vom Bund oder von »Gebiets-

---
* Unsympathischer Mensch

körperschaften« – *Ländern oder Gemeinden – verwaltet werden;*

in allen »*lebenswichtigen Betrieben*«, *auch wenn sie privaten Unternehmern gehören. Dabei teilt die Regierung mit, daß sie als* »*lebenswichtige Betriebe*« *nicht nur Lebensmittelbetriebe, wie insbesondere die Brotfabriken, nicht nur Kraft- und Lichtbetriebe wie zum Beispiel die Elektrizitätswerke, sondern selbst – die Zeitungsdruckereien betrachtet!*

Nechyba ließ die Zeitung sinken und schüttelte den Kopf. Plötzlich stand Herr Engelbert neben ihm und sagte in ironischem Tonfall:

»Damit hat die Regierung Dollfuß sichergestellt, dass wir täglich frische Zeitungen bekommen und dass es keine Streiks der Schriftsetzer mehr gibt. Das find ich gut.«

»Meinen S' das jetzt im Ernst?«

»Herr Ministerialrat, Sie wissen doch, dass ich nicht politisiere. Und politische Scherze mach ich schon gar nicht.«

Nechyba nahm einen Schluck Kaffee und knurrte:

»Der Dollfuß wächst sich allmählich zu einem kleinen Hitler aus.«

Herr Engelbert replizierte:

»Aber nur zu einem ganz einen kleinen ...«

Als der Reichspost-Leser das hörte, schaute er irritiert von seiner Lektüre auf, legte die Zeitung weg, rief donnernd »Zahlen!« und verließ, ohne dem Ober ein Trinkgeld zu geben, das Jelinek.

*

Am nächsten Tag schaute Nechyba irritiert, als er auf der Titelseite der Arbeiter-Zeitung folgende Meldung las: *Verschiebungen im Fascistenlager.*

Im Lager des österreichischen Fascismus haben sich in den letzten Tagen Veränderungen vollzogen, die die künftige politische Entwicklung Oesterreichs nicht unwesentlich beeinflussen können.

Zunächst ist in Liezen ein förmliches Bündnis zwischen den Hakenkreuzlern und den steirischen Heimwehren unterschrieben worden. In der gemeinsamen Erklärung der beiden fascistischen Gruppen erklärt zunächst die steirische Heimwehr, daß sie sich »vorbehaltlos und uneingeschränkt zu Adolf Hitler als dem Führer der deutschen Nation bekennt«. Die Nazi und die steirische Heimwehr vereinbaren »enge Zusammenarbeit«, die wechselseitige Entsendung ständiger Vertreter »in die Stäbe ihrer höheren Einheiten« und gleichmäßige »taktische Gliederung ihrer Einheiten«. Die steirische Heimwehr wird in Zukunft als Verbandszeichen das Hakenkreuz am Stahlhelm tragen. Beide Organisationen fordern gemeinsam die sofortige Auflösung des Nationalrates und die Bildung einer »starken Regierung der nationalen Konzentration«. Diese Vereinbarung bedeutet nicht weniger als den Uebergang der steirischen Heimwehr in das Lager der Nazi.

Nechyba packte das Grauen, wenn er sich vorstellte, dass weitere Heimwehr-Gruppierungen dem steirischen Beispiel folgen könnten. Nein, er wollte sich nicht den Tag versauen und las deshalb nicht weiter. Er faltete die Arbeiter-Zeitung zusammen, trank seinen Kaffee aus, der

mittlerweile kalt war und bitter schmeckte, zahlte, verließ das Jelinek und murmelte:
»Gleich und gleich gesellt sich gern.«

*

Es war ein kühler regnerischer Sonntagmorgen. Aurelia hatte wie immer das gemeinsame Frühstück zubereitet, und als er danach ins Bett zurückschlüpfen wollte, hatte sie ihn gefragt, ob er sie nicht wieder einmal in den Gottesdienst begleiten wolle. Grummelnd und brummend stimmte er zu. Unterm Regenschirm eng aneinandergeschmiegt gingen sie zur 9-Uhr-Messe in die Pfarrkirche St. Ägyd. Während des Gottesdienstes rutschte er ganz nah an sie heran, da ihm innerlich kalt war und er ihre Wärme suchte. Nach der Messe hatte er plötzlich einen Gusto, der ihn auf eine Idee brachte.
»Aurelia, komm, gemma jetzt nicht heim. Gemma lieber gemeinsam auf ein Gabelfrühstück.«
»Was ist denn los, Nechyba? Magst heute nicht so wie jeden Sonntagvormittag ins Kaffeehaus gehen?«
Er fasste sie bei der Taille und zog sie zu sich.
»Nein. Ich hab' einen Gusto, um nicht zu sagen einen zarten Appetit, auf ein Gulasch. Komm, gemma die Stumpergasse rauf zur Gulaschhütte. Ich lad dich auf ein Seiterl Bier und ein kleines Gulasch ein.«
»Und was ist mit dem Mittagessen?«
»Heute können wir doch später essen. Bei dem grauslichen Wetter bleiben wir daheim, schalten das Radio ein, hören ein bisserl Musik und trinken ein Glaserl Wein. Spä-

ter, wenn wir Hunger bekommen, helf ich dir, die Schnitzeln zu panieren. Heut' gibt's doch Schnitzeln?«

Aurelia hängte sich bei ihrem Mann ein.

»Ja, heut' gibt's Schnitzeln. Aber wenn du Lust auf ein Gulasch hast, dann gemma jetzt miteinander gabelfrühstücken.«

*

Als die Nechybas die Stumpergasse hinaufspazierten, fielen Aurelia die vielen uniform gekleideten Passanten auf. Die meisten trugen weiße Hemden und schwarze Krawatten ohne Überrock oder Sakko. Und das bei dem grauslichen Wetter. Es gab aber auch immer wieder Gruppen von Männern, die in Frack und Zylinder unterwegs waren. Als sie am oberen Ende der Mariahilfer Straße angekommen waren, herrschte dichtes Gedränge. Scharen von Polizisten hatten Teile der Straße abgeriegelt und versuchten, die Weißhemden und Frackträger wegzudrängen.

»Nechyba, was ist denn da los?«

Aurelia merkte, dass dieser Massenauflauf auch ihrem Ehegatten nicht geheuer war. Er zuckte mit den Achseln und brummte:

»Komm, lass uns ins Wirtshaus reingehen. Nachher ist dann hoffentlich das Theater auf der Straße vorbei.«

Drinnen in der Gulaschhütte hatte sich an einem Tisch eine Gruppe von Frackträgern und Weißhemden versammelt. Sie tranken Bier und diskutierten lautstark miteinander. Aurelia und ihr Gatte setzten sich so weit wie möglich von diesem Tisch weg. Nechyba bestellte zwei Seiterln* sowie zwei kleine Gulasch. Leise fragte er den Kellner:

»Sagen S', was ist denn da heute los?«

Der Kellner rollte mit den Augen. Dann beugte er sich vor und flüsterte:

»Die Nazi demonstrieren gegen das neue Gesetz, das das Tragen von Uniformen in der Öffentlichkeit verbietet. Sie tun das mit weißen Hemden und schwarzen Krawatten beziehungsweise mit Frack und Zylinder. So angezogen bummeln sie auf der Straße umadum. Die Polizei ist eh schon alarmiert und versucht, den Spuk zu beenden.«

Wortlos aßen die Nechybas ihr Gulasch und tranken ihr Bier. Irgendwann fragte Aurelia ihren Gatten:

»Sag, Nechyba, NSDAP ist doch die Abkürzung für Nationalsozialistische Deutsche Arbeiter Partei. Das stimmt doch?«

Nechyba grunzte zustimmend.

»Und warum tragen Mitglieder einer Arbeiterpartei dann Frack und Zylinder? Die bürgerliche Spießeruniform?«

Nechyba bestellte ein weiteres Seiterl, nahm einen kräftigen Schluck und antwortete:

»Weil das in Wirklichkeit keine Arbeiterpartei, sondern ein Verein rabiater Spießer ist.«

*

Engelbert Novak spannte so wie an jedem Morgen die neu eingetroffenen Zeitung in die Zeitungshalter ein. Er

---
* Bier im 0,3 l-Glas

hielt kurz inne und starrte auf den Aufmacher der Arbeiter-Zeitung:
Am 1. Mai soll man sehen, wieviel Sozialdemokraten in Wien sind – An diesem Tage zeigen wir uns. Er schmunzelte und dachte: Das ist Chuzpe! Dann fing er an zu grübeln. War es in einer politischen Situation wie derzeit nicht gerade ein Gebot der Stunde, am 1. Mai mitzumarschieren oder besser gesagt demonstrativ mit spazieren zu gehen? Nachdenklich kratzte er sich den Schädel.
»Na, Herr Engelbert, gemma diesmal am 1. Mai mit den Roten mit?«
Der Ober zuckte zusammen. Hinter ihm stand die Chefin und sah ihn streng an. Er bekam einen roten Kopf und stammelte:
»Aber … wie? Wie kommen S' denn … denn da drauf? Außerdem muss ich am 1. Mai ja arbeiten.«
»Sie können sich ja den 1. Mai freinehmen.«
»Und wer bedient dann die Gäste hier im Kaffeehaus?«
»An einem Montag ist meistens eh nicht viel los. Das schafft mein Mann schon alleine.«
»Wollen Sie mich in Versuchung führen?«
»Ist das eine Versuchung für Sie?«
Engelbert Novak schüttelte den Kopf und presste heraus: »Nein. Nicht wirklich.«
Dann widmete er sich weiter dem Einspannen der Zeitungen in die Zeitungshalter, und Frau Jelinek verschwand so plötzlich, wie sie aufgetaucht war, wieder in der Küche.
Die Aufforderung »Wir zeigen uns« ging ihm aber den ganzen Tag nicht aus dem Sinn.

Daheim nach dem Abendessen, das ihm ausnahmsweise sehr gut geschmeckt hatte, zog er sich in den Salon zurück, wo er in einem Ohrensessel Platz nahm und vor sich hin grübelte. Während Dorli in der Küche herumrumorte, drehten sich seine Gedanken um die derzeitige politische Situation und um das Damals. Als Kriegsheimkehrer und Rotgardist war er 1918 ständig auf der Straße gewesen. Gemeinsam mit den Genossen hatte er in der Stiftskaserne gehaust und Kommandoaktionen gegen »die da oben« durchgeführt. Willkürlich war Besitz beschlagnahmt, Aufruhr und Unruhe gestiftet worden. Höhepunkt war der Krawall am 12. November* vor dem Parlamentsgebäude gewesen. Etliche Genossen hatten damals die Ausrufung einer sozialistischen Räterepublik gefordert. Es war zu Tumulten, Schießereien und einer Massenpanik gekommen. Er selbst sowie eine Gruppe anderer Rotgardisten hatten unter der Führung von Egon Erwin Kisch die Redaktionsräume der liberalen Neuen Freien Presse besetzt und den Druck einer Ausgabe erzwungen, in der von der Ausrufung einer Räterepublik fantasiert wurde. Engelbert Novak seufzte:

»Bubenstreiche. Lauter Bubenstreiche.«

Er lauschte den Geräuschen aus der Küche, die nun nach Geschirrabwaschen klangen. Plötzlich überkam ihn eine Welle von Zuneigung zu seiner Lebensgefährtin. Sie hatte ihn damals aus seiner radikalen Revoluzzerphase herausgelockt, ihm Liebe, Geborgenheit und ein bürgerliches Zuhause gegeben. Zuvor beim Abendessen hatte er angedeutet, dass er überlege, heuer auf den Maiaufmarsch

---

* Ausrufung der Republik Österreich

zu gehen. Da war sie blass geworden und hatte schließlich eingewendet:
»Du weißt, dass das gefährlich ist. Aufmärsche sind von der Regierung verboten.«
»Spazieren gehen aber nicht.«
Dorli erwiderte nichts. Sie aß fertig, räumte wortlos den Tisch ab und verschwand in der Küche. Zum Abendessen hatte sie ein Schichtenkraut aufgetischt. Eine Speise, die sie von ihrer aus Siebenbürgen stammenden Großmutter übernommen hatte. Obwohl das Kochen nicht gerade Dorlis Stärke war, hatte sie das Gericht aus Reis, Faschiertem und Sauerkraut wunderbar hinbekommen. Was waren eigentlich seine eigenen Stärken? Wandlungs- und Anpassungsfähigkeit? Konnte man das als Stärken bezeichnen oder waren beide nur ein Zeichen von Duckmäusertum und Charakterlosigkeit? Im Krieg als Soldat hat er sich schnell angepasst und war im Offizierskasino vom gelernten Schuster zum Kellner geworden. In der Umsturzzeit während des Zusammenbruchs Österreich-Ungarns war er Revolutionär gewesen. Nachdem ihn Dorli zu sich genommen hatte, wurde er in ihren Armen für kurze Zeit zum Schmarotzer. Und als Dorli kein Geld mehr hatte, war er Ober im Kaffeehaus geworden. In diesem Beruf mutierte er zum oftmals grantigen Kleinbürger, der den Kopf einzog und versuchte, vom Schicksal möglichst keine auf den Deckel zu bekommen. Während er über seinen Charakter und sein Leben nachdachte, stellte er verwundert fest, dass er dies seit Jahren erstmals tat, und er fragte sich, ob er jemals wirklich ein Roter gewesen war. Wie stand er eigentlich zum Sozialismus? Vor allem in Zeiten,

in denen aus allen Ecken der Gesellschaft das Gift des Faschismus dampfte und den Menschen die Sinne vernebelte. Nein, Faschist war er keiner. Trotz seiner bürgerlichen Lebensweise. Im Gegenteil: Der Faschismus machte ihm Angst. War er bereit, gegen die österreichische Spielart des Faschismus aufzustehen und am 1. Mai auf die Straße zu gehen? Er wusste es nicht. Als Dorli schließlich aus der Küche ins Wohnzimmer kam und sich neben ihn in den zweiten Ohrensessel setzte, beugte sie sich vor, berührte vorsichtig seine Hand und sagte:

»Ich bitte dich, geh nicht.«

FEUERSPRÜCHE

Erster Rufer: Gegen Klassenkampf und Materialismus, für Volksgemeinschaft und idealistische Lebensauffassung! Ich übergebe der Flamme die Schriften von Marx und Kautsky.
Zweiter Rufer: Gegen moralischen Verfall! Für Sitte, Familie und Staat! Ich übergebe der Flamme die Schriften von Heinrich Mann, Ernst Gläser und Erich Kästner.
Dritter Rufer: Gegen Gesinnungslumperei und politischen Verrat! Für Hingabe an Volk und Staat! Ich übergebe der Flamme die Schriften von Friedrich Wilhelm Förster.
Vierter Rufer: Gegen seelenzerfasernde Ueberschätzung des Sexuallebens. Für den Adel der menschlichen Seele! Ich übergebe der Flamme die Schriften des Siegmund Freud.
Fünfter Rufer: Gegen Verfälschung unserer Geschichte und Herabwürdigung ihrer großen Gestalten! Für Ehrfurcht vor unserer Vergangenheit! Ich übergebe der Flamme die Schriften von Emil Ludwig und Werner Hegemann.
Sechster Rufer: Gegen volksfremden Journalismus demokratisch-jüdischer Prägung! Für verantwortungsbewußte Mitarbeit am Werke des nationalen Aufbaues! Ich übergebe der Flamme die Schriften von Theodor Wolff und Georg Bernhard.
Siebenter Rufer: Gegen literarischen Verrat an Soldaten des Weltkrieges! Für Erziehung des Volkes im Geiste der

Wehrhaftigkeit! Ich übergebe der Flamme die Schriften von Erich Maria Remarque.

Achter Rufer: Gegen Verhunzung der deutschen Sprache! Für Pflege des kostbarsten Gutes unseres Volkes! Ich übergebe der Flamme die Schriften von Alfred Kerr.

Neunter Rufer: Gegen Frechheit und Anmaßung! Für Achtung und Ehrfurcht vor dem unsterblichen deutschen Volksgeist! Verschlinge, Flamme, auch die Schriften der Tucholsky und Ossietzky!

Nechyba ließ die Zeitung sinken und kämpfte gegen das Gefühl, sich übergeben zu müssen. Unter der Überschrift *Die deutsche Literatur auf dem Scheiterhaufen* berichtete die Arbeiter-Zeitung von der Bücherverbrennung, die am 11. Mai auf dem Opernplatz in Berlin unter der Regie von Reichspropagandaminister Goebbels stattgefunden hatte. Möbel- und Lastwagen hatten Bücher zu einem riesigen Scheiterhaufen gekarrt, wo Pakete von Büchern in die Flammen geworfen und dazu jene Sprüche abgesondert wurden, die bei Nechyba Brechreiz evozierten.

»Dabei bin ich überhaupt kein Bücherwurm. War ich nie und werde ich auch nie sein«, brummte Nechyba wie so oft im Selbstgespräch.

»Was werden Sie nie sein?«

Herr Engelbert hatte sich wieder einmal auf leisen Sohlen dem Ministerialrat i.R. genähert. Nechyba schrak aus seinen Gedanken auf, musterte den Ober misstrauisch und replizierte:

»Ein Bücherwurm.«

»Na, dann kann Ihnen ja die gestrige Bücherverbrennung in Berlin von Herzen wurscht sein.«

Nechyba sah Engelbert Novak mit gerunzelter Stirn an und brummte:

»Hörn S' auf mit dem Politisieren! Bringen S' mir lieber einen doppelten Cognac! Ich muss den grauenhaften Geschmack, der sich in meinem Mund breitgemacht hat, hinunterspülen.«

Später, am Cognac nippend und sich langsam entspannend, blätterte Nechyba weiter die Zeitung durch. Sein Blick blieb auf einer kurzen Meldung auf Seite 3 hängen:
Die politischen Selbstmorde.

Recklinghausen, 11. Mai. Die Leiche des sozialdemokratischen Abgeordneten Biedermann ist kurz vor Recklinghausen auf den Geleisen der Strecke Köln – Hamburg gefunden worden. Wie die Polizei mitteilt, hat Biedermann Selbstmord durch Sturz aus dem D-Zug begangen.

(Diese »Feststellung« der Polizei schließt natürlich nicht aus, daß Biedermann einem Hakenkreuzmord zum Opfer gefallen ist, also ermordet und aus dem Zug geworfen wurde. Red.)

»Typisch Nazi«, grummelte Nechyba und sah sich um, ob Herr Engelbert in seiner Nähe sei. Da dies nicht der Fall war, konnte er seinen Gedankenfaden halblaut weiterspinnen:

»Und dieses G'sindel* brüstet sich, gegen den moralischen Verfall zu kämpfen.«

*

I schau in den Regen raus. Riesengroße Tropfen trommeln an die Fensterscheibe. Hoffentlich bricht die nicht. Weil

---
* Pack

Glas ja oft bricht. So wie gestern die Glasschüssel, die der Frau Mutter zu Mittag aus der Hand g'rutscht is. Daraufhin is der Herr Vater wieder einmal sehr bös g'worden und hat sie angeknurrt, dass sie zu blöd is, a Salatschüssel auf den Tisch zu stellen. Und dass so a Schüssel ja was kostet. Dass die net billig is. Da hat die Frau Mutter zum Rearn[*] ang'fangen und is aussegrannt aus der Wohnung. Der Herr Vater hat an roten Kopf bekommen, is ihr nachg'rannt auf den Gang hinaus und hat geplärrt:

»Komm sofort z'ruck, du deppate Funsn[**]!«

Aber die Frau Mutter is net z'rückkommen, und der Herr Vater hat dann draußen am Gang weiter umadumg'schrien. I hab mi ganz klein g'macht und hab gezittert. Weil wenn der Herr Vater so bös is, möchte i mi am liebsten unsichtbar machen. Aber das geht leider net. Jedenfalls is die Frau Mutter a Zeitl später wieder z'ruck in die Wohnung kommen und hat dann das Essen auf den Tisch g'stellt. Mit einem bitterbösen G'sicht und mit einem lauten Knall. Dann is z'ruck in die Kuchl gangen und hat die Tür hinter sich zug'schmissn. Seitdem reden die Frau Mutter und der Herr Vater nix miteinander. Es is die ganze Zeit mucksmäuschenstill bei uns. Das bin i gar net g'wohnt und das is unheimlich. Es is, wie wenn die Luft in der Wohnung ganz dick und grau wär. I trau mi kaum zu atmen. Deshalb hab i mi jetzt ans Fenster g'hockt und schau den Regentropfen zu, wie's auf die Scheibe trommeln. Das is wenigstens irgenda Geräusch, das da g'macht wird. I fürcht mi schon, dass des a ganz

---
[*] weinen
[**] kleines Licht

grauslicher Knatsch wird, wann der Herr Vater und die Frau Mutter wieder den Mund aufmachen …

*

»Die Knie … Die bledn Knie …«

Seufzend stand Nechyba aus dem Bett auf. Heute Nacht war er irgendwie schlecht gelegen, und das verzieh ihm sein linkes Knie nicht. Er schlüpfte in die Patschen, schlurfte, den linken Fuß nachziehend, zum Schlafzimmerfenster, zog die Vorhänge zur Seite und sah auf die glänzenden Dächer der Nachbarhäuser, auf denen graues Morgenlicht schimmerte. Es regnete.

»Einmal das rechte, dann wieder das linke …«, setzte er sein morgendliches Selbstgespräch fort. »Es ist a Jammer. Dabei hab ich eh schon ganz schön abgespeckt. Wie ich blader* war, ham s' mich noch viel mehr sekkiert**. Meine Knie, die bledn …«

Mühsam schlüpfte er in den Schlafrock. Dabei meldete sich ein schmerzhaftes Ziehen in der Schulter, das ihn ebenfalls seit geraumer Zeit quälte. Humpelnd begab er sich in die Küche, wo Aurelia eine Kanne Kaffee warm gestellt hatte. Er setzte sich an den Frühstückstisch, und ein stechender Knieschmerz vermieste ihm die Vorfreude auf das Erdäpfelbrot, das Aurelia gebacken hatte und von dem sie ihm zwei Schnitten auf den Frühstücksteller gelegt hatte. Eine liebevolle Geste. Er zog den Gürtel seines Schlafrocks enger zusammen und merkte, dass alles nicht mehr

---

* dicker
** quälen

so um seine Leibesmitte spannte, wie es noch vor einigen Jahren der Fall gewesen war.

»I hab viel weniger Appetit wie früher. Am Abend kann i überhaupt nur mehr a Kleinigkeit essen. Andernfalls schlaf i schlecht. A ordentliches Abendessen – so wie früher – liegt mir jetzt wie ein Stein im Magen.«

Er biss in das Erdäpfelbrot und spülte mit einem Schluck Kaffee nach.

»Man sollt net alt werden …«

Dann überlegte er sich, wie das alles wohl weitergehen würde. Ob er nach und nach immer schmalpickter und zniachtiger[*] werden würde? Ein Schatten seiner selbst, der am Ende verblasste?

»Na ja, verblassen werd ich wahrscheinlich net, aber zerbröseln. Zu Staub zerbröseln. Das werden wir alle. Und bei mir hat's schon ang'fangen …«

Ohne großen Appetit aß er sein Frühstück auf und blieb dann vornübergebeugt am Küchentisch sitzen. Stumm starrte er vor sich hin. Ins Narrenkastl schaun[**], hatte seine Ziehmutter Anna Grubenschlager diesen Zustand seinerzeit genannt.

Mit großer Überwindung raffte er sich schließlich auf und heizte den Ofen im Badezimmer an. Da eine innere Kälte von ihm Besitz ergriffen hatte, kroch er nochmals ins Bett und wartete dort, bis der Ofen das Badewasser aufgeheizt hatte. Im warmen Wasser der Wanne entspannte sich sein Körper. Er verabscheute ihn mittler-

---
[*] schmächtiger und schwächer
[**] sich geistig ausklinken

weile, weil all das, was einmal Muskeln gewesen waren, nun schlaff herunterhing. Sein einst praller Bauch, auf den er immer stolz gewesen war, war nur mehr ein Lappen, der einer hautfarbenen Schürze glich. Die Wärme tat ihm gut, und so hellte sich sein Gemütszustand allmählich wieder auf. Als er schließlich leicht wankend, mit zittrigen Knien aus der Badewanne stieg und dabei wie ein Haftlmacher aufpasste*, dass er nicht ausrutschte oder sonst irgendwie das Gleichgewicht verlor, brummte er:

»Alt werden is net schön. Schön sind nur die Erinnerungen.«

Da er sich nach dem Bad einigermaßen wohlfühlte – in seinem Alter musste er sich schon mit einigermaßen zufriedengeben – beschloss er, bereits am Vormittag ins Kaffeehaus zu gehen und dort Mittag zu essen. Beim Verlassen seiner Wohnung sah er den Hausmeister vorne im Stiegenhaus die Fenster putzen. Als der ihn erblickte, ließ er alles liegen und stehen und wollte sich grußlos verdrücken. Doch Nechyba sagte mit Donnerstimme:

»Einen schönen guten Morgen, Herr Loibelsberger!«

Der Hausmeister zuckte zusammen, blieb stehen und antwortete:

»Guten Morgen, Herr Ministerialrat.«

»Na? Sind wir gestern wieder ein bisserl laut geworden?«

Rudolf Loibelsberger murmelte:

»Mei Alte … mei Alte …«

---

* ganz besonders aufpassen

»Was ist mit Ihrer Frau? Ich hab nur g'hört, wie Sie sie quer über den Gang lauthals beschimpft haben.«

Nechyba stand nun vor dem Hausmeister, und der zog den Kopf ein.

»I … i wollt' kan Krach machen. I entschuldige mich. Ich bitte vielmals um Entschuldigung. Aber mei Alte …«

»Ihre Frau? Die hat keinen Krawäu g'macht. Das waren schon Sie, mein Lieber.«

»Ja, i waß eh. Sie hat a Salatschüssel zammg'haut. A schöne. A teure. Und da hab i halt an Gachn bekommen[*] und zum Umadumplärren ang'fangen.«

Als Loibelsberger wie ein Häufchen Elend vor ihm stand, begann er Nechyba leidzutun. Aber noch mehr leid tat ihm der kleine Erich.

»Hörn S', das mit Ihnen und Ihnera Frau geht mi nix an. Aber dass Ihr klaner Bua sich so was anhören und vor allem anschaun muss, ist nicht in Ordnung.«

»Da ham Sie vollkommen recht, Herr Ministerialrat. Das is net in Ordnung. Und i genier mi dafür.«

»Dann beherrschen S' Ihnen halt das nächste Mal. Wie wär das?«

Ein tiefer Seufzer entwich dem Hausmeister und er murmelte:

»Wenn das so einfach wär …«

*

Das war ein Tag gestern! Da ist der Herr Vater schon in der Früh gut aufg'legt g'wesen und hat mir und der Frau

---
[*] Wutanfall bekommen

Mutter Frühstück g'macht. Dann hat er zur Frau Mutter erstmals seit Tagen wieder was g'sagt:

»Der Bua hat heut Namenstag. Und da hab ich mir dacht', dass wir mit ihm nach der Schul in den Prater fahren. Dort lad ich euch zum Mittagessen ein, und dann gemma Toboggan rutschen, Hochschaubahn und Liliputbahn fahren. Was meinst?«

Die Frau Mutter hat zuerst ganz verdattert dreing'schaut, dann hat's mir ein Bussi geben und mir alles Gute zum Namenstag g'wunschen. Und dann hat's erstmals seit Tagen zu meinem Vater was g'sagt.

»Is guat«, hat's g'sagt, und nach der Schule haben s' mich gemeinsam abg'holt und wir sind mit der Tramway in den Prater g'fahren. Und weil wir alle schon an Mordshunger g'habt ham, sind wir schnurstracks zum Schweizerhaus gangen, wo wir Erdäpfelpuffer und Rohscheiben gegessen haben. Zur Feier des Tages hat der Herr Vater mir ein halbes Brathendl bestellt, das i allein essen durfte. Weil i aber vorher schon zwei Erdäpfelpuffer verputzt hab, hab ich dann vom Hendl nimmer viel owebracht[*]. Den Rest haben sich dann der Herr Vater und die Frau Mutter geteilt. Beide haben je ein Krügel Bier getrunken, und plötzlich hat er ihr ein Bussi gegeben. Sie hat gar net den Kopf weggedreht wie sonst immer, sondern hat es sich g'fallen lassen. Und dann hat sie sich sogar an den Herrn Vater geschmiegt, und der hat seinen Arm um sie gelegt. Uiii! War das schön.

*

---

[*] hinuntergebracht

Nechyba musste lachen. Das war ihm beim Lesen der Titelseite der Arbeiter-Zeitung noch nie passiert. Mehrere Gäste des Café Jelinek hoben ihre Köpfe und schauten über die Ränder ihrer Zeitungen missbilligend zu ihm hinüber. Herr Engelbert eilte herbei und fragte besorgt:
»Ist Ihnen nicht gut, Herr Ministerialrat?«
Nechyba wischte sich mit der Rechten einige Lachtränen aus den Augenwinkeln und winkte ab. Herr Engelbert machte aber weiter ein besorgtes Gesicht.
»Wollen S' mir vielleicht erzählen, was Sie so erheitert?«
»Da! Ich les es Ihnen vor. In dem Artikel *Ein Jahr Dollfuß* wird über die neueste Ausgabe der Wandzeitung des Österreichischen Heimatdienstes berichtet. In dem Schmierblattl steht Folgendes zu lesen:
Dr. Dollfuß, der Mann des Gottvertrauens, ist von Gottes Segen begleitet; seiner Tatkraft folgte das Feldherrenglück, und er konnte von Erfolg zu Erfolg und von ...«
An dieser Stelle konnte Nechyba nicht ernst bleiben und prustete los:
»*... von Sieg zu Sieg schreiten. Und alle seine Siege dienten dem Vaterland, dienten Oesterreich.*«
Und während Nechyba neuerlich herzhaft lachen musste, ermahnte ihn Herr Engelbert:
»Ich bitt' Sie: Hören S' auf mit dem Politisieren.«
»I hab' net angefangen. Sie wollten ja unbedingt wissen, was mich so erheitert.«
»Das ist nicht lustig, Herr Ministerialrat. Das ist traurig. Wenn S' den Artikel weiterlesen, steht da, dass in diesem einen Jahr die Zahl der unterstützten Arbeitslosen dank

der Siege der Regierung von 303.000 auf 350.000 angestiegen ist. Also ich find das traurig. Sehr traurig.«

Nechyba nahm ad notam, dass Herr Engelbert ebenfalls die Arbeiter-Zeitung las. Da er noch immer erheitert von der Chuzpe des Heimatdienstes war, erwiderte er scherzhaft:

»Gehn S', hören S' auf mit dem Politisieren.«

Herr Engelbert zuckte mit den Schultern und wandte sich ab. Dabei brummte er:

»Jo eh ...«

Später, als Nechyba wieder zu Hause war, überkam ihn in der leeren Wohnung eine Welle von Melancholie. So wie einem exzessiven Besäufnis meist ein fürchterlicher Kater folgt. Er setzte sich in seinen Fauteuil und drehte den Hornyphon-Radioapparat auf. Es gab Chorvorträge des österreichisch-schwedischen A cappella-Chors und des Wiener Symphonie Orchesters. Musik, die ihn nicht sonderlich berührte und die wie eine Klangtapete die einsame Wohnung schmückte. Seine Gedanken schweiften zurück ins Jahr 1918, als er zum Ministerialrat befördert worden war und er davon geträumt hatte, von nun an seine Aurelia bei sich daheim zu haben. Finanziell konnte er es sich leisten. Doch da hatten ihm der Hofrat Schmerda und seine Ehefrau einen Strich durch die Rechnung gemacht. Nie hätte er sich gedacht, dass ein Mensch so sehr und mit ganzem Herzen an seinem Arbeitsplatz hängen konnte. Und er hatte unterschätzt, dass Aurelia im Laufe der Jahrzehnte, die sie für die Schmerdas schon arbeitete, vom Dienstboten zu einem geschätzten Mitglied des Familienverban-

des aufgestiegen war. Für Aurelia bedeutete die Anstellung im Hause Schmerda nicht nur eine gut bezahlte Stelle als Köchin, sondern auch Lob und Anerkennung ihrer Fähigkeiten. Das hatte er damals im Jahr 1919 zur Kenntnis nehmen und akzeptieren müssen. Auch der Umzug in die neue große Wohnung in der Mollardgasse hatte Aurelia nicht bewegen können, ihre Stelle als Köchin aufzugeben. Um 17 Uhr war der Chor-Singsang im Radio vorbei, und es folgte Kurmusik. Eine Übertragung aus Bad Hall mit Stücken von Franz von Suppè, Johann Strauß und anderen. Die Musik richtete den betrübten Ministerialrat im Ruhestand etwas auf, und er begann darüber nachzudenken, wie sehr ihn in seiner aktiven Zeit die Arbeit als k.k. Polizeiagent erfüllt hatte. War sie für ihn ähnlich zufriedenstellend gewesen wie für Aurelia die Arbeit bei den Schmerdas? Ihm kamen Fälle wie die Naschmarkt-Morde oder sein Dienst als Leibwächter des Prinzen von Wales bei der Eröffnung des Hofburgtheaters in den Sinn. Nechyba erhob sich mühevoll aus dem Fauteuil und ging in die Küche. Dort holte er aus der Kredenz eine Flasche Barack sowie ein Stamperl und tapste zu seinem Ohrensessel und dem Radioapparat zurück, aus dem die Ouvertüre von Suppès Operette »Leichte Kavallerie« erklang. Er ließ sich in den Fauteuil plumpsen, schenkte sich ein Stamperl ein und goss es auf einen Zug hinunter. Ein leichtes Brennen folgte, bevor er einen zarten Duft von Marillen auf seinem Gaumen verspürte. Er schloss die Augen und seufzte:
»Mein Gott ...«
Seine Gedanken kreisten weiter, und er musste sich eingestehen, dass er zu keiner Zeit besonders gerne gearbeitet

hatte. Er hatte seine Pflicht getan, aber niemals mehr als das. Sein ganzes Leben hatte sich um das Genießen, um Essen und Trinken gedreht. Die Arbeit als Polizeiagent und später als Ministerialrat im Innenministerium war sein Broterwerb gewesen, über den er nie sonderlich viel nachgedacht hatte. Und plötzlich kam ihm Dollfuß in den Sinn, der zum einjährigen Bestand seiner Regierung eine Festveranstaltung im Sophiensaal veranstaltet und sich dort von einer ausgesuchten Schar von Claqueuren hatte bejubeln lassen. Ob er sich in diesem Moment in seinem Beruf als Bundeskanzler zufrieden gefühlt hatte? Ungeachtet der Tatsache, dass er am selben Tag die Demokratie in Österreich weiter beschädigte, indem er aufgrund des Kriegswirtschaftlichen Ermächtigungsgesetzes ein Demonstrationsverbot für Schüler, ein Verbot von Fahnen und Standarten in der Öffentlichkeit sowie ein Eheverbot für Sicherheitswachebeamte, Gendarmen und Mitglieder der Zollwache beschließen ließ. Letzteres erboste Nechyba besonders. Er stellte sich vor, was gewesen wäre, hätte es diesen Regierungserlass bereits im Jahr 1905 gegeben. Da hätte er seine Aurelia nicht heiraten dürfen. Bei diesem Gedanken schüttelte er sich wie ein mit kaltem Wasser übergossener Hund. Er schenkte sich ein weiteres Stamperl ein, und nachdem er auch das hinuntergekippt hatte, fragte er sich: ob Dollfuß diese Art von Arbeit ausfüllte? Ob er stolz darauf war und ob er wirklich glaubte, dass ihm solche Aktionen die Anerkennung der Menschen einbringen würde?

*

»Gehn S', geben S' mir a Zeitung!«
»Was für eine, Frau Chefin?«
»Mir wurscht. Irgendeine.«
»Na guat, da haben S' die Kronen-Zeitung.«
»Was? Das Hausmeisterblattl? Wollen S' mi beleidigen?«
»'tschuldigen, Frau Chefin. Da! Da haben S' die Wiener Zeitung. Das is was Amtliches. Was wollen S' denn nachlesen?«
»Lesen? Hören S' auf! Wacheln* will i. Weil's heut so schwül is. Dabei hamma noch gar net die Hundstage.«
Frau Jelinek nahm die Zeitung und fächelte sich Luft zu. Herr Engelbert sah, wie der dicken Frau die Schweißperlen auf der Stirn standen und kleine Rinnsale von Schweiß den Hals hinunter ins Dekolleté sickerten. Ihr nicht mehr ganz weißer Arbeitsmantel stand vorne ziemlich weit offen, eine Bluse hatte die Chefin offensichtlich keine an, und so blieb es ihm nicht erspart mitanzusehen, wie ihr Schweiß zwischen den Hügeln ihres recht beachtlichen Busens versickerte. Er wandte sich ab und sagte keinen Ton. Schließlich war sie die Chefin, und wie sie sich bei dem schwülen Klima kleidete, war ihre Sache. Außerdem war das Kaffeehaus vollkommen leer. So wie die ganze Stadt heute menschenleer war. Das schwüle Klima schien die Leute zu lähmen, sodass sie lieber zu Hause blieben. Tja, auch er schwitzte. Und das fächelnde Geräusch, das jetzt aus Frau Jelineks Richtung erklang, machte seine Situation nicht erträglicher. Er verließ den Durchgang zur Küche und begab sich in den Gastraum. Er sah sich um, aber

---
* fächeln

außer einer dicken schwarzen Fliege, die surrend im Lokal ihre Kreise zog, bewegte sich nichts und niemand im Café Jelinek. Gelangweilt griff der Ober zu der vorher bereits in der Hand gehaltenen Kronen-Zeitung und nahm mit einer gewissen Verblüffung zur Kenntnis, dass das auf den Tiroler Landesrat und Heimwehrführer Dr. Steidle verübte Revolverattentat auch hier auf der Titelseite zu finden war. Er sah die Titelseiten der anderen Tageszeitungen durch, überall dominierte dieses Thema. Die Arbeiter-Zeitung beließ es aber nicht nur bei der Berichterstattung über das Steidle-Attentat, sondern fasste die Situation in der Überschrift zusammen: *Braune Terrorakte in Oesterreich.* In einer fetten Zwischenüberschrift wurden die Geschehnisse in aller Kürze aufgelistet:

Zwei Tote bei einem Bombenüberfall auf ein Juweliergeschäft – Eine Höllenmaschine in einem Kaffeehaus – Nazikrawalle in der ganzen Stadt – Barrikaden an der Grazer Universität – Handgranaten in Tirol.

Engelbert Novaks Hand begann zu zittern, ihm wurde kurz schwindlig, und er musste sich setzen. Nach einem kurzen Zusichkommen zog er das blütenweiße Taschentuch, das er stets bei sich trug, hervor und wischte sich den Schweiß von der Stirn. Nachdem er es einmal zusammengefaltet und in seiner Smokinginnentasche verstaut hatte, begann er den Leitartikel zu lesen:

Das Revolverattentat der Nazi am Sonntag in Innsbruck und der Anschlag in Bruck waren das Signal zu einer großen Terrorwelle, mit der gestern die Nazi das Land in Furcht und Schrecken zu versetzen suchten. Um 10.30 Uhr wurde gestern in einen Juwelierladen in Meidling eine

Bombe geworfen. Die Explosion tötete zwei Menschen und verletzte eine Anzahl schwer. Um dieselbe Stunde lärmten auf dem Ring die Nazistudenten und schlugen an verschiedenen Orten in Geschäften und Privatwohnungen Fensterscheiben ein und suchten mit Feuerwerkskörper Panik in der Stadt hervorzurufen. In einem Kaffeehaus in der Leopoldstadt wurde eine Höllenmaschine gefunden, die von derselben Konstruktion war wie die Mordmaschine in Meidling. Sie war auch zur selben Zeit von den Verbrechern hinterlegt worden, als in Meidling zwei Menschen das Opfer des verbrecherischen Anschlages wurden. Auch in einer Reihe anderer österreichischer Städte wütete der braune Mordterror.

Engelbert Novak ließ die Zeitung sinken. Eine Zeit lang starrte er vor sich ins Leere. Wie konnte ein Mensch anderen Menschen so etwas antun? Sein Blick fiel auf die vor ihm liegende Zeitung, und er las weiter:

Gestern vormittag wurde auf das Geschäft des Juweliers Norbert Futterweit in der Meidlinger Hauptstraße ein Bombenattentat verübt, dessen Wirkung gräßlich war: der Juwelier wurde entsetzlich verstümmelt und war sofort tot, eine Angestellte und vier Personen, die gerade an dem Geschäft vorbeigingen, erlitten erhebliche Verletzungen, einer der Verletzten starb bald darauf im Spital. Das Geschäft wurde in einen Trümmerhaufen verwandelt.

»Ein Wahnsinn«, murmelte Engelbert, »jetzt kann man in Wien nicht einmal mehr einkaufen gehen, ohne Gefahr zu laufen, in die Luft gesprengt zu werden.«

Da er das alles gar nicht so genau wissen wollte, übersprang er die ausführliche Schilderung des Tatherganges.

Sein Interesse und sein Mitleid galten den Opfern dieser Wahnsinnstat:

Ein zweites Opfer des Attentats ist seinen Verletzungen bereits erlegen: es ist dies der 63-jährige Angestellte Johann Hodik, der eine Lähmung der linken Körperhälfte und eine tiefe Wunde an der rechten Schläfe erlitten hatte.

Die Verkäuferin Gusti Holzner erlitt schwere Schnittwunden an den Händen; das 15jährige Ladenmädchen Mitzi Sichl schwere Rißquetschwunden durch Sprengstücke im Gesicht, an den Augen und Beinen, der Sohn des dem verbrecherischen Anschlag zum Opfer gefallenen Hodik, der 18jährige Johann Hodik, schwere Verletzungen am ganzen Körper, die 15jährige Therese Baumann Verletzungen am Hals und an der Brust und die 70jährige Luise Hügel Verletzungen im Gesicht und an den Ohren. Leichter verletzt wurden Elias Stein, Marie Rois und Leopold Slezak.

Futterweit – Familienvater.

Futterweit war Goldarbeiter von Beruf; er war verheiratet und hinterläßt eine Frau und einen achtjährigen Sohn. Futterweit stammt aus einer Juwelierfamilie. Er war Jude. Die Frau des Toten, die man schonend von dem Mord an ihrem Mann verständigt hatte, ließ sich nicht abhalten, in das zerstörte Geschäft zu gehen. Beim Anblick des furchtbaren Bildes brach sie zusammen.

Engelbert Novak legte die Zeitung weg. Er hatte genug. Zusätzlich beschlich ihn ein Gefühl der Bedrohung. Er fühlte, wie sich da etwas aufbaute, das wie eine Gewitterwand auf ihn zuraste und dem er weder ausweichen noch vor dem er davonlaufen konnte. Aus seinen düsteren Überlegungen riss ihn erst sein Lieblingsstammgast: der alte Ministerialrat Nechyba. Schwitzend und schnaufend betrat er das Café Jelinek, sah sich um und raunzte laut:

»Na? Ist da jemand? Oder muss ich mir meinen Kaffee heut selber kochen?«

*

Er rannte und rannte. Hinter ihm eine Lawine aus Staub, Geröll und Dreck, die alles niederwalzte. Der Lärm der Lawine war begleitet vom Zerbersten, Krachen und Klirren einer brutalen Zerstörung. Je länger er lief, desto deutlicher hörte er auch das Schreien aus Tausenden Kehlen. Wütendes Grölen, Heulen und Stampfen. Der Erdboden erbebte vom Trampeln der Füße, die ihm immer näher und näher kamen. Seine Beine wurden weich wie Gummi, und er kam immer langsamer voran. Sein Puls raste, sein Herz schlug wie wild. Dann wachte er schweißgebadet auf. Er brauchte einige Zeit, bis er sich beruhigt und vergewissert hatte, dass er nicht draußen im Niemandsland auf der Flucht war, sondern sich daheim im sicheren, wohlig weichen Bett befand. Neben ihm lag Dorli und atmete ruhig und regelmäßig. Er setzte sich auf und beobachtete, wie sie schlief. Als er ihre dunkle Silhouette im Bett betrachtete, die Wärme ihres Körpers spürte und ihren zarten Duft einatmete, hatte er plötzlich den heute gelesenen Zeitungsartikel vor Augen. Über den Terror der Nazi, die letztes Wochenende Österreich in seinen Grundfesten zu erschüttern versucht hatten. Ihm kam der ermordete Juwelier Futterweit in den Sinn und auch die Höllenmaschine, die im Kaffeehaus der Produktenbörse in der Taborstraße zum Glück nicht explodiert war. Die Randale der Nazi-Studenten der Hochschulen für Welthandel und Bodenkultur, die die Fenster mehrerer Villen in der Felix-Mottl-Straße mit Steinwürfen beschädigten, sowie der Krawall vor der Wiener Universität und entlang der Ringstraße, wo Studenten, SA-Leute und Nazi-Sympathisanten versucht hatten, zuerst die Universität und dann das Rathaus zu stürmen. Berittene Polizei sowie die Mannschaften von etlichen Polizei-Überfallautos konnten in einer stundenlangen Straßenschlacht, die sich bis zur Oper und auch hinein in die Mariahilfer Straße verlagerte, den braunen Mob schließlich zerstreuen. Am meisten beunruhigten ihn aber die Angriffe im Kleinen, im Privaten, wo ganz offensichtlich Nazi aus der Nachbarschaft auf jüdische Mitbürger losgegangen waren. Wie zum Beispiel der Reizgasangriff auf das Delikatessengeschäft Deutsch am Elterleinplatz. Der Name Deutsch ließ ihn an Dorlis Nachnamen Wiener denken und daran, dass sie aus einer jüdischen Familie namens Kaufmann stammte, bevor sie den jungen Arzt Samuel Wiener geheiratet hatte. Engelbert Novak war nun hellwach. Wenn die Nazi begannen, gezielt auf Menschen jüdischer Herkunft und mit jüdischen Namen loszugehen, was würde als Nächstes geschehen? Dass man nicht nur eine Bombe – die Gott sei Dank nicht explodiert war – in einem von jüdischen Händlern frequentierten Börsencafé platzierte? Dass man beginnen würde, alle jüdischen Mitbürger systematisch zu verfolgen? Er quälte sich aus dem Bett, ging in die Küche, griff zu einem Glas und trank gierig einige Schlucke Wasser. Als das kühle Nass seinen Schlund hinunterrann und seinen erhitzten Körper etwas abkühlte, fasste er einen Entschluss: Er wird Dorli ruckzuck heiraten. Damit sie nicht mehr Wiener, sondern ganz ordinär wienerisch Novak heißen würde.

*

»Was heißt, du weißt es nicht?«

Aurelia antwortete ihrem Gatten auf die mit einem grantigen Unterton gestellte Frage vorerst nicht, sondern verschwand ins Bad. Nechyba blieb alleine im Schlafzimmer zurück. Das magerlte* ihn fürchterlich, und er musste sich sehr beherrschen, dass er nicht einen Brüller losließ. Er dachte an den Hausmeister, der in dieser Situation zu toben angefangen hätte. Nun, der Loibelsberger war in seinen Augen ein armer Teufel, mit dem sein Temperament des Öfteren durchging. So wollte er sich nicht aufführen. So nicht. Der Gedanke an den Hausmeister ließ die Wut auf Aurelia verdampfen, und er zog die Untergatte** und die Socken aus, streifte das Nachthemd über und kroch ins Ehebett. Als seine Frau schließlich im ehelichen Schlafgemach erschien, hatte sich Nechyba beruhigt, und er sagte leise:

---

* ärgern
** Unterhose

»Ich bitte dich aufs Inständigste, nimm dir den einen Tag frei und begleite mich.«

Aurelia kuschelte sich neben ihm ins Bett und sagte noch immer nichts. In Nechyba machte sich ein Gefühl von Hilflosigkeit und Leere breit.

»Schau, du weißt genau, dass mich die Auguste braucht ...«

»Aber ich brauch dich auch. Nicht oft. Meistens kannst eh tun und lassen, was du willst. Aber manchmal möchte ich dich bei mir haben.«

Nechyba spürte ihre Hand, die sie ihm beruhigend auf den Bauch legte.

»Du hast mich eh dauernd an deiner Seite. Außerdem bist nicht so hilflos wie die Auguste. Gestern hat sie schon wieder einen ihrer schwarzen Tage gehabt. Da ist sie nicht aus dem Bett aufgestanden, hat sich nicht angezogen und hat den ganzen Tag nix gegessen. Dabei hat die Gerti ein hervorragendes Erdäpfelgulasch gekocht.«

»Aber bei diesem einen Mal wirst doch die Auguste für ein paar Stunden allein lassen können. Ich möchte dort nicht allein hingehen müssen.«

»Musst du dort überhaupt hingehen?«

Nechyba verdrehte die Augen.

»Was soll ich machen? Ich muss.«

Und vor seinem geistigen Auge spielte sich noch einmal der heutige Nachmittag im Café Jelinek ab. Er saß in seiner Stammloge, nippte am Mokka und las mit großer Genugtuung, dass der Ministerrat die Auflösung der SA und der SS sowie das Verbot der NSDAP in Österreich beschlossen hatte, als Herr Engelbert plötzlich neben ihm stand. Er dachte sich, dass, wenn er das Verbot der Nazi-Partei kommentieren würde, der Ober gleich wieder seinen Standardspruch »Hören S' auf mit dem Politisieren« von sich geben würde. Doch zu seiner Überraschung kam es anders. Herr Engelbert stand steif wie eine Salzsäule neben ihm und räusperte sich mehrmals. Als er von seiner Lektüre aufsah, bemerkte er, dass der Ober einen knallroten Kopf hatte und nach neuerlichem Räuspern sagte:

»Verzeihen ... dass ich Sie ... störe, Herr Ministerialrat ...«

»Sie stören mich net. Was gibt's?«

»Ich ... ich werde heiraten.«

»Na da gratuliere ich!«

»Danke. Aber ich habe diesbezüglich eine große Bitte an Sie.«

»Aha? Was denn?«

»Würden Sie mein Trauzeuge werden?«

Nechyba fehlten die Worte, schließlich brummte er:

»Ja, von mir aus gern. Aber haben S' niemand anderen? Ich meine einen Verwandten oder so.«

»Meinen Vater hab' ich nie kennengelernt. Mein Bruder ist im Krieg gefallen, und meine Mutter ist im 18er-Jahr an der Spanischen Grippe gestorben.«

»Mein Beileid«, antwortete Nechyba trocken und fuhr fort:

»Na dann mach ma das. Es ist mir eine Ehre.«

Am Heimweg vom Café Jelinek, dachte er, dass der Novak eine arme Sau war. So mutterseelenallein auf der Welt zu sein, ist traurig. Na ja, ich werde meine Aurelia fragen, ob's mit mir zu Herrn Engelberts Hochzeit geht.

Ist eh nur am Standesamt ohne großes Trara, wie er mir versichert hat. Trotzdem hätte ich sie gerne dabei.
»Weißt, warum der Novak überhaupt heiraten will?«
»Nein. Warum?«
»Weil seine Lebensgefährtin Wiener heißt und Jüdin ist und er sich Sorgen um sie macht. Du weißt, die Nazi werden immer mehr, und der Judenhass kennt bald keine Grenzen mehr. Deshalb will er seine Dorli zumindest namensmäßig schützen. Das ist einer der Gründe, warum ich mich auf die ganze Angelegenheit eingelassen hab.«
»Und? Wie wird sie nachher heißen?«
»Novak.«
Aurelia lachte:
»Ja, das is net jüdisch. Das is behmisch, so wie Nechyba.«
Dann gab sie ihm ein Busserl und sagte zärtlich:
»Also in Gottes Namen: Ich komm mit zur Hochzeit der Novaks.«

*

»Wo ist denn der Herr Engelbert?«
»Der hat geheiratet.«
»Das ist mir bekannt. Ich war sein Trauzeuge. Aber warum arbeitet er heute nicht?«
»Er arbeitet eh. Nur im Moment nicht. Er hat sich Urlaub genommen. Hochzeitsreise … Verstehn S'?«
»Eh klar … Also, Herr Jelinek, dann bringen Sie mir heute halt meinen doppelten Mokka.«
Der Cafetier nickte und verschwand in der Kaffeeküche. Nechyba setzte sich seufzend und gedankenverloren.

Seine Gedanken waren bei seiner eigenen Hochzeitsreise, die eigentlich zwei gewesen waren. Die erste hatte im Jahr 1905 unmittelbar nach der Hochzeit stattgefunden. Damals waren er und seine Frau zur Resi-Tant' nach Röschitz ins Weinviertel gefahren. Mein Gott, die Resi-Tant' liegt jetzt auch schon etliche Jahre unter der Erde ... Damals hatte ein Mordfall, der ausgerechnet während des Aufenthaltes der Nechybas in Röschitz passierte, ihm die Hochzeitsreise vermiest. Seine Traumhochzeitsreise nach Venedig hatte er erst im Jahr 1912 gegen den anfänglichen Widerstand seiner sparsamen Gattin antreten können. War das schön gewesen. Auch Aurelia war fasziniert und im Nachhinein dankbar, dass er sich durchgesetzt hatte. Er nahm einen Schluck Mokka, erinnerte sich dabei an den fantastischen Kaffee, den er in Italien genossen hatte. Dann warf er einen Blick auf die Titelseite der Arbeiter-Zeitung, und seine Miene verdüsterte sich. Der Leitartikel berichtete vom konsequent betriebenen Ausmerzen des politischen Pluralismus in Deutschland:

Die Zertrümmerung des deutschen Zentrums
Alle Abgeordneten und Spitzenfunktionäre der Bayerischen Volkspartei verhaftet
München, 26. Juni. Die Regierung hat heute den seit längerer Zeit erwarteten Schlag gegen die Bayerische Volkspartei geführt. Vor einigen Tagen wurden bei den Funktionären der Bayerischen Volkspartei Hausdurchsuchungen vorgenommen.
Heute wurden sämtliche Reichstags- und Landtagsabgeordnete der Bayerischen Volkspartei verhaftet; auch andere Spitzenfunktionäre wurden von der politischen Polizei in Haft genommen.

Unter den Verhafteten befindet sich der Obmann der Bayerischen Volkspartei Prälat Leicht, der ehemalige geheime Staatsrat Fritz Schäffer, der Führer der Bayernwacht v. Lex, der Generalsekretär der Bayerischen Volkspartei Dr. Pfeiffer, die Abgeordneten v. Stimmer, Fürst Karl v. Wrede, Baron Hirsch v. Planegg und Dr. Hundhammer.

Nechyba nahm einen Schluck Mokka und murmelte: »Jetzt geht's in Deutschland den Pfaffen und den Schwarzen an den Kragen. Jene, die mit dem Faschismus geliebäugelt haben, werden nun auch ausgeschaltet. Das sollten die österreichischen Schwarzen vom Dollfuß abwärts und auch die ganzen Heimwehrführer genau beobachten. Wenn die Nazi in Österreich die Macht übernehmen sollten, geht's ihnen genauso.«

Da er keine Lust hatte weiterzulesen, überflog er nur mehr ein paar Überschriften auf dieser Seite: *Der Klerus kapituliert ... Wieder dreitausend Sozialdemokraten in die Konzentrationslager gebracht! ... Die verbotene Sozialdemokratie ... Vor Wiedereinführung der Wehrpflicht in Deutschland?*

Voll Widerwillen schüttelte er den Kopf und blätterte weiter. Die Überschrift der Seite 2: *Verstärkung des Naziterrors. Neue Bomben, Brandstiftungen, Tränengasattentate*, missfiel ihm ebenfalls. Deshalb glitt sein Blick hinüber auf die Seite 3, wo folgende Überschrift seine Aufmerksamkeit erregte:

»Nicht koscher, aber auch kein Ehrenmann!«
Sagt das Gericht über Herrn Frauenfeld
Der Führer der österreichischen Nazibewegung hat gestern eine Niederlage erlitten, die schwerer wiegt, als die

Schläge, die seine Partei jetzt in Oesterreich erleidet. Ein ordentliches Gericht hat festgestellt, daß der Gauleiter und »Landesinspekteur« der österreichischen Nazi ein »Ehrenmann« mit Anführungszeichen genannt werden dürfe, was eben soviel heißt wie, daß er kein Ehrenmann ist.

Die Arbeiter-Zeitung von Frauenfeld wegen Ehrenbeleidigung geklagt, hat in ihrem Prozeß gestern einen umfangreichen Wahrheitsbeweis dafür geführt, daß der »Ehrenmann« diese Bezeichnung verdient. Und dieser Wahrheitsbeweis ist, soweit ihn das Gericht zugelassen hat, in vollem Umfang gelungen.

Als vor Monaten bekannt wurde, daß der Antisemitenführer noch vor vier Jahren im Spital der jüdischen Kultusgemeinde in Pflege war, hat ihm die Arbeiter-Zeitung den schmückenden Beinahmen der »Koschere« verliehen.

Nechyba nahm einen Schluck Kaffee und murmelte: »So ein Gfraßt.*«

Da er in seinem Ärger die Zeile verloren hatte, las er etwas unten weiter:

Zehn Jahre aus dem Leben eines Naziführers wurden gestern im Gerichtssaal durch eine Reihe von Zeugen lebendig. Da waren die ehemaligen Kameraden der Frontkämpfervereinigung, mit denen er für Habsburg gestritten hat, seine früheren Kollegen bei der Bank, denen er im Streik in den Rücken gefallen ist, die Aerzte des jüdischen Spitals, deren Hilfe er gesucht hat, um sie dann zu verunglimpfen, und da war auch die jüdische Kollegin aus der Bank, die ihm so gut gefallen hat, daß er mit ihr in jüdische Restaurants speisen ging ...

---

* Schimpfwort. Wird wie »Arschloch« verwendet.

Und es kam heraus: zu derselben Zeit, als er im jüdischen Spital die Hilfe der Juden in Anspruch nahm, schrieb er für Naziblätter antisemitische Artikel. Zu derselben Zeit als er im koscheren Gasthaus sich mit der jüdischen Freundin traf, war er schon Mitglied der Antisemitenpartei. Mittags aß er beim jüdischen »Würstel-Biel«, abends fraß er in der Versammlung Juden.

»Wer vom Juden frißt, stirbt daran!«, war um diese Zeit einmal in der Nazizeitung zu lesen, für die Frauenfeld aus dem jüdischen Spital antisemitische Artikel geschrieben hat. Als ihm das in der Verhandlung vorgeworfen wurde, meinte er zynisch lächelnd: »Ich bin nicht daran gestorben!«

Nechyba reichte es. Er knallte die Arbeiter-Zeitung auf den Kaffeehaustisch, rief lautstark »Zahlen!« und machte sich, als er das erledigt hatte, auf den Weg nach Hause.

HUNDSTAGE

Die Sonne stach wie ein Schwarm wild gewordener Wespen. Die Strahlen taten, sobald man aus dem Schatten hervortrat, richtig weh. Jene Wiener, die es sich leisten konnten, hatten sich längst in die Sommerfrische begeben. Nechyba, der nie ein Sonnenanbeter gewesen war, flüchtete in diesen Tagen bei seinen Wegen durch den 6. Bezirk von einem schattenspendenden Gebäude zum nächsten. Die sonnigen, glühend heißen Abschnitte dazwischen nahm er als Tortur wahr. Wenn auf jener Seite des Gehsteiges, auf der er gerade unterwegs war, so ein Stück vor ihm lag, wechselte er die Straßenseite, um vis-à-vis im Schatten seinen Weg fortzusetzen. Während der Hundstage trug er auch nicht seine Einheitskleidung, die er seit den Tagen im k.k. Polizeiagenteninstitut beibehalten hatte. Auf Aurelias Drängen, und weil es ja wirklich angenehmer war, verzichtete er im Sommer auf den schwarzen Anzug und die Melone. Vielmehr trug er ein helles Leinensakko und eine ebensolche Leinenhose. Statt der Melone schützte ihn ein fescher Strohhut vor den Sonnenstrahlen, und statt seiner schwarzen Schnürschuhe hatte er sich – ebenfalls auf Aurelias Drängen – elegant durchbrochene braune Sommerschuhe anfertigen lassen. So gelangte etwas mehr Luft an seine von der Hitze stark aufgequollenen Füße. Der schwergewichtige Mann war also – zumindest was seine Kleidung betraf – in einer abgespeckten Version unterwegs. Nachdem er auf dem Naschmarkt frische Birnen und bei Piccini, seinem Lieblingsgeschäft für italienische Delikatessen, zwanzig Dekagramm Gorgonzola, ein halbes Kilo Risottoreis, ein Stück Parmesan sowie zwei Flaschen von einem fruchtig leichten Tokai aus dem Friaul erstanden hatte, kehrte er schwitzend und schnaufend in seine Wohnung in die Mollardgasse zurück. Bevor er mit dem Kochen anfing, holte er einen Kübel und füllte ihn bis obenhin mit kaltem Wasser. Darin versenkte er die beiden Flaschen Tokai und hoffte, dass der Wein solchermaßen eine einigermaßen angenehme Trinktemperatur bekommen würde. Dann schnitt er eine mittelgroße Zwiebel in kleine Stücke, griff zum Risottoreis und zum Olivenöl. In einer hohen Pfanne erhitzte er es, gab die Zwiebel sowie etwas später den Reis dazu und ließ beides kurz anrösten. Inzwischen öffnete er eine Flasche Tokai, kostete einen Schluck und löschte dann damit Reis und Zwiebel ab. Aus der Speisekammer holte er die klare Suppe, die er gestern gekocht hatte, und goss nach und nach unter ständigem Rühren den Risotto auf. In den Pausen dazwischen rieb er den Parmesan und nahm immer wieder einen Schluck Tokai, der dank mehrmaligem Wasserwechseln eine angenehme Trinktemperatur angenommen hatte. Zu guter Letzt, als der Reis allmählich weicher wurde, aber immer noch Biss hatte, gab er die kleingewürfelten Birnen, den Gorgonzola und kurze Zeit später den Parmesan hinzu. Schlussendlich verfeinerte er das Gericht mit einem großen Stück Butter, das dem Risotto eine wunderbar cremige Konsistenz verlieh.

Später, als er den Birnen-Gorgonzola-Risotto verzehrt hatte, begab er sich in seinen Fauteuil, schaltete den Radioapparat ein und lauschte den Klängen des Mittagkonzerts. Zufrieden und satt freute er sich über den äußerst gelungenen Risotto. Das Rezept stammte aus einem alten Kochbuch, das die italienische Küche zum Inhalt hatte und das er unlängst in einem Antiquariat erstanden hatte.

»Kochen können sie ja, die Italiener«, murmelte er, »aber was sie unterm Mussolini politisch aufführen, geht auf keine Kuhhaut.«

*

Mit Wehmut dachte Aurelia an die Jahre vor dem Krieg zurück, als die Familie Schmerda während der Hundstage immer am Semmering ihre Sommerfrische verbracht hatte. Sie selbst war nie mitgefahren, sondern nur das Dienstmädel, zuerst die Mizzi, dann die Gerti. Aurelia hasste es wegzufahren. Es machte nur alle hektisch und verrückt und verursachte viel Arbeit. Vom Kofferpacken angefangen bis zum sommerlichen Einmotten der Wohnung. Das waren immer herrlich ruhige Zeiten gewesen, als sie die Schmerdasche Wohnung ganz für sich allein hatte. Tage und Wochen, an denen sie nicht in der Früh aufstehen musste und wo sie auch nicht kochen musste. Sie erinnerte sich, dass vor 30 Jahren genau in dieser Periode des Entspannens und des Müßiggangs die Sache mit dem Nechyba angefangen hatte.

»Mein Gott! Der Nechyba …«, murmelte sie, als sie sich an jene ferne Zeit erinnerte, als er ein Berg von einem

Mann gewesen war. Mit einem stattlichen Bauch und jeder Menge Muskeln. Obwohl er sich beruflich ständig mit Abschaum abgegeben hatte, hatte er sich Frauen gegenüber eine rührende Art von Schüchternheit bewahrt. Ein Kind von einem Mann, das mit 43 Jahren noch immer unverheiratet gewesen war. Diese seltsame Mischung hatte sie bezaubert, und so hatte sie sich in den dicken Nechyba verliebt. Nun, seitdem er die siebzig überschritten hatte, war er ziemlich zusammengeschrumpft. Die Reste seines Bauches hingen ihm wie eine schlappe Schürze herunter, und es zwickte ihn immer irgendwas. »Wenn ich einmal in der Früh aufsteh und es tut mir nix mehr weh, weiß ich, dass ich tot bin«, pflegte er seine Situation zu kommentieren. Als Aurelia über den körperlichen Verfall ihres Gatten nachdachte, kam die Gerti in die Küche und sagte:

»Frau Aurelia, die gnädige Frau verlangt nach Ihnen.«

Die Köchin wischte sich mit dem Schürzenzipfel die Schweißperlen aus dem Gesicht und begab sich in den Salon. Hier, auf dem breiten Ledersofa, pflegte Auguste Schmerda während der Hundstage zu liegen und vor sich hinzudämmern.

»Aurelia …«, hauchte die Dame des Hauses, »ich komm um bei dieser Hitze.«

Sie setzte sich ans Fußende des Sofas und betrachtete ihre Dienstgeberin mit Sorge. Schmal und schmächtig lag sie da, ein Schatten ihrer selbst. Nichts erinnerte mehr an die blühend schöne Frau, die sie gewesen war, als Aurelia in den Haushalt des Dr. Schmerda als Köchin eintrat. Aurelia betrachtete die spindeldürren Beine, die unter dem Morgenmantel herausragten. Ein Bild des Jammers. Die einst auf ihr gepflegtes Äußeres sehr bedachte Frau lag hier nur mit einem dünnen seidenen Morgenmantel bekleidet. Ohne Strümpfe, Unterwäsche, Unterrock, Rock und Bluse.

»Aurelia, ich hab eine ganz narrische Idee …«

»Und was wär das?«

»Sagst du bitte der Gerti, dass sie den Badezimmerofen anheizen soll. Nicht viel, nur ein bisserl. Sodass das Wasser nicht heiß, sondern nur warm wird. Und dann …«, sie packte Aurelias Hand, »dann hilfst du mir bitte in die Badewanne hinein und lasst mir kaltes Wasser ein.«

»Aber gnädi…«, Aurelia verschluckte das Frau und fuhr mit besorgter Stimme fort: »Aber Auguste, du wirst dich verkühlen.«

»Nicht verkühlen, sondern abkühlen werde ich mich. Komm, sag der Gerti, dass sie einheizen soll. Weil wenn's mir zu kalt wird, möchte ich ein bisserl warmes Wasser nachfließen lassen.«

Eine halbe Stunde später, als der Ofen im Badezimmer das Wasser erwärmt hatte, half Aurelia Auguste beim Aufstehen vom Sofa. Dann stützte sie ihre Dienstgeberin beim Gang ins Bad und setzte sie auf einen Holzschemel, der neben der Badewanne stand.

»Steck bitte den Wannenstöpsel hinein und dreh das kalte Wasser auf.«

Aurelia tat, wie ihr befohlen. Auguste griff nach Aurelias kräftiger Hand, stand auf, löste mit einem Handgriff den Gürtel ihres Morgenmantels und ließ ihn zu Boden gleiten. Aurelia schrie auf:

»Aber gnädige Frau!«
Auguste Schmerda, die sich noch immer an ihre Hand klammerte, sah sie mit großen Augen an und flüsterte: »Pst! Das bleibt unter uns. Und im Übrigen bin ich für dich nicht die gnädige Frau, sondern deine Freundin Auguste, die dich bittet, ihr in die Badewanne zu helfen.«
Aurelia tat es mit zitternden Händen und hochrotem Kopf. Mit einem Seufzer der Erleichterung ließ sich Auguste ins kalte Wasser, das sich am Boden der Wanne gesammelt hatte und das langsam, aber stetig anstieg, sinken. Aurelia merkte, wie sich bei Auguste Gänsehaut bildete. Keine Minute später war die aber wieder verschwunden. Auguste lehnte sich entspannt in der Wanne zurück und seufzte:
»Nach dem ersten Kälteschock ist das eine Wohltat.«
Aurelia, noch immer mit hochrotem Kopf, sah ihre nackte Dienstgeberin nicht an. Die war plötzlich putzmunter und klopfte mit der Hand auf den Wannenrand.
»Komm, setz dich her und leiste mir Gesellschaft.«
Aurelia tat, wie ihr geheißen. Auguste hatte inzwischen zu einem Waschlappen gegriffen und tränkte ihn im kalten Wasser.
»Aurelia, schau mich bitte einmal an.«
Zögernd kam die Köchin dieser Aufforderungen nach und war überrascht, als Auguste ihr das Gesicht mit dem kalten Waschlappen abwischte und abkühlte.
»Aurelia, ich bitte dich. Sei nicht so ein Kind. Wir sind doch beide erwachsene Frauen. So wie uns der Herrgott erschaffen hat, sehen wir beide ja gleich aus.«
Aurelia musste lachen:

»Mit dem Unterschied, dass von mir gut zweimal so viel da ist wie von dir. Mein Gott, Auguste, du bist so schrecklich dünn. Ich mach mir Sorgen.«

Auguste schloss die Augen und erwiderte:

»Das brauchst du nicht. Ich bin dünn und zäh. Vertrau mir.«

Nach einer Stunde, in der auch immer wieder etwas warmes Wasser in die Wanne geflossen war, half Aurelia der Dame des Hauses beim Aus-der-Wanne-Steigen und Abtrocknen. Verblüfft stellte sie fest, dass Augustes Nacktheit sie nun nicht mehr peinlich berührte. Sie führte ihre in ein großes Handtuch gehüllte Dienstgeberin zurück zum Sofa. Als diese entspannt und ermattet vor ihr lag, gab sie der Köchin folgenden Auftrag:

»Es gibt noch warmes Wasser im Ofen des Badezimmers. Deshalb möchte ich, dass du jetzt ins Bad gehst und dort auch ein erfrischendes Bad nimmst.«

Als Aurelia widersprechen wollte, beschied ihr Auguste, dass sie das jetzt ohne Wenn und Aber tun solle. Und so verbrachte Aurelia an diesem hundsheißen Sommernachmittag ein halbes Stündchen im kühlen Nass. Es war herrlich, und voller Dankbarkeit überlegte sie, wie sie Auguste ein bisschen aufpäppeln könne. Da kam ihr die Idee, ein Weinchadeau[*] zu machen. Diese wunderbar schmeckende Mischung aus Eiern, Wein und Staubzucker[**] würde Auguste sicher munden und ihr gleichzeitig neue Lebensgeister verleihen.

*

---

[*] Weinschaum, italienisch: Zabaione
[**] Puderzucker

Nachdem er daheim mittaggegessen hatte, saß Nechyba – so wie fast an jedem Nachmittag – im Café Jelinek. Er bestellte einen großen Mokka und griff zur Arbeiter-Zeitung, deren Titelseite er zu studieren begann. Sein erster Blick fiel auf die nur eine Spalte breite Kolumne rechter Hand, die den Titel *Hitler betrügt die Bauern* trug. »No na! Wen betrügt der Hitler denn nicht?«, murmelte er. Und da er sich für bäuerliche Belange nicht sonderlich interessierte, wollte sein Blick schon weiterwandern, doch dann fing er den Artikel zu lesen an, da der Beginn sein Interesse geweckt hatte:

Die deutschen Zeitungen sind so gleichgeschaltet, daß sie nicht bloß alles drucken, was ihnen zu drucken aufgegeben wird, sondern auch allem peinlich aus dem Wege gehen, was zu erörtern von oben als unerwünscht bezeichnet wird. Wollten die paar Blätter, die noch einen Schein von begrenzter Unabhängigkeit wahren, anders handeln, dann würden ihre Redakteure ins Konzentrationslager fliegen. Ihr tägliches Abendgebet, sagt man, ist: »*Lieber Herrgott, mach mich stumm, daß ich nicht nach Dachau kumm.*«

In weiterer Folge befasste sich der Artikel mit der Art und Weise, wie die Nazi-Bonzen Deutschlands Bauern das Fell über die Ohren zogen. Das interessierte Nechyba nicht, und so schwenkte er zum Hauptartikel über, der davon berichtete, wie nach den Nazi-Attentaten auf Heimwehrführer Dr. Steidl und Bundesminister Fey die deutsche Polizei einen der entkommenen Attentäter schützte. Auch das interessierte Nechyba nicht wirklich. Sollten sich die Faschisten ruhig gegenseitig das Leben zur Hölle machten. »Das g'schieht ihnen recht«, grummelte er und nahm einen Schluck Mokka. Zu diesem Thema gab es auf der Titelseite einen weiteren Artikel, der unmittelbar an Nechybas Gedanken anschloss:

Eine Nazibombe in Gumpoldskirchen.

In der letzten Nacht wurde um 1 Uhr in Gumpoldskirchen ein Lausbubenstreich gegen das Wohnhaus des Landeshauptmannstellvertreters Sturm verübt. Eine Sprengbüchse, die auf einem Treppenabsatz außerhalb des Hauses angebracht war, wurde zur Explosion gebracht.

Durch die Explosion wurden eine größere Anzahl Fensterscheiben an der Eingangstür und einer daran anschließenden Glasveranda sowie ein Stück des gußeisernen Stiegengeländers zerstört.

Landeshauptmannstellvertreter Sturm befand sich in der fraglichen Nacht nicht in Gumpoldskirchen. Auch sonst befand sich niemand im Hause.

Es handelt sich augenscheinlich wieder um eine nationalsozialistische Büberei.

Der anschließende Artikel fand ebenfalls Nechybas Aufmerksamkeit:

Nächtlicher Naziüberfall in Baden.

Sonntag Nacht wurde in der Grabengasse in Baden der Kultusbeamte Kurz der Badener Israelitischen Kultusgemeinde von Nationalsozialisten überfallen und mißhandelt. Als Täter wurde der Nazi Ferdinand Merschitz verhaftet, der erst vor vierzehn Tagen zur Nachtzeit den Handelsangestellten Harry Neufeld in Baden überfallen hat. Er ist der Bruder des gestern von der Bezirkshautmannschaft zu drei Wochen Arrest verurteilte Franz Merschitz.

»So viel Hass«, murmelte Nechyba und schüttelte den Kopf. So unglaublich viel Hass war in manchen Menschen aufgestaut, dass man es kaum glauben konnte. Seine Gedanken wanderten zu seinem 1918 verstorbenen Freund Leo Goldblatt.

»Mein Gott, der Goldblatt ... dass der Herrgott ihn so früh zu sich genommen hat, war, aus heutiger Perspektive betrachtet, eine Gnade. Den immer ärger werdenden Judenhass hat er nimmer miterleben müssen.«

Und dann hatte er eine schreckliche Vision. Er stellte sich vor, dass er und Goldblatt im Café Sperl sitzen und Tarock spielen. Es wird spät. Vorm Sperl verabschieden sie sich etwas schläfrig voneinander, und Nechyba sieht Goldblatt kurz nach, wie der die Gumpendorfer Straße stadteinwärts zum Getreidemarkt geht. Am nächsten Tag hören sie nichts voneinander, und am übernächsten Tag liest er in der Zeitung, dass der Redakteur Leo Goldblatt von einer Bande nationalsozialistischer Nachbarsbuben verhöhnt, verspottet und zusammengeschlagen wurde.

»Nein, das hat er zum Glück nicht mehr erleben müssen«, seufzte Nechyba, und sein Blick fiel auf den unteren Teil der Titelseite sowie auf die Überschrift:

Es wird weitergelyncht.

In Caledonia (Mississippi) wurde ein Neger gelyncht, weil er eine weiße Frau beleidigt haben soll. Fast die ganze Stadt beteiligte sich an der Verfolgung des unglücklichen Negers, der durch die Straßen geschleift und dann an einem Baum aufgehängt wurde.

Angewidert legte Nechyba die Zeitung zur Seite. Es gibt Tage, dachte er, da ballen sich alle Grauslichkeiten und Gemeinheiten der Welt auf einer Zeitungsseite zusammen. Wie groß muss der Hass sein, dass man einen Menschen, nur weil er jemanden angesprochen hat, durch die Straßen jagt und schließlich an einem Baum aufknüpft? Das traf auch auf den Nationalsozialismus zu. Wie vergiftet von Hass müssen Hitlers Anhänger sein, um wildfremde Menschen, die ihnen nichts getan haben, zu überfallen und zu misshandeln? Nechyba schüttelte den Kopf und trank den letzten Schluck Mokka aus, der sich noch in der Schale befand. Eine dichte Wolkenbank schob sich vor die Sonne und verdunkelte alles rundum. Draußen auf der Straße und drinnen im Kaffeehaus herrschte eine düstere Stimmung. Nechyba rief: »Herr Engelbert, zahlen bitte!«, stand auf, drückte dem Ober im Hinausgehen das Geld in die Hand und verließ fluchtartig das Jelinek. Er sehnte sich nur noch danach, in seine geliebte Wohnung zurückzukehren, es sich im Ohrensessel bequem zu machen und den Hornyphon-Radioapparat einzuschalten. Wenn er sich beeilte, würde er rechtzeitig um 15.55 Uhr zu Hause sein, um die Sendung *Berühmte Suiten* zu hören.

*

Wenn's so heiß is, bin i jetzt immer im Hof. Es sind ja Ferien. Im Hof is es schön kühl. Weil im Hof von unserem und den Nachbarhäusern stehn ganz große Bäume. Auf dem Baum in unserm Hof tu i gern herumkraxeln*. Der Herr Vater hat's mir erlaubt, und die Frau Mutter is froh, wenn's mich los is. Er hat nur g'sagt, dass i aufpas-

---
* herumklettern

sen und nirgendwo runterfliegen soll. I kraxl gern rüber in den Nachbarhof. Weil der viel größer als der unsrige is. Dort sind die Kinder vom Nachbarhaus. Der Rudi und die Resi, die Toni und der Xandl. Die ham g'schaut, als i das erste Mal oben auf der Mauer, die was die Höfe trennt, g'sessn bin und owe[*] g'schaut hab. Zuerst war i ihnen a bissl unheimlich, weil i mi das trau. Aber jetzt samma schon gute Freund'. Wenn i umekraxl in den Nachbarhof, hammas immer lustig. Wir dürfen nur net zu laut lachen und schreien. Das kommt aber beim Schneider, Schneider leih ma d' Scher-Spielen[**] fast immer vor. Da reißt dann die alte Nemeth vom ersten Stock das Fenster auf und keift mit uns. Gfraßtsackln[***] nennt's uns. Und dass ma die Gosch'n halten sollen. Der Herr Vater, der das a g'hört hat, hat mi daraufhin zur Seite g'nommen und g'sagt: »Reg di net auf wegen der oidn Schastrommel[****]. Die tuat so, wie wenn's nie a Kind g'wesen wär. Die soll si über die Häuser haun.« Und dann hat er sich wieder hing'setzt in seinen Sessel, der was im Schatten von unserem Baum steht. Er hat die Beine ausgestreckt und die nackerten Fiaß ins Lavoir[*****] mit'm kaltem Wasser g'steckt. I war ganz weg[******], dass er einmal net laut g'worden is. Bevor er sich's aber anders überlegt, bin i gleich wieder umekraxelt zum Rudi, der Resi, dem Xandl und der Toni. Dort hamma dann Vater-Mutter-Kind gespielt. Das macht net so an Krach wie Schneider, Schneider leih' ma d' Scher. Bei Vater-Mutter-

[*] hinunter
[**] Österreichische Variante von »Reise nach Jerusalem«
[***] Kind, das nervt
[****] alte von Darmwinden geplagte Frau
[*****] Waschschüssel
[******] überrascht

Kind wollt der Rudi unbedingt die Mutter spielen. Weil die kochen tut. I hab nachgegeben und g'sagt: »Von mir aus. Bin i halt der Herr Vater. Da darf i wenigstens immer schlecht aufgelegt und grantig sein.«

*

»Was sind Sie? Hausmeister sind Sie?«
Rudolf Loibelsberger nickte und murmelte:
»Ja, gnädiger Herr, im Haus nebenan.«
Der feine Herr mit der tadellosen Frisur, der vor dem Haus Mollardgasse 1 stand und mit dem sich Henriette Kern gerade unterhielt, musterte ihn vom Scheitel bis zur Sohle.
»Na, das trifft sich ja hervorragend. Frau Kern, sagen S' einmal, ist der Herr da ein guter Hausmeister?«
Henriette Kern kannte Rudolf Loibelsberger seit vielen Jahren und abgesehen davon, dass er ein furchtbarer Choleriker war, war er ein anständiger Hausbesorger. Und so antwortete sie lächelnd:
»Es hat sich noch nie jemand darüber beschwert, dass er seinen Dienst nicht anständig ausgeübt hätte.«
»Na, das is ja sehr interessant. Sehr interessant ...«
Loibelsberger war das alles unangenehm, und er wollte so schnell wie möglich weg. Er verbeugte sich und sagte:
»Entschuldigung, die Herrschaften, aber ich hab's eilig.«
Doch der elegante Herr ließ ihn nicht gehen:
»So warten S' doch ein Augenblick! Wie heißen Sie eigentlich?«
»Loibelsberger. Rudolf Loibelsberger.«

»Sehr angenehm, mein Name ist Quirinus Altmeyer und ich bin der Zunftmeister der Wiener Friseure.«
Oha, dachte Loibelsberger, ein Großkopferter[*]. Er verbeugte sich und brummte:
»Gleichfalls. Angenehm.«
Zu seiner Überraschung legte ihm Altmeyer nun die Rechte auf die Schulter, und ein Hauch von exquisitem Rasierwasser wehte zu ihm herüber.
»Wissen Sie, wir Friseure planen hier in diesem Haus ein großartiges Projekt. Ein Friseurmuseum, das in beiläufig einem Jahre eröffnet werden soll. Und da suchen wir jemanden, der sich um die Ausstellungsräumlichkeiten kümmert.«
»Und Sie meinen, ich … ich wär der Richtige?«
»Ja warum denn nicht? Sie sind der Hausmeister von nebenan. Das heißt, ich brauch Ihnen keine Dienstwohnung zur Verfügung zu stellen. Und so eine riesengroße Ausstellung ist das ja auch wieder nicht. Es sind nur einige Räume und nicht das ganze Haus. Na, hätten Sie an so einer zusätzlichen Aufgabe Interesse?«
»Gnädiger Herr, das lässt sich einrichten. In der Zeit, in der wir heut leben, sind ein paar Netsch[**] als Zusatzverdienst nie verkehrt.«
»Wunderbar. Sie haben vorhin g'sagt, dass Sie's eilig haben. Ich will Sie nicht länger aufhalten. Vielleicht kommen S' morgen um halb sieben am Abend auf einen Sprung zu uns in die Zunft? Da haben wir eine Sitzung, die sich mit der Gründung des Museums befasst.«

---
[*] Ein besser situierter Mensch
[**] Kleingeld

»Sehr gerne, Herr Zunftmeister. Vielen Dank, Herr Zunftmeister. Danke auch Ihnen, Frau Kern. Wünsche allseits einen guten Tag!«

Als er wenig später bei seinem Termin, sprich einem frisch gezapften Krügel Bier, in seinem Stammbeisl saß, konnte er all das noch gar nicht glauben. In einigen schnellen Zügen trank er das Krügel leer und bestellte das nächste. Schließlich waren jetzt die Hundstage, und sein Durst war noch größer, als dies normalerweise der Fall war.

*

Henriette Kern war erschöpft. Vormittags am Naschmarkt beim Einkaufen war es so drückend heiß gewesen, dass es ihr fast den Atem geraubt hatte. Außerdem war sie von einer leichten Benommenheit und einem Schwindelgefühl erfasst worden.

»Die Hitz' is nimmer lustig«, hatte sie gemurmelt, und ein Marktweib, das direkt neben ihr Paradeiser[*] in ein Papierstanitzl hineinhob, kommentierte ihre Äußerung folgendermaßen:

»Die Sunn is jo ka Sunn mehr, sondern a Gluatmugl[**].«

Die gnädige Frau, für die die Paradeiser eingepackt worden waren, hatte ergänzt:

»Die Sonne ist eine einzige Zumutung. Eine Unverschämtheit, was sich der Petrus da erlaubt.«

---

[*] Tomaten
[**] Glutballen

Später, in ihrer kühlen Parterrewohnung, hatte sich Henriette Kern die Schuhe und Strümpfe ausgezogen und war ab diesem Zeitpunkt bloßfüßig unterwegs. Das kühlte sie etwas ab, sodass sie die nötige Energie aufbringen konnte, sich eine saure Wurst mit viel Zwiebel und einem fein gehackten grünen Paprika zuzubereiten. Knackig frisches Gemüse wie dieser Paprika gehörte zu den wenigen positiven Seiten des Sommers. Mit Appetit verzehrte sie die saure Wurst mit einem frischen Semmerl von der Bäckerin auf der Gumpendorfer Straße. Fast hätte sie auf das Semmerl wegen der Hitze verzichtet. Nun war sie froh, diesen Umweg in Kauf genommen zu haben. Wohl gesättigt und von der sauren Wurst angenehm erfrischt, ging sie zum Sofa machte es sich dort bequem und dämmerte binnen weniger Augenblicke in ein hitzebedingtes Mittagsschläfchen hinüber.

Aufgeweckt wurde sie von seltsamen Geräuschen. Eine Frauenstimme keifte draußen im Hof wie verrückt, dann wurde mit einem lauten Knall ein Fenster zugeschmissen. Dieses Geräusch vor allem weckte Henriette endgültig auf. Verschlafen schlurfte sie zum Hoffenster, öffnete es und prallte zurück. Vor dem Fenster hatte die Sonne den gepflasterten Teil des Innenhofes aufgeheizt, sodass ihr die dort aufgestaute Hitze förmlich eine Watsche[*] gab. Das Fenster wurde sofort wieder geschlossen, und Henriette, die eine neugierige Person war, begann zu grübeln. Was war da los gewesen? Es hatte sich so angehört, wie wenn es aus dem Nachbarhof gekommen wäre. Aber das war

---
[*] Ohrfeige

nicht die Stimme des Hausbesorgers gewesen, den man ja oft nebenan herumbrüllen hörte. Nein, das hatte nach einer weiblichen Stimme geklungen. Verschlafen schlüpfte sie in ihre ausgetretenen Schlapfen und huschte aus der Wohnung hinaus in die Hitzehölle der Mollardgasse. Die glühend heiße Luft legte sich wie ein Kettenhemd über ihre Lungen, und sie trachtete, so schnell wie möglich in den kühlen Flur des Nachbarhauses zu gelangen. Dort überlegte sie kurz und war sich ziemlich sicher, dass die bissige weibliche Stimme aus diesem Hof erklungen war. Im kühlsten Winkel lag in einem aufgeklappten Liegestuhl Rudolf Loibelsberger und döste vor sich hin.

»Sagen S', was war das vorher für ein Bahöö?«

Loibelsberger schreckte aus dem Halbschlaf auf und schaute Henriette überrascht an:

»I sag's gleich, i bin unschuldig. I bin selber aufg'schreckt vorhin.«

»Und wer war's dann?«

»Ob Sie's glauben oder nicht, das war die reizende Frau Nemeth aus dem ersten Stock.«

»Ah so? Das hätt i dera gar net zugetraut. Die tut immer so auf etepetete*. Auf feine Dame.«

»Das glauben S' ja selber net, dass des a Dame is.«

»Na bisher schon.«

»Das is a Irrtum.«

Und da er müde, aber gut gelaunt war, machte er folgenden Vorschlag:

»Gehn S', setzen S' Ihnen her. I klapp Ihnen den zwei-

---

* geziert

ten Liegestuhl auf und plaudama* a bissl. Für was anderes is es heut eh viel zu heiß.«

Da Henriette Kern die Kühle im Hof als äußerst angenehm empfand, willigte sie ein und setzte sich neben den Hausmeister. Der tauchte, nachdem er den zweiten Liegestuhl aufgestellt hatte, seine nackten Füße wieder in das Lavoir mit kaltem Wasser und trank einen Schluck vom Krügel Bier, das neben ihm am Boden stand. Mit großem Verlangen beobachtete sie, wie Loibelsberger nach einiger Zeit des gemeinsamen Schweigens neuerlich einen Schluck nahm. Als er ihren Blick bemerkte, wandte sie verschämt die Augen von dem Krügel ab und wurde rot.

»So a Schluck Bier ist bei der Hitz, bei der es heut sicher dreißig Krügeln** im Schatten hat, eine Wohltat. Darf i Sie auf eines einladen?«

»Aber ich bitt Sie! Wie kommen S' denn da dazu?«

Loibelsberger erhob den Kopf und rief:

»Erich, wo steckst denn?«

Henriette machte große Augen, als Erich plötzlich oberhalb der Trennmauer erschien und freundlich zu ihr runtergrüßte.

»Erich, sei so guad und hol der Frau Kern a Krügl Bier vom Wirt.«

»Nein. Um Gottes willen! Wenn dann höchstens a Seiterl.«

»Also, hol bitte ein Seiterl.«

Henriette staunte, wie flink der Bub von der Mauer den großen Baum entlang herunter in den Hof kletterte. Dann

---
* plaudern wir
** scherzhafte Bezeichnung für 30 Grad

beobachtete sie, wie Loibelsberger ihm ein paar Münzen in die Hand drückte, ihm mit einer liebevollen Geste durchs Haar fuhr und in väterlichem Ton sagte:

»Und a Kracherl kauf dir a. Da, das reicht für a Seiterl und a Kracherl*.«

»I dank recht schön, Herr Vater.«

Später, als Erich das Bier gebracht und samt der Limonadeflasche über die Mauer wieder im Hof nebenan zu seinen Spielgefährten verschwunden war, nahm Henriette einen langen Schluck. Sie genoss, wie das Bier ihre Gurgel hinunterrann und sie mit seiner zarten Hopfennote und der prickelnden Kohlensäure aufs Angenehmste erfrischte. Henriette lehnte sich im Liegestuhl zurück, streckte die Beine von sich, fühlte sich rundum wohl und seufzte:

»So a Bier is schon was Guades, vor allem bei der Hitze.«

Was zu ihrem Wohlbefinden beitrug, war die Beobachtung, dass es im Zusammenleben von Vater und Sohn Loibelsberger offensichtlich auch harmonische Momente gab. Und so sagte sie schließlich:

»Der Erich ist ein wirklich braves Kind. So einen wie ihn muss man einfach gern haben.«

Loibelsberger nickte, nahm einen kräftigen Schluck von seinem Bier und grummelte:

»I waß eh. Der Erich is wirklich a guada Bua. Aber i bin oft ka guada Vater.«

*

---

* Limonade

Schweißgebadet kam Nechyba von seinem Vormittagsspaziergang zurück.

Gegen die drückende Hitze, die sich so wie schon in den Vortagen in Wien breitgemacht hatte, half nur eines: raus aus den Kleidern und im Badezimmer in der Wanne ein kühles Fußbad nehmen. Für seine Begriffe war er ziemlich lang in der Stadt unterwegs gewesen. Zuerst war er über den Naschmarkt geschlendert und wollte sich dort einen Gusto holen. Doch als er am unteren Ende angekommen war, hatte er nichts entdeckt, was ihn bei diesen Temperaturen reizen hätte können, sich an den Herd zu stellen und zu kochen. Unschlüssig schlenderte am Seefische-Pavillon vorbei, überquerte den Karlsplatz und danach den Ring und verschwand schließlich zwischen den Prachtbauten des 1. Bezirks, die alle angenehm Schatten spendeten. Nechyba ließ sich treiben und gelangte zur Seilerstätte, die er entlangschlenderte. Am Eck zur Himmelpfortgasse hatte er es. Das, worauf er Gusto hatte. Heute musste es etwas Italienisches sein. Und da war er in der Himmelpfortgasse genau richtig, denn auf Nummer 4 befand sich das Feinkostgeschäft von Riccardo Piccini. Dort erstand er ein Viertelkilo Polenta sowie ein Flascherl Ribolla Gialla, den ihm der Feinkosthändler mit folgenden Worten empfohlen hatte:

»Wenn Sie eine Polenta machen, kosten S' doch einmal diesen Weißen aus Cormons. Ein wunderbar kräftiges Tröpferl mit einer schönen Frucht und einer angenehme Säure.«

Nach dem Einkauf setzte sich Nechyba ins benachbarte Café Frauenhuber und genoss einen Mazagran. Der dop-

pelte Mokka mit Eiswürfeln und einem Schuss Maraschino hatte eine wunderbar belebende Wirkung auf ihn. Dazu orderte er ein zweites Glas frisches Wasser, nachdem er das erste vorm Genuss des Kaffees durstig hinuntergestürzt hatte. Das zweite Glas wurde serviert, und der Kellner bemerkte verständnisvoll:
»Sehr zum Wohl, der Herr! So a Glasl Wasser schmeckt bei der Affenhitz gleich doppelt so gut.«
Für diese freundliche Bemerkung bekam er wenig später ein üppiges Trinkgeld. Erfrischt begab sich Nechyba über die Kärntner Straße, die Operngasse und den Naschmarkt nach Hause zurück, wo er, wie bereits erwähnt, schweißgebadet ankam. Nachdem er ein großes Glas Wasser getrunken und ein erfrischendes Fußbad genommen hatte, machte er sich ans Kochen. Er erhitzte Milch, gab Rahm dazu – beides hatte er am Heimweg bei der Milchfrau erstanden –, säuerte die Flüssigkeit mit einigen Spritzern Zitrone, süßte mit zwei Esslöffeln Zucker und rieb von der Schale der Zitrone Zesten hinein. Sodann rührte er mit Bedacht die Polenta in das Milch-Rahm-Zitronen-Gemisch. Er ließ es einmal kräftig aufkochen, wich den Spritzern, die dabei entstanden, geschickt aus und drehte dann den Gasherd auf kleine Flamme. Dieser Gasherd war auch so eine phänomenale Neuerung in seinem Leben. Nechyba musste nicht mehr, so wie in seiner alten Wohnung, den Herd mit Holzscheitern beheizen, bevor er überhaupt mit dem Kochen beginnen konnte. Ein weiterer Vorteil des Gasherdes war das Backrohr, das er nur aufzudrehen brauchte und das sich dann von selbst aufheizte. Kein Nachlegen von Holz war mehr notwendig.

Wie der Feinkosthändler ihm geraten hatte, rührte er den Polentabrei ständig um, sodass er nicht anbrennen konnte. Er kostete immer wieder, bis die Polenta am Gaumen kein bisschen körnig, sondern schmusig weich war. Nun nahm er das Reindl* vom Herd und ließ die Maisgrießmasse abkühlen. Inzwischen trennte er vier Eier und schlug das Eiweiß mit etwas Salz auf. Danach fand er, dass er sich nun einen Schluck vom Weißwein aus dem Friaul verdient hatte. Der Feinkosthändler hatte die Flasche aus dem Eiskasten genommen und dick in Zeitungspapier eingewickelt. Nechyba hatte sie, als er daheim ankam, sofort in das kühlste Eck seiner Speisekammer gestellt. Nun öffnete er die Flasche und konstatierte mit zufriedenem Grinsen, dass der Ribolla Gialla immer noch schön kühl war. Bedächtig goss er sich ein Glas ein, kostete den ersten Schluck und war von dem Bouquet des Weins überwältigt. Er streckte die Beine aus, nahm noch einen Schluck und seufzte:

»Das Leben ist schön.«

Nachdem die Polenta ausgekühlt war, mischte er die Eidotter und danach den Eischnee darunter und goss die Masse in die heiße, gute ausgebutterte Pfanne. Dort ließ er die Polenta kurz anbrutzeln und verfrachtete danach die Pfanne ins Rohr, wo der Polentaschmarrn eine halbe Stunde lang gebacken wurde.

Abends servierte er Aurelia den Schmarrn gemeinsam mit einem Zwetschkenkompott, das er letzten Herbst eingekocht und eingeweckt hatte. Aurelia lobte ihn bezüglich seiner Idee, keinen Kaiserschmarrn, sondern einen Polen-

---
* Kasserolle

taschmarrn zu machen. Nechyba, der ihr ein Glas Ribolla Gialla aufgehoben hatte, hatte für sich nun einen Gemischten Satz aus Stammersdorf aufgemacht. Leicht besäuselt und rundum glücklich begaben sich die Nechybas anschließend zu Bett und schliefen umgehend ein. Einige Stunden später wachte Nechyba auf. Er schwitzte und verspürte das dringende Bedürfnis, wischerln[*] zu gehen. Neben sich hörte er den gleichmäßigen Atem seiner Frau, der nur hin und wieder von einem zarten Schnarchton unterbrochen wurde. Schlaftrunken stand er auf, schlich aus dem Schlafzimmer hinaus und schlurfte zielstrebig zum WC, das sich Gott sei Dank in der Wohnung und nicht draußen am Flur befand. Nachdem er seine Blase erleichtert hatte, ging er in die Küche und trank ein Glas Wasser. Dann ging er zum Küchenfenster und machte es sperrangelweit auf. Ein leichter Windstoß wehte herein, und Nechyba atmete tief durch. Die Luft, die da hereinströmte, war deutlich frischer und kühler als die in der Wohnung. Er lehnte sich aus dem Fenster und blickte auf den im hellen Licht des Vollmonds vor ihm liegenden Innenhof. Rundum war es mucksmäuschenstill. Nur hin und wieder, wenn ein zartes Lüfterl wehte, raschelte das eine oder andere Blatt in der Krone des riesigen Baums, der im Hof stand. Wann würde es wieder kühler werden? So wie jetzt in der Nacht sollte es auch untertags sein. Das war auszuhalten. Als er sich auf die Fensterbank lehnte und in die Nacht hinausstarrte, ging ihm ein Artikel der Arbeiter-Zeitung durch den Kopf, den er heute im Kaffeehaus gelesen hatte:

---

[*] zu urinieren

Tod schafft Brot. In dem Artikel wurde berichtet, dass der amerikanische Präsident Roosevelt die am Boden liegende amerikanische Wirtschaft mit dem Bau von einundzwanzig Kriegsschiffen anzukurbeln plante. Dies tat er aus einem einzigen Grund: Japan hatte ebenfalls beschlossen, neue Kriegsschiffe zu bauen. Die nachfolgende Formulierung hatte ihm ein trauriges Lächeln entlockt und sich in sein Gedächtnis eingebrannt: ... *der Imperialismus hüllt sich in das Gewand der Arbeitsbeschaffung und hängt das Mäntelchen wirtschaftlicher Fürsorge um die Mündung seiner Riesengeschütze* ...

Nechyba nahm einen weiteren Schluck Wasser und dachte: Oft ist die Welt wirklich schön. Aber oft auch schön verrückt.

CHRISTENMENSCHEN

»Da schau her! Ich hab' dir aus dem Kaffeehaus die gestrige Zeitung mitgebracht. Das musst du lesen, Dorli.«

Nach einem flüchtigen Begrüßungskuss hielt Engelbert Novak seiner frisch angetrauten Frau die Seite 4 der Arbeiter-Zeitung vom 3. September unter die Nase. Etwas irritiert nahm sie das Blatt, ging in den Salon, setzte sich aufs Sofa und überflog die Überschriften besagter Seite.

»Was soll ich da lesen?«

»Den Artikel *Von Deutschlands tiefster Schmach*.«

»Ich mag das nicht selber lesen, lies du es mir vor. Bitte!«

Missmutig setzte er sich neben seine Frau und begann vorzulesen:

Seit Wochen geht jetzt im Dritten Reich der braunen Mörder etwas vor sich, das selbst inmitten des täglichen tausendfachen Verbrechens seinen besonderen Rang an Niedertracht behält. Es handelt sich um die sogenannte »Aktion gegen den Rasseverrat deutscher Frauen« – wohl eine der ärgsten Infamien, die den kranken Gehirnen, die über Deutschland herrschen, entsprungen ist. »Rasseverrat« – was ist das? »Rasseverrat« ist es bei den Nazi, wenn deutsche Frauen von ihrem sexuellen Selbstbestimmungsrecht Gebrauch machen und Männern ihrer Wahl, auch wenn sie »nichtarischer« Rasse sind, ihre Liebe schenken. Gegen dieses Naturrecht der deutschen Frau, über ihre Person nach Gutdünken zu verfügen, hat der Rassenfascismus mobil gemacht. Ein Terror, an Widerlichkeit sondergleichen, hat in ganz Deutschland gegen alle jene Frauen eingesetzt, die sich des Verbrechens schuldig gemacht haben, jüdische »Untermenschen« den Lichtgestalten der SA.-Kneipen vorzuziehen. In allen nationalsozialistischen Blättern Deutschlands erscheinen Tag für Tag »Warnungen an die Judenliebchen«, in denen jenen Frauen, die trotz der täglich öffentlich und privat an ihnen verübten Gemeinheit an ihren jüdischen Freunden festhalten, mit der Veröffentlichung ihrer Namen und Adressen, mit Enthüllungen aus ihrem Sexualleben und mit »weiteren Maßnahmen« gedroht wird, wenn sie sich nicht gefügig zeigen.

»Glaubst, gilt die Warnung auch umgekehrt?«, fragte Dorli mit ironischem Ton in der Stimme.

»Wie meinst du?«

»Für Männer arischer Abstammung, die mit jüdischen Frauen zusammenleben oder gar mit ihnen verheiratet sind?«

»Wie wir beide?«

»Ja, mein Judenliebchen«, lächelte sie und gab ihm einen Kuss.

Unwirsch wendete er den Kopf ab.

»Du nimmst das alles nicht ernst.«

»Geh bitte! Erstens leben wir in Österreich und nicht in Deutschland. Zweitens heiß ich jetzt Novak und hab somit einen wundervollen arischen Namen«, feixte sie und kuschelte sich an ihn. Engelbert seufzte, griff neuerlich zur Arbeiter-Zeitung und fuhr fort:

»Noch einmal: Du nimmst das alles nicht ernst. Das solltest du aber. Die Nazi meinen das todernst. Da schau, wie es in Deutschland zugeht:
Daß diese tägliche Aufputschung durch die braune Journaille die SA-Kanaillen in Rage bringt, ist klar. So muß der Münchener Korrespondent der »Times« seinem Blatt berichten:
In Nürnberg, wo die Lage der jüdischen Bevölkerung in zunehmendem Maße unsicher wird, haben sich in letzter Zeit neue antisemitische Ausschreitungen abgespielt. Vorigen Sonntag wurde ein »arisches Mädchen« von neunzehn Jahren, das sich in Gesellschaft eines Juden befand, von SA.-Männern festgenommen, die langen blonden Zöpfe weggeschnitten und ihr der Kopf kahl geschoren. Dann wurde ihr eine Tafel mit der Inschrift »Ich habe mich einem Juden angeboten« um den Hals gehängt und die abgeschnittenen Zöpfe wurden mit Nadeln an das Plakat angeheftet. So wurde das junge Mädchen durch die Straßen geführt und in mehreren Tingel-Tangel auf der Bühne zur Schau gestellt. Sturmtruppleute standen neben dem Podium, brüllten den Text der Tafel in das Publikum und beschimpften das junge Mädchen in nicht wiederzugebenden Worten.
Einige Tage vorher wurden ein Jude und eine Nichtjüdin, angeblich die Geliebte des Juden, in einem offenem Auto durch die Straßen Nürnbergs geführt. Sie hatten Tafeln um den Hals, die die Inschriften trugen: »Ich habe eine deutsche Frau entehrt« und »Ich habe mich einem Juden hingegeben.«
Ins Konzentrationslager.

Der Polizeibericht der Stadt Worms meldet: Trotz verschiedenen Warnungen hat schon wieder ein hiesiger jüdischer Händler versucht, sich in anstößiger Weise einem christlichen Mädchen zu nähern. Der Betroffene wurde, wie verschiedene seiner Rassengenossen, dem Konzentrationslager Osthofen zugeführt.

Die »Hessische Volkswacht« meldet:
Der Jude Walter Lieberg, Lessingstraße 18, der Sohn eines der Mitarbeiter der Metallwerke Lieberg und Komp., Bettenhausen, hat eine Verhältnis mit einem Christenmädel Jandy aus der Uhlandstraße. Die Mutter des Christenmädels unternimmt nichts gegen das Verhältnis, sondern duldet es. Das Christenmädchen stellt sich auf den Standpunkt, daß ihnen auch die Regierung das Verhältnis nicht verbieten könne. Um der Bevölkerung diese sauberen Leutchen zu zeigen und ihnen das Verwerfliche ihrer Gesinnung klarzumachen, führten SS-Pioniere den Juden, sein Verhältnis und die Mutter durch die Straßen Kassels.

Ein ähnlicher Fall hat sich Samstags den 26. August, wie die »Oberhessische Zeitung« berichtet, in Marburg a.L. zugetragen.

Das alles geschieht im Jahre 1933 und in einem Land, das zu den zivilisiertesten der Welt gehörte. Es war ein Irrtum; das ist jetzt, nach sechs Monaten der Herrschaft des Nationalsozialismus, bewiesen. Deutschland ist nur noch ein geografischer Begriff. Aus den Reihen der zivilisierten Menschheit ist es gestrichen und nichts ist für dieses Land mehr übrig, solange es nicht die Herrschaft der Hitler und Göring abschüttelt, als Hass, Verachtung und Abscheu.«

Engelbert ließ die Zeitung sinken und merkte, dass Dorli sich mittlerweile ganz eng an ihn gekuschelt und eingerollt hatte. Wie ein Embryo, dachte er. Leise sagte sie: »Ich mag nicht durch die Straßen getrieben, beschimpft und verhöhnt oder gar ins Konzentrationslager gebracht werden, nur weil ich dich lieb habe.«

*

»Aha, mit dem Flugzeug ist er geflogen, der feine Herr«, murmelte Joseph Maria Nechyba und zupfte an seinem Schnurrbart. Er saß im Café Jelinek und blätterte in der Neuen Freien Presse. Die Sonne blinzelte ins Kaffeehaus herein, sodass man den Staub tanzen sah, doch Nechybas Gemüt verfinsterte sich. Ernst Rüdiger Starhemberg, der Bundesführer der Heimwehrverbände, hatte in Italien seine Sommerfrische verbracht. Am Lido in Venedig, wie bereits vor Wochen zu lesen war. Und dann hatte er auch noch einen Abstecher nach Rom gemacht, um Mussolini zu treffen.

»Wir sind umringt von Führern ... Benito Mussolini in Italien, Adolf Hitler in Deutschland ... fehlt nur noch, dass sich unser Bundeskanzler auch noch als Führer aufführt ...«

Nechyba nahm einen Schluck Mokka und las dann den Artikel:

Gestern kurz nach 14 Uhr ist Bundesführer Starhemberg aus Rom im Flugzeug in Aspern eingetroffen. Zum Empfang waren Minister Fey, Staatssekretär Neustädter-Stürmer, Sicherheitsdirektor Doktor Steidle, Landesfüh-

rer Alberti und Gesandter Alexich erschienen. *Minister Fey richtete an den Bundesführer eine herzliche Begrüßungsansprache, die in die Worte ausklang:* »Wir hoffen, dass du uns in eine bessere Zukunft führen wirst.«
   In seiner Antwort sagte Starhemberg: »Ich habe in Italien bleibende Eindrücke empfangen. Nur ein fascistisches Regime kann derartiges erreichen. In mir wurde der Eindruck verstärkt, daß auch wir unter allen Umständen danach trachten müssen, daß auch in Oesterreich dasselbe System zur Herrschaft gelange. Der Heimatschutz hat stets diese Meinung vertreten, und ich kann heute nur sagen, daß diese Meinung richtig ist. Ich kann aber auch versichern, daß das fascistische Italien in unserem Kampf auf unserer Seite steht und uns in unserem Kampf unterstützen wird. Ich hoffe, in gemeinsamer Arbeit auch Oesterreich einer gesicherten Zukunft entgegenführen zu können.«

Nechyba schüttelte den Kopf. Seit 1918 war Österreich eine demokratische Republik, und das war gut so. Aber dieser Starhemberg und die anderen Heimwehrführer schwafelten ununterbrochen vom Faschismus. War das die autoritäre Träumerei eines Hocharistokraten und seiner Spießgesellen? Oder war das die Sehnsucht nach einem starken Mann? Was versprachen sich die Faschismus-Jünger davon? Würde die wahnsinnig hohe Arbeitslosigkeit verschwinden und ein Wirtschaftsaufschwung eintreten? Würde es unter einem faschistischen Regime den Menschen besser gehen? Wohl kaum. In einem faschistischen Österreich würden genauso die bürgerlichen Freiheiten eingeschränkt und die Menschenrechte mit Füßen getreten werden, wie es derzeit in Deutschland und in Italien der Fall war. Nechyba erschauderte, und es rann ihm kalt den Rücken hinunter.

*

Am Tag darauf, am Samstag, dem 9. September, saß Nechyba wieder im Jelinek und schmökerte die verschiedensten Tageszeitungen durch. Das Durchstöbern von Zeitungen und Zeitschriften war ihm mittlerweile eine liebe Nachmittagsbeschäftigung geworden. Da er mit seinen 73 Jahren nicht mehr so gut zu Fuß war wie vielleicht noch vor fünf Jahren, war der zehnminütige Spaziergang ins Kaffeehaus gerade richtig. Und da er nicht mehr so viel herumkam, konzentrierte er sich aufs Zeitungslesen und Radiohören. Das machte seine Welt etwas abwechslungsreicher und interessanter. Im letzten halben Jahr aber auch beängstigender. Die schleichende Abschaffung der Demokratie, die die Regierung Dollfuß vorantrieb, machte ihm Sorgen. Wo würde das hinführen? Sorgen machte ihm auch die nach wie vor triste wirtschaftliche Situation Österreichs. Die Hunderttausenden Arbeitslosen und total Verarmten, die keine Chance hatten, auch nur ansatzweise ihr tägliches Brot zu verdienen. Bei der zweiten Schale Mokka und dem dritten Glas Wasser stieß er auf folgenden Bericht, der in der Rubrik »*Aus dem Gerichtssaal*« in der Neuen Freien Presse stand:
(Seit 9 Jahren arbeitslos.)
Der Kutscher Karl Groag wurde am Karlsplatz dabei betreten, als er mit seinem zweijährigen Kinde am Arm

Passanten anbettelte. Bei der Polizei verantwortete sich der arbeitslose Kutscher mit grenzenloser Notlage. Nun musste sich Groag vor dem Jugendrichter Landesgerichtsrat Dr. Lutz verantworten. Die Daten, die der Richter aus den Akten konstatierte, waren erschütternd. Der Angeklagte hat fünf Kinder. Er bezieht eine monatliche Unterstützung von 20 S. und erhält drei Lebensmittelpakete. Er ist seit 1924 ohne Arbeit, seit 1928 ausgesteuert. Seither lebte der Mann, der erst 29 Jahre zählt, vom Betteln. Für die Kinder mußte vielfach die Gemeinde sorgen. Die Wohnung der Familie: Ein Raum mit zwei Betten. Der Richter fällte einen Freispruch.

Nechyba ließ die Zeitung sinken und starrte einige Zeit ins Narrenkastl. Dann nahm er einen Schluck Kaffee und murmelte:

»Manche fliegen in der Weltgeschichte umadum und machen Urlaub in Italien am Lido. Andere fressen den Kitt aus den Fenstern.«

»Was ham S' g'sagt?«

Nechyba schüttelte Herrn Engelberts Frage ab und grantelte:

»Ich hab' nur mit mir selber geredet.«

»Na, dann is es ja gut. Ich hab' schon geglaubt, Sie fangen wieder mit dem Politisieren an …«

*

Der Herr Vater und die Frau Mutter streiten schon wieder. Weil sie nicht die Stiegen im Haus aufwaschen will. Sie hat g'sagt:

»Hausmaster bist du. Und net i. Also wasch selber auf!« Darauf hat der Herr Vater einen roten Schädel bekommen und zum Brüllen ang'fangen. Er hat ganz grausliche Sachen g'sagt. Dass die Frau Mutter sich schleichen soll und dass sie schaun soll, wo s' bleibt. In seine Wohnung kommt's nimmer rein. Dann hat er sich auf mich gestürzt. Er war so narrisch, dass i mi ganz klein g'macht und mei G'sicht in die Händ versteckt hab'. Weil die Watschn vom Herrn Vater sind ka Lercherlschas*. Er aber hat mei Hand gepackt, mich hochgerissen und aus der Wohnung aussezaht. Und dann sind wir zu unserer Nachbarin rüber. Er hat an deren Tür gepumpert und g'schrien:
»Frau Kern, machen S' auf!«

*

Henriette Kern wohnte in einer Zimmer-Küche-Kabinett-Wohnung im Erdgeschoß des Nachbarhauses. Sie lebte alleine, da ihr Mann, der vier Jahre im Krieg gewesen war, sich nach seiner Rückkehr von ihr getrennt hatte. Es schien ihr damals, als ob er ein Fremder wäre, den sie nicht kannte. Er war nächtelang unterwegs, trank und gab sich ständig mit irgendwelchen Frauen ab. Da der Frauenüberschuss in Wien damals ungeheuer groß war, standen dem nach Leben gierenden Kriegsheimkehrer vielerlei Möglichkeiten offen. Im März 1919 steckte er sich mit der Spanischen Grippe an, die ihn, wie Millionen anderen Menschen in Europa, das Leben kostete. Zum Glück hatte sie ihre Stelle als Bedienerin, sodass sie in den wirt-

---
* Kleinigkeit

schaftlich schwierigen Zeiten, in denen Massenarbeitslosigkeit herrschte, immer ihren Lebensunterhalt verdienen konnte. Als sie ihr 60. Lebensjahr erreicht hatte und in Pension ging, gewährte ihr der Zunftmeister ein Bleiberecht in ihrer Dienstwohnung in der Mollardgasse. Hier wurde sie Zeugin der familiären Dramen, die sich in der Hausmeisterwohnung des Nachbarhauses abspielten. Da ihr der kleine Erich unendlich leidtat, bot sie ihm regelmäßig Zuflucht in ihrer Wohnung, wenn nebenan der Vater des Buben tobte. Was schließlich dazu führte, dass der Vater den Kleinen manchmal zu ihr rüberbrachte, wenn er im Taumel seiner Wutausbrüche nicht mehr aus noch ein wusste. Das veranlasste Henriette Kern anzunehmen, dass der Hausmeister seinen Sohn trotz allem irgendwie lieb hatte.

*

Henriette Kern hatte ein Sonntagsritual. Am Tag des Herrn schlief sie eine Stunde länger als an den Wochentagen, frühstückte gemütlich, stellte am Herd warmes Wasser auf und absolvierte hernach am Waschtisch die gründliche Säuberung ihrer selbst. Nach dieser sonntäglichen Katharsis schlüpfte sie in ihr frisch aufgebügeltes Sonntagsgewand und begab sich zur Zehn-Uhr-Messe in die Kirche St. Ägyd in der Gumpendorfer Straße. Da sie meist zur selben Zeit wie Aurelia zum Kirchgang aufbrach, begannen die beiden Frauen nach einiger Zeit, einander zu grüßen. Aurelia, die ja meistens alleine die Sonntagsmesse besuchte, fing schließlich auf dem gemeinsamen

Weg an, mit ihr zu plaudern, und so entstand im Laufe der Jahre eine freundschaftliche Bekanntschaft. Aurelia schätzte an der Nachbarin ihr fröhliches, ausgeglichenes Gemüt sowie ihre warmherzige Ausstrahlung. Henriette Kern hingegen fühlte sich geehrt, dass die Frau Ministerialrat aus dem Nachbarhaus mit ihr, einer gewöhnlichen Bedienerin, Konversation betrieb. Besonders beeindruckte Henriette, dass die Frau Ministerialrat immer sehr nett war. Dieses Verhalten zeigte die Frau Ministerialrat auch dem kleinen Erich gegenüber, um den sich Henriette in letzter Zeit sehr annahm und der sie des Öfteren in die Sonntagsmesse begleitete. Meistens trafen sich die Nachbarinnen um halb zehn Uhr vor ihren Wohnhäusern in der Mollardgasse und spazierten dann gemeinsam die Sandwirtgasse und die Gumpendorfer Straße vor zur Kirche St. Ägyd. Erich, der ein blasses, dünnes Kind war und Beine wie Zahnstocher hatte, erregte Aurelias Mitleid. Umso mehr, als sie einmal mitanhören musste, wie er von seinem Vater, der ein kräftiger, grobschlächtiger Mann war, als »Fliegenhaxl« verhöhnt wurde. Und so kam es, dass Aurelia an Sonntagen, wenn Nechyba ungestört dem Nachmittagskonzert von Radio Wien lauschen wollte, gerne Henriette Kern in ihrer Wohnung besuchte. Aurelia kam natürlich nie mit leeren Händen, sondern meist mit einer wunderbaren Topfentorte, die sie am Vorabend gebacken hatte. Der Kleine verschlang dann immer mindestens fünf Tortenstücke. Wenn sie ihm beim Essen zusahen, warfen Aurelia und Henriette einander verschwörerische Blicke zu. Einmal meinte Henriette, als der Bub satt war: »Gell, Erich, du bist so ein richtiger Mehlspeistiger. Mit etwas Selbstgebackenem kann man dir die allergrößte Freude machen.«

*

»Und so stehe ich vor euch mit der Bitte: Bleibt euch des Ernstes unserer Zeit bewußt, seid euch dessen bewußt, daß wir die Aufgabe haben, die Fehler der letzten 150 Jahre unserer Geistesgeschichte gutzumachen und auf neuen Wegen unserer Heimat ein neues Haus zu bauen, und daß jeder einzelne die Pflicht hat, an diesem Neubau mitzuarbeiten. Wir alle gehen auch heute wieder mit dem Glauben von hier weg, einen höheren Auftrag zu erfüllen. Wie die Kreuzfahrer, die von dem gleichen Glauben durchdrungen waren, so wie hier vor Wien ein Marco d'Aviano gepredigt hat »Gott will es« – so sehen auch wir mit starkem Vertrauen in die Zukunft, in der Überzeugung: Gott will es!«

Donnernder Applaus durchsetzt von Hochrufen brandete auf. Nechyba schüttelte den Kopf und drehte das Hornyphon Gerät ab.

»Warum hast denn den Radioapparat abgedreht?«

»Weil ich genug hab'.«

»Was? Hat dir die Rede von unserem Herrn Bundeskanzler nicht gefallen?«

Statt zu antworten, stand Nechyba abrupt auf und schlurfte zum Klo. Als er sich erleichtert hatte und zu seinem Fauteuil im Wohnzimmer zurückgekehrt war, stand seine Frau Aurelia, die dienstfrei hatte, weil Auguste bei Verwandten zu Besuch weilte, bei dem mächtigen mit

Nussbaumfurnier veredelten Radiogerät und schaltete es wieder ein.

»Was machst denn da? Ich hab' doch g'sagt, dass ich genug hab von der depperten Politik.«

»Aber da geht's doch gar nicht um Politik. Das ist eine Sendung über den Katholikentag. Und das interessiert mich, das möchte ich mir anhören.«

»Geh bitte! Da geht's nicht um unseren Herrgott und auch nicht um den Glauben an ihn. Da geht's um schmutzige Politik. Um Machtbesessenheit und Größenwahn …«

Nechybas Gesicht war krebsrot geworden, und er begann zu poltern:

»Dieser wahnsinnige Dollfuß ist dabei, die Demokratie auszuschalten und unsere Republik abzuschaffen!«

»Schrei nicht so. Es müssen nicht alle hören, dass du unseren Herrn Bundeskanzler nicht magst.«

»Unter dem Deckmantel des Katholizismus errichtet dieser machtbesoffene Zwerg eine Diktatur. Und so jemanden soll ich mögen? Ich hab' doch keinen Stich in der Marille!«

»Hör zum Umananderschreien auf!«, keifte Aurelia. »Unser Herr Bundeskanzler ist ein anständiger Mensch, der für unser Land nur das Beste will. Ich hab ihn und seine Christlichsozialen letztes Mal gewählt. Und weißt was? Ich bin stolz drauf.«

»Christlichsozial? Die und christlichsozial? Ha! Dass ich nicht lache!«, schleuderte er seiner Frau entgegen, ging ins Vorzimmer zur Garderobe, schlüpfte in sein Sakko, nahm seine Melone und warf die Tür hinter sich ins Schloss.

Zornig, verbittert und auch ein wenig traurig tapste er

die Stiegen hinunter. Wer hätte gedacht, dass die vermaledeite Politik ihn und seine Frau einmal derart auseinanderbringen würde? Seit fast dreißig Jahren waren sie nun verheiratet, und jetzt das. Gut, er hatte schon immer mit den Sozialdemokraten sympathisiert. Trotzdem hatte er bisher die streng katholische Gesinnung seiner Ehefrau respektiert und war sogar hin und wieder mit ihr in die Sonntagsmesse gegangen. Aber dass sie nun diesen Dollfuß, diesen Westentaschendiktator, in den Himmel hob und von »unserem Herrn Bundeskanzler« sprach, schlug dem Fass den Boden aus. Als er aus dem Hausflur hinaus auf die Mollardgasse trat, murmelte er:

»Der ist ganz sicher net mein Bundeskanzler ...«

*

Es war ein spätsommerlich warmer Septembertag. Die meisten Fenster der Häuser in der Mollardgasse standen sperrangelweit offen, um noch etwas warme Luft in die muffigen und dunklen Wohnungen hereinzulassen. Als er an der Hausmeisterwohnung vorbeiging, wurde er Ohrenzeuge eines Ehekrachs.

»Das liegt heut anscheinend in der Luft«, murmelte er und ging weiter. Schnaufend atmete er mehrmals tief durch, um sich zu beruhigen. Plötzlich wurde die Haustür des Nachbarhauses zaghaft geöffnet. Zwischen dem schweren hölzernen Türblatt und dem Türstock sah ihn der kleine Erich mit schreckgeweiteten Augen an. Schüchtern grüßte das Kind. Nechyba tippte an die Krempe seiner Melone. Gleichzeitig wurde das Gezänk aus der

Hausmeisterwohnung immer schriller. Dann krachte ein gläserner oder porzellaner Gegenstand gegen eine Wand. Erich zuckte zusammen. Nechyba gab es einen Stich ins Herz. Er tätschelte dem Buben beruhigend auf die Schulter und sagte:
»Schreck dich net ... Alles wird wieder gut ...«
Nach einer kurzen Pause fügte er hinzu:
»Komm, gemma ins Nachbarhaus und besuch ma die Frau Kern. Die freut sich sicher, wenn s' uns sieht.«
Artig nickend folgte der Bub der Aufforderung. Hoffentlich ist die Kern zu Hause, dachte Nechyba. Wenn das nicht der Fall sein sollte, was dann? Na dann geh ich mit ihm zur Bäckerei in der Gumpendorfer Straße und kauf ihm eine Topfen- oder Powidlgolatsche. Wie er von Aurelia wusste, die ja mit der Kern sehr gut war, war der kleine Erich ein ausgesprochener Mehlspeistiger. Er klopfte an die Tür der ebenerdig gelegenen Wohnung, und kurze Zeit später wurde sie von Henriette Kern geöffnet. Zuerst mit einem etwas skeptischen Gesichtsausdruck, doch als sie neben dem pensionierten Ministerialrat den kleinen Erich erblickte, fing sie übers ganze Gesicht zu strahlen an. Da wusste Nechyba, dass er das Richtige getan hatte. Als er etwas später die Hofmühlgasse hinauf zum Café Jelinek ging und über sich und Aurelia sowie über ihre unterschiedlichen Sichtweisen der Welt nachdachte, murmelte er:
»Zum Glück haben wir keine Kinder.«

*

Im Kaffeehaus kam Nechyba ins Sinnieren. Wäre er ein furchtbarer Vater geworden? Hätte er auch so getobt und gebrüllt wie der Hausmeister? Er nahm einen Schluck Mokka, kratzte sich am Schädel und dachte: wahrscheinlich nicht. Ich wäre eher ein grantiger Vater gewesen. Oft mit einer schwarzen Wolke über dem Haupt, sodass mir mein Kind aus dem Weg gegangen wäre. Nach einem neuerlichen Schluck Kaffee gestand er sich ein, dass so ein Verhalten nicht minder schrecklich für ein Kind sein musste. Und wenn mir etwas nicht gepasst hätte, wäre ich sowieso laut geworden. So wie vorhin daheim. Er ließ einen Seufzer hören, griff nach der Arbeiter-Zeitung und begann gedankenverloren zu blättern. Bei der Sportseite angelangt streifte sein Blick die Überschrift *Rapid und Admira an der Spitze*. Da er seit seiner Pensionierung vor nunmehr 13 Jahren immer wieder Neues versucht hatte, um die lähmende Trägheit, die ihn gelegentlich zu übermannen drohte, zu verscheuchen, hatte er eine gewisse Liebe zum Fußballspiel entwickelt. Und so war er hin und wieder mit der Stadtbahn nach Hütteldorf hinausgefahren, um sich auf der Pfarrwiese ein Fußballspiel anzusehen.

Rapid gegen Donau 5:1 (3:0).

Im Kampf gegen die Mannschaft der Hütteldorfer traten die Mängel der Donauelf klar zutage. Wohl hatten die Kaisermühlener das Pech, für zwei Spieler ihrer Kampfmannschaft Ersatzleute stellen zu müssen, das alleine kann aber nicht die hohe Niederlage entschuldigen. Gegen das flache und präzise Spiel Bicans fochten die Kaisermühlener einen erfolglosen Kampf. Ihrem Torwärter Kohler unterliefen eine Anzahl schwerer Fehler. Die Hütteldor-

fer lieferten ein ausgezeichnetes Spiel. In der 16. Minute erzielt Kaburek den ersten Treffer, der zweite fällt in der 21. Minuten durch Vican, Kaburek erhöht vier Minuten später den Stand auf 3:0. Nach Seitenwechsel erzielen die Treffer Binder (28. Minute), Kirchner (31. Minute) und Bican (88. Minute).

Nechyba ließ die Zeitung sinken, bestellte sich einen doppelten Mokka gespritzt und brummte:

»Endlich einmal was Erfreuliches, das da in der Zeitung steht ...«

Der Slibowitz, mit dem sein Kaffee gespritzt war, erzeugte ein wohlig-warmes Gefühl im Magen. Es schien ihm fast so, als ob die Sonne aufgehen würde. Tja und dass sein Lieblingsfußballklub das letzte Match 5:1 gewonnen hatte, trug ebenfalls zu seiner guten Laune bei.

*

Heute Morgen freute Nechyba so gut wie gar nichts. Also begab er sich nach dem Frühstück, das er wie immer in Ruhe daheim zu sich genommen hatte, sehr früh ins Café Jelinek. Da das Wetter an diesem Tag feucht und grau war, bestellte er einen doppelten Mokka gespritzt. Auf Herrn Engelberts Frage, womit er den Kaffee gespritzt haben wollte, entschied er sich für einen Schuss Cognac. Nach dem ersten Schluck breitete sich ein angenehmes Gefühl in seinem Körper aus und machte diesen Morgen allmählich erträglich. Nun hatte er auch Lust, ein bisschen zu schmökern. Er erhob sich und holte sich vom Zeitungsständer die Arbeiter-Zeitung. Generell hatte er in letzter

Zeit immer weniger Lust verspürt, im Kaffeehaus Zeitung zu lesen. Lieber schaute er beim Fenster hinaus und sah den Leuten draußen auf der Straße zu. Stundenlang konnte er sich diesem Zeitvertreib widmen. Nachmittags nickte er dabei auch manchmal ein und versank in einer Wolke wohliger Geborgenheit. Ein Gefühl, das ihm das Lesen der Zeitung selten verschaffte. Heute war das anders. Er fühlte sich durch den gespritzten Mokka gestärkt und überflog mit Interesse die Titelseite der Arbeiter-Zeitung. Sein Blick blieb auf der Zwischenüberschrift *Wie Heilmann zu Tode gemartert wird* hängen, und schon war es mit seiner zuvor noch besser werdenden Laune vorbei. Eigentlich wollte er den darunter stehenden Artikel nicht lesen. Er ließ die Zeitung sinken, bestellte noch einen Mokka gespritzt und nahm, nachdem ihm das heiße alkoholische Getränke serviert worden war, einen kräftigen Schluck. Dann griff er neuerlich zur Arbeiter-Zeitung und las:

Das »Neue Tagebuch« veröffentlichte einen Bericht aus dem Konzentrationslager Oranienburg. In diesem Bericht wird das furchtbare Schicksal des sozialdemokratischen Abgeordneten Ernst Heilmann geschildert.

Ein Stück des Hofes, 30 Quadratmeter, ist mit Fahnen abgesteckt. Das ist der »Isolierraum« für die jüdischen Häftlinge, denen durch einen Erlaß des Lagerkommandanten bei Strafe verboten ist, mit einem »Christenmenschen zu sprechen«.

Nahe der Latrine, die täglich von über 2500 Männern frequentiert wird, befinden sich fünf sogenannte »Bunker« – die Strafzellen des Konzentrationslagers. Es sind frühere Aborte, die durch Aufnagelung eines Brettes für ihren neuen Zweck hergerichtet wurden, anderthalb Quadratmeter groß, vollständig dunkel. Gefangene, die sich der »Widerspenstigkeit« oder eines andern Delikts schuldig gemacht haben, werden von dem Lagerkommandanten zu Tagen oder Wochen »Bunker« verurteilt.

Einzelne Häftlinge wurden in diesen Bunkern bis zu 14 Tage hintereinander eingeriegelt – 14 Tage in den bestialisch stinkenden Abortzellen, ohne Licht, ohne sich ausstrecken zu können, nur zu den Mahlzeiten auf wenige Minuten ins Freie gelassen.

Der Abgeordnete Heilmann, der frühere Führer der sozialdemokratischen Landtagsfraktion in Preußen, wurde am Tage seiner Einlieferung nach Oranienburg in einen dieser Bunker gesperrt und war Ende August immer noch nicht erlöst. Heilmann – um seinen Fall vorwegzunehmen – wurde auch sonst in der fürchterlichsten Weise mißhandelt. Die Geheime Staatspolizei hatte ihn gleichzeitig mit den Leitern des Berliner Rundfunks nach Oranienburg gebracht. Kaum hatten die Beamten samt den Pressephotographen und den Journalisten, die zur Teilnahme an dem Empfang der prominenten Gefangenen nach Oranienburg geladen waren, das Lager verlassen, als Heilmann zur »Vernehmung« in das Verwaltungsgebäude geführt wurde.

Man hörte seine Schmerzensschreie und sein Stöhnen über den ganzen Hof. Nach etwa einer Stunde schleppten zwei SA-Leute den Abgeordneten hinunter, das Gesicht von Blut überlaufen, die Augen von Faustschlägen geschlossen, nicht mehr imstande, sich auf den eigenen Füßen zu halten. In diesem Zustand wurde Heilmann, der nicht emigrierte und in seiner alten Wohnung geblieben war, bis die Geheime Staatspolizei ihn arretierte, in den »Bunker« gesperrt.

Nechyba ließ die Zeitung sinken und schloss die Augen. Dann schüttelte es ihn. Seine Laune war auf einem Tiefpunkt angelangt, und er verfluchte seinen Entschluss, zur Zeitung zu greifen. Verbittert murmelte:

»Man kann heutzutage wirklich keine Zeitung mehr lesen.«

*

»Herr Rudolf! Herr Rudolf, wo sind Sie denn?«

Jessasna! Was ist denn jetzt schon wieder los? Wenn ich mich nicht täusch', ist das das Organ der narrischen Nemeth, das da durchs Stiegenhaus plärrt. Die soll mir den Buckel runterrutschen. Für die bin ich nicht da. Ich mach jetzt einmal meine Arbeit da fertig. Dann rauch ich mir gemütlich eine an. Und dann … dann erst werd' ich runtergehen und schaun, was die Nemeth von mir will.

Rudolf Loibelsberger kehrte in aller Seelenruhe den Gang des zweiten Stocks fertig. Mit dem Reisigbesen schuf er ordentlich kleine Häufchen, die er hernach auf eine flache Blechschaufel kehrte. Den solchermaßen eingesammelten Dreck würde er später im Hof unten in die Koloniakübel leeren. Davor aber öffnete er ein Gangfenster, das zum Hof hinausging. Er lehnte sich auf die Fensterbank, zog den Tabaksbeutel samt Zigarettenpapier aus der Hosentasche, wuzelte sich eine Zigarette und zündete sie an. Als er nach einem genussvollen Lungenzug eine Rauchsäule in die frische Luft hinausblies, erschallte neuerlich Helene Nemetz' Stimme:

»Herr Rudolf, wo stecken S' denn? Ich weiß, dass Sie da irgendwo sind. Ich hab' Sie kehren gehört, Herr Rudolf …«

Der Hausmeister rauchte in Ruhe seine Zigarette weiter und machte keinen Mucks. Worauf die Wohnungstür im ersten Stock mit einem Knall zugeworfen wurde.

*

Nechyba konnte in letzter Zeit nicht so gut schlafen. Zu viel ging ihm durch den Schädel. Der kleine Erich, das Kind von nebenan. Der kleinwüchsige Bundeskanzler Dollfuß, der sich als Führer der Vaterländischen Front immer mehr zu einem Westentaschendiktator entwickelte, und natürlich auch der großmäulige Fürst Starhemberg, der ununterbrochen von der heilbringenden Kraft des Faschismus schwadronierte. All das raubte dem ehemaligen Oberinspector und nunmehr pensionierten Ministerialrat den Schlaf. Dazu kam die Stimmung im Haushalt Nechyba, die nicht dazu angetan war, ihm eine angenehme Nachtruhe zu gewährleisten. Die stramm christlichsoziale Einstellung seiner Ehefrau bedrückte ihn. Sie wollte partout nicht wahrhaben, dass die Christlichsozialen unter ihrem Anführer Dollfuß die Totengräber der österreichischen Republik waren. Und so stand er am Montag, der die letzte Septemberwoche dieses unheilvollen Jahres einleitete, gemeinsam mit seiner Frau in der Früh auf. Während sie sich fertigmachte, um zur Arbeit zu gehen, zog er sich nur aus einem Grund an: Er wollte raus. Die dicke Luft daheim hielt er nicht aus. Gestern Abend vorm Einschlafen hatten er und Aurelia noch eine heftige politische Diskussion geführt. Das bisher so sehr geschätzte kuschelige Ehebett erschien ihm nun wie ein mit Stacheldraht bestückter Schützengraben, in dem ihm die Schrapnelle um die Ohren flogen. Wortlos schlüpfte er ins Gewand von gestern, schnürte sich im Vorzimmer die Schuhe, setzte die Melone auf, murmelte einen knappen Abschiedsgruß und verließ noch vor seiner Frau die eheliche Wohnung. Unten auf der Straße atmete er auf. Endlich freier Himmel überm Haupt. Keine Zimmerdecke, die ihm auf den Kopf zu fallen drohte. Es war ein herbstlich-milder Morgen, der im rötlichen Glanz der aufgehenden Sonne erstrahlte. Gemächlich spazierte er durch die stille Esterházygasse hinauf zur Gumpendorfer Straße und dann, ohne viel nachzudenken, über den Loquaiplatz zur Hirschengasse. Sein Weg führte ihn am aufgelösten Adolf-Hitler-Haus vorbei zur Schmalzhofgasse. Nechyba erinnerte sich mit Schaudern an das Treiben des braunen Mobs, der in diesem Gebäude sein Wiener Hauptquartier gehabt hatte. Zum Glück war das Bauwerk heuer im Juli beschlagnahmt worden. Eine der wenigen von Dollfuß und seinen Spießgesellen gesetzten Taten, die er für richtig und angebracht hielt.

»Dieser Dollfuß ...«, seufzte Nechyba. Der und seine autoritäre, immer faschistischer werdende Politik waren schuld, dass er sich mit seiner Aurelia nicht mehr verstand. Es gab ihm einen Stich im Herzen, als er an die Zeiten zurückdachte, als er Aurelia und ihre christlichsoziale Einstellung noch respektieren konnte. Damals war sie noch keine fanatische Parteigängerin gewesen, sondern eine strenggläubige Frau, die jeden Sonntag in die Messe sowie regelmäßig zu Beichte und Kommunion gegangen war. Anlässlich der hohen kirchlichen Feiertage wie Ostern, Pfingsten und Weihnachten hatte er sie damals auch gerne in die Kirche begleitet, obgleich ihm Gottesdienste nichts bedeuteten. Er tat es, weil er sie liebte und sie sich freute, wenn er mit dabei war. In den letzten Jahren hatte sich die katholische Kirche Österreichs immer mehr der Politik zugewandt. Einer Politik, die weder christlich noch sozial, sondern autoritär und unsozial war. Allein wenn er an den Prälaten Seipel dachte, wurde ihm übel. Dieser sogenannte Gottesmann war ein »Prälat ohne Milde«, ein Förderer der Heimwehren und als Bundeskanzler ein Zerstörer der Demokratie gewesen. Schade, dass er das Attentat 1924 überlebt hatte. Aber Seipel war mittlerweile Geschichte. Im letzten Sommer hatte ihn der Teufel geholt. Möge er in der Hölle braten! Die Saat der Gewalt jedoch, die er gesät hatte, war mittlerweile aufgegangen, und bewaffnete Milizen machten das Land unsicher. Belastet von solchen Gedanken stapfte er die Stumpergasse hinauf zur Mariahilfer Straße. Da sich in seinem Bauch ein gewaltiger Flammoh* bemerkbar machte, beschloss er, in die Gulaschhütte einzukehren. Zum Frühstück ein kleines Gulasch, ein Semmerl und ein Seiterl Bier! Diese Aussicht hellte seine Stimmung auf. Plötzlich hallte ein Schuss durch die morgendliche Stille der Stadt. In schnellem Abstand folgten sieben weitere. Nach einer

---
* Hunger

Schrecksekunde eilte er die letzten Schritte zur Mariahilfer Straße hinauf. Vorm Eingang der Gulaschhütte stand ein Blunzerl* mit einem Revolver in der Hand. Nechyba stürzte auf das Mädel zu und entriss ihm die Waffe. Gleichzeitig fiel ihm auf, wie sich zwei Männer aus dem Staub machten und ein dritter in ein Lohnautomobil** sprang und mit diesem davonfuhr.

»I hab g'schossen … i war's …«, stammelte das Mädchen, doch Nechyba schüttelte den Kopf. Wenn er alles glaubte, aber das nicht. Ein Polizist eilte herbei und brüllte: »Legen S' die Waffe am Boden!«

Nechyba tat, wie ihm befohlen wurde, und sagte dann mit all seiner Autorität:

»Ministerialrat Nechyba im Ruhestand. Ich hab' dem Mädel die Krachn*** abgenommen, damit kein Unglück g'schieht.«

Nun kam auch ein älterer Uniformierter zu der Menschengruppe. Er sah Nechyba, stutzte kurz, erkannte ihn und salutierte:

»Meine Verehrung, Herr Oberinspector. Was ist denn g'schehen?«

»Das Mädel da behauptet, dass sie achtmal mit der Krachn g'schossen hat.«

Die Kleine nickte und stammelte neuerlich:

»I hab g'schossen … i war's …«

»Ist irgendwer verletzt?«

---

* Junges Mädchen
** Taxi
*** Pistole

Das Mädel schüttelte den Kopf, und der ältere Polizeibeamte schnauzte eine Frau an, die etwas abseits stand: »Was schaun S' denn so? Haben S' was mit der G'schicht da zu tun?«

Die Frau zuckte zusammen, drehte sich um und wollte gehen, doch der jüngere Polizist hielt sie fest. Nechyba sah sich inzwischen um, ob irgendwo Blut zu sehen war. Doch da war nichts, und so brummte er:

»Verletzte scheint's keine zu geben. Keine Blutspuren.«

Der ältere Polizist nickte und sagte:

»Herr Oberinspector, darf ich Sie bitten, mit aufs Kommissariat zu kommen und dort Ihre Beobachtungen zu Protokoll zu geben?«

»Ja, selbstverständlich. Aber net gleich. Zuerst geh ich noch auf ein Frühstück in die Gulaschhütte. In beiläufig einer Dreiviertelstunde werd' ich mich am Kommissariat einfinden. Bis dann! Habedieehre!«

*

»Oberinspector Nechyba! Was für eine Freude, Sie in alter Frische hier auf unserem Kommissariat begrüßen zu dürfen.«

»Die Freude ist ganz auf meiner Seite, mein lieber Drabek«, antwortete Nechyba und ließ sich auf dem ihm angebotenen Sessel nieder.

»Es ist noch relativ früh am Morgen, aber ich frag' Sie trotzdem: Wollen ma miteinander ein Bier trinken? So wie in der guten alten Zeit?«

Nechyba nickte schmunzelnd und erinnerte sich an all die Fälle, die er seinerzeit im k.k. Polizeiagenteninstitut mit Drabek gemeinsam bearbeitet hatte. Drabek rief einen jungen Polizisten ins Zimmer und befahl ihm, aus dem Beisl am Eck zwei Krügeln Bier zu holen. Nechyba beobachtete die Szene mit Wohlgefallen und brummte:
»Sie haben Karriere gemacht, mein lieber Drabek.«
Der grinste und sagte stolz:
»Oberleutnant Drabek ...«
»Kompliment!«
Später, als sie Bier tranken, erzählte Nechyba, was er heute früh beobachtet hatte, und erwähnte auch, dass das Blunzerl seiner Meinung nach nicht geschossen hatte. Drabek stimmte ihm zu:
»Die Kleine ist völlig aus dem Häuschen. Na ja, kein Wunder, die ist ja auch erst 18. Aber die ältere von den beiden hat niedergelegt*. Die Sache hat sich folgendermaßen abgespielt: Die beiden Frauen haben gemeinsam mit drei Männern die ganze Nacht lang in verschiedenen Kaffeehäusern Karten gespielt und gezecht. In der Früh sind's dann gemeinsam auf ein Frühstücksgulasch gegangen. In der Gulaschhütte haben die Männer zum Streiten angefangen, einer hat einen Revolver gezogen, und alle sind raus auf die Mariahilfer Straße gestürzt. Dort hat der mit dem Revolver, ein gewisser Otto Faber, dann die Schüsse abgegeben. Wie er Sie herbeistürzen gesehen hat, hat er dem Mädel die Puffn in die Hand gedrückt, ist in ein zufällig vorbeikommendes Lohnautomobil gesprungen und hat sich aus dem Staub gemacht.«

---

* gestanden

»Wiss' ma schon, wer die anderen beiden waren? Ich hab sie nur davonrennen gesehen.«

»Der eine heißt Robert Kwiz und ist ein Diamantenschleifer, der andere ein gewisser Barborak. Wir sind gerade dabei, die Aufenthaltsorte der drei auszuforschen.« Drabek machte einen langen Schluck, lehnte sich zurück und fuhr fort:

»Der Faber und der Kwiz sind übrigens polizeibekannt. Beide waren zuvor schon in Schießereien verwickelt. Wenn Sie mich fragen, Nechyba, so sind das richtige Saujuden. Zuhälter der eine und Diamantenschleifer der andere.«

Nechyba verschlug es die Sprache. Was war denn in den Drabek gefahren? Der war doch früher ein netter und umgänglicher Mensch. Drabek beugte sich zu Nechyba vor und sagte leise:

»Zeit wird's, dass da einmal einer so richtig aufräumt. Das deutsche Volk darf sich von dem Judenpack nicht mehr terrorisieren lassen. Wenn wir die Macht ergreifen, werden wir dafür sorgen.«

Drabek lehnte sich zurück, machte einen kräftigen Schluck von seinem Bier und fragte jovial:

»Nechyba, wollen S' nicht einmal bei unserer Runde der volkstreuen Exekutivbeamten vorbeischaun? Wir treffen uns jeden Donnerstag.«

*

Das Schloss der Wohnungstür wurde aufgesperrt. Er sprang auf und stürzte sich auf sie. Mein Gott! Wie sehr genoss er es, sie zu umarmen und an sich zu drücken.

»Aua! Du Grobian!«

Er lockerte die Umarmung und versuchte, sie zu küssen. Doch Aurelia drehte den Kopf zur Seite, sodass sein Busserl nur ihre Wange streifte.

»Was ist denn los? Ist dir die Liebe eing'schossen wie dem Gasbock* die Milch?«

Nechyba erwiderte lachend:

»Ich bin ja so froh, dass ich dich hab.«

»Na, gestern Abend und heut in der Früh hab i net grad diesen Eindruck g'habt ...«

Er streichelte über ihr zu einem Knödel aufgesteckten Haar und versuchte, sie noch einmal abzubusseln. Diesmal hielt sie still und ließ es geschehen. Gleichzeitig entspannte sich der Muskeltonus ihres Körpers, und sie fühlte sich nun so warm und weich an, wie er es von seiner Frau gewohnt war. Einzig ihr Blick blieb skeptisch.

»Was ist denn los? Ist was passiert?«

Er nickte seufzend:

»Ich hab' heut was erlebt, was mich zutiefst erschüttert hat.«

Dann erzählte er ihr von der Schießerei auf der Mariahilfer Straße. Sie unterbrach ihn entsetzt:

»Siehst, das kommt davon, wennst dich in aller Herrgottsfrüh in der Gegend herumtreibst und net daheim in Ruhe frühstückst.«

»Aber die depperte Schießerei war ja net das, was mich erschüttert hat.«

»Wieso, was war denn noch?«

---

* Ziegenbock

»Erinnerst du dich an den Polizeiagenten Drabek, der was dem Kommissariat im 6. Bezirk zugeteilt war?«

»Ja ich erinner' mich ... Mit dem hast du doch einige Fälle bearbeitet. Der hat dich auch bei der Aufklärung vom Mord am Stanislaus Gotthelf unterstützt.«

»Ja genau, den mein' ich. Der ist jetzt nicht nur Oberleutnant im Mariahilfer Kommissariat, sondern auch ein Obernazi. Stell dir vor, der hat heut allen Ernstes behauptet, dass das Judenpack das deutsche Volk terrorisiere. Und dass sie, die Nazi, das ändern werden, sobald sie an der Macht sind.«

Aurelia schaute erschrocken und stammelte:

»Das ist ... das ist a Wahnsinn. Dass ein hoher Polizeibeamter so ein Nazi ist.«

»Und er ist nicht der einzige. Unser Staat wird von dem braunen Pack systematisch unterwandert. Bin ich froh, dass das mein alter Freund Leo Goldblatt nicht mehr erleben muss. Der Herrgott hat schon g'wusst, warum er ihn im 18er-Jahr zu sich genommen hat ...«

»Was der wohl dazu gesagt hätte?«

Nechyba dachte kurz nach und brummte dann:

»Der Goldblatt wär ganz ruhig geblieben. Sein Gesichtsausdruck wäre allerdings versteinert. Und dann hätte er das gemurmelt, was er in unerquicklichen Situationen immer gemurmelt hat: Da kann man nix machen.«

Später saßen die Eheleute bei einem Glas Gemischter Satz beisammen. Einen Doppler*, den sie im Zuge eines Ausflugs bei einem Heurigen in Stammersdorf erstanden

---
* Doppelliterflasche

und im Rucksack mit heimgebracht hatten. Dazu hatte Nechyba weißen Speck aufgeschnitten, der vom ungarischen Wollschwein stammte. Der seidig weiche Speck und der wunderbare Wein glätteten die Wogen seiner Seele, und er brummte:

»Es tut mir wirklich leid, dass wir wegen der Politik in letzter Zeit immer wieder ins Streiten gekommen sind. Das ist die Sache nicht wert.«

»Ich hab' mich schon sehr gekränkt, wie du auf mich losgegangen bist. Nur wegen meines Glaubens. Und weil ich mein, dass unser Herr Bundeskanzler der richtige Mann am richtigen Platz ist. Wer sollte sonst die fürchterlichen Nazi und die gottlosen Kommunisten aufhalten, die nichts anderes im Sinn haben, als Österreich zu zerstören?«

Zärtlich ergriff Nechyba die Hand seiner Frau und replizierte:

»Diese Sorge teile ich mit dir. Nur dass ich halt der Meinung bin, dass er sich mit der Ausschaltung des Parlaments und mit dem Verbot der Parteien und Gewerkschaften auf dem Holzweg befindet.«

»Ich bin mir auch nimmer sicher, ob das der richtige Weg ist. Und im Übrigen weißt du ja, dass ich keine verbissene Christlichsoziale bin. Mit dem Bürgermeister Lueger[*] und seinen Tiraden gegen die Juden war ich nie einverstanden.«

»Ja, mein Schatz, das weiß ich. Den Lueger hamma beide net wollen.«

»Als Kinder hamma im Religionsunterricht g'lernt: Du sollst deinen Nächsten lieben wie dich selbst ...«, Aurelia nahm einen Schluck Wein und fuhr dann fort, »... und

---
[*] Wiener Bürgermeister von 1897 bis 1910

es ist ganz wurscht, ob der ein Christ oder ein Jude oder sonst was ist.«

*

»Zwei resche Semmerln, bittschön.«
»Unsere Semmerln sind immer resch!«
Nechyba erwiderte schmunzelnd:
»Wie der Herr so 's Gscherr ...«
Die Bäckersfrau sah ihn streng an und replizierte:
»Haben S' heut' im Scherzkisterl übernachtet?«
»Na, im Ehebett.«
Ein schmales Lächeln umspielte die Lippen der Bäckerin, als sie süffisant bemerkte:
»Mir scheint, da ham Sie 's ja recht lustig.«
»Kann net klagen.«
Nechyba zahlte, und als er die Bäckerei verließ, hörte er die alte Nemeth, die hinter ihm stand, giftig zischen:
»Und das in seinem Alter. Genieren sollt' er sich.«
Nechyba musste grinsen und machte sich beschwingt zum Café Jelinek auf. Als er dort Platz genommen hatte und zur Arbeiter-Zeitung griff, gefror sein Lächeln. Auf der Titelseite prangte unter der Überschrift *An das österreichische Volk!* eine weiße Fläche, die sich fast über die gesamte Seite erstreckte. In der Mitte der unbedruckten Fläche war folgender Hinweis zu lesen:
An dieser Stelle sollte ein Aufruf des Verbandes der sozialdemokratischen Abgeordneten und Bundesräte erscheinen.
Die Zeitungen wurden nach Mitternacht verständigt, daß dieser Aufruf, den die Sozialdemokratische Korres-

pondenz ausgeschickt hat, konfisziert werden würde. Wir müssen daher seine Veröffentlichung unterlassen.

Nechyba schnaufte. Das verdammte Kriegsermächtigungsgesetz, das 1917 während des finalen Todeskampfes der Habsburgermonarchie beschlossen und seitdem zwar aufgehoben, aber von der Republik nicht abgeschafft worden war, war schuld an diesem Zensurakt. Anfang März hatten Dollfuß und sein Ministerkabinett das Gesetz aus der politischen Mottenkiste hervorgeholt und zu neuem Leben erweckt. Er erinnerte sich genau an die Titelseite der christlichsozialen Reichspost, die damals Folgendes geschrieben hat: *Versammlungsverbot, Maßnahmen gegen Preßhetze, Schmutz und Schund.* Nun, im Oktober, sind wir so weit, dass ein Aufruf der sozialdemokratischen Abgeordneten und Bundesräte von der Regierung als Schmutz und Schund eingestuft wird. Unfassbar! Die Zensur, die von Dollfuß und seiner Regierung ausgeübt wurde, empfand er als unerträglich. Genauso unerträglich, wie er seinerzeit während des Weltkrieges das Agieren der Militärzensur empfunden hatte. Zensur war immer der Versuch der Regierenden, dem Volk beziehungsweise Andersdenkenden das Denken zu verbieten und das Maul zu stopfen. Nechyba war sauer. Ein kurzer Blick auf die Taschenuhr besagte, dass es Viertel vor 12 Uhr Mittag war, und er beschloss, sich nicht weiter ärgern zu lassen. Er zahlte und verließ das Jelinek, wanderte zu seinem Fleischhauer* Vinzenz Moosbichler, der gerade den Rollbalken seines Geschäfts herunterzog. An der Hintertür verkaufte der Fleischhauer seinem Stammkunden Nechyba dann die

---

* Metzger

ersehnten Knackwürste, bevor er sich selbst in die wohlverdiente Mittagspause begab. Nechyba aber wanderte über die Köstlergasse und die Margaretenstraße zurück in die Mollardgasse, wo er wenig später die Stiegen zu seiner Wohnung hinaufstieg. Mit eiligen Handgriffen bereitete er eine saure Wurst mit viel Zwiebel zu, platzierte den Teller sowie die zwei zuvor erstandenen Semmeln auf einem Beistelltisch neben seinem Radioapparat und schaltete ein. Mit einem Seufzer nahm er Platz, steckte den ersten Bissen der sauren Wurst in den Mund, schob ein knuspriges Stück Semmerl nach und lauschte mit großer Behaglichkeit dem Mittagskonzert, das das Funkorchester der Wiener Symphoniker unter der Leitung von Josef Holzer zum Besten gab.

*

Aurelia stieg müde die Stiegen in ihrem Wohnhaus hinauf. Der Gesundheitszustand ihrer Arbeitgeberin machte ihr Sorgen. Das herbstliche Wetter hatte ihre durch starkes Rheuma bedingten Schmerzen verschlimmert. Als Aurelia ansetzte, hinauf in den zweiten Stock zu steigen, wurde eine Wohnungstür geöffnet, und die alte Nemeth lugte durch den Türspalt.

»Guten Abend, Frau Ministerialrat. Sie schau'n heute ja sehr mitgenommen aus.«

»Ich hab einen beschwerlichen Arbeitstag hinter mir.«

»Na ja ... jeder hat's nicht so gut wie Ihr Gemahl, der Herr Ministerialrat.«

»Wie meinen S' denn das?«

»So, wie ich 's sag. Der hat ein Leben wie ein junger Hund. Steht morgens spät auf, geht am Vormittag spazieren und am Nachmittag ins Kaffeehaus. So gut sollt es einem gehen.«
»Lassen S' meinen Mann in Ruhe. Der hat sein Leben lang gearbeitet und genießt jetzt den Ruhestand.«
»Nicht nur das! Nicht nur das, Frau Ministerialrat.«
»Wieso? Was ist denn mit meinem Mann?«
»Ich möchte ja nichts sagen, aber er ist schon ein Strawanzer[*].«
»Was?«
»Na, wissen Sie nicht, dass er im ganzen 6. Bezirk umadum spaziert und dem weiblichen Geschlecht schöne Augen macht?«
»Wie kommen S' denn da drauf?«
»Ich hab ihn heute g'sehn. In der Bäckerei. Da hat er mit der Bäckerin Schmäh geführt[**]. Auf eine ... wie soll ich sagen ... sehr schlüpfrige Art und Weise.«

In Aurelia stieg die Wut hoch, und sie fauchte die Nemeth an:

»Wissen S' was? Kümmern S' Ihnen gefälligst um Ihren eigenen Dreck und noch einmal: Lassen S' meinen Mann in Ruhe!«

In der Wohnung angekommen, legte sie Mantel und Hut ab. Nechyba quälte sich aus dem Fauteuil hoch – sein linkes Knie tat ihm seit Tagen weh –, kam auf sie zu, umarmte seine Frau und sagt zärtlich:

»In der Küche steht a saure Wurst für dich. Und ein Semmerl gibt's auch dazu.«

---

[*] Herumtreiber
[**] gescherzt

»Ein Semmerl von der Bäckerin?«
»Ja, ein resches*.«
»Schäm dich, Nechyba! Heut Nacht kannst auf der Küchenbank schlafen.«
»Wieso?«
»Weilst der Bäckerin, die zugegebenermaßen jünger und knuspriger ist als ich, schöne Augen g'macht hast.«

*

Da Waschtag war, hatten die beiden Schmerdaschen Dienstmädeln an diesem Morgen mehr als genug zu tun. Und so beschloss Aurelia, heute wieder einmal selbst einkaufen zu gehen. Obwohl es in der Nacht und auch heute früh noch geregnet hatte, zog es sie hinaus auf den Naschmarkt. Der nächtliche Regen hatte die warme laue Herbstluft fortgespült und einem frischen, kühlen Lüfterl Platz verschafft. Eingewickelt in ein dickes Schultertuch wanderte sie die Marktstandln entlang und gustierte, was es so an frischem Obst und Gemüse gab. Vorm Stand der Naschmarkt-Roserl waren zwei Frauen in ein aufgeregtes Gespräch vertieft. Sie schnappte Gesprächsfetzen wie »… hoffentlich überlebt er's …« und »… also, das hat's noch nie gegeben … den Bundeskanzler …« Aurelia spitzte die Ohren, doch die beiden Damen entfernten sich, und plötzlich stand die Naschmarkt-Roserl neben ihr und begann zu keifen:
»So eine ausg'schamte Unverschämtheit! Was sich die Nazi erlauben! Jetzt hat so ein Hakenkreuzler sogar auf unseren Bundeskanzler g'schossen!«

---
* knusprig

»Was is g'schehn?«
»Ham S' es noch net g'hört? So a Nazi wollt den Dr. Dollfuß übern Hauf'n schießen.«
Aurelia wurde blass. Ihre Hände begannen zu zittern, und fast wäre ihr der Einkaufskorb zu Boden gefallen.
»Woher haben S' denn das?«
»Das pfeifen doch die Spatzen von den Dächern. Gestern Nachmittag is es passiert, und in den Abendausgaben der Zeitungen ist es dann ganz groß g'standen. Was hätten S' denn gern?«
Aurelia war so verwirrt, dass sie sich von der Fratschlerin nicht nur ein Kilo Erdäpfel, sondern auch Trauben und exotische Bananen aufschwatzen ließ. Mit voll beladenem Korb ging sie zielstrebig zu ihrem Arbeitsplatz zurück. Als sie an der Trafik vorbeikam, huschte ihr Blick über die ausgehängten Morgenausgaben der Tageszeitungen. Auf dem Titel der Kronen-Zeitung waren der Bundeskanzler, im gestreiften Pyjama in seinem Bett sitzend, sowie Kardinal Innitzer, der am Fußende des Kanzlerbettes Platz genommen hatte, abgebildet. Sie, die sonst nie Zeitung las, konnte nicht widerstehen und kaufte mit vor Aufregung feuchten Händen eine Kronen-Zeitung.

»Gnädige Frau, gnädige Frau! Es ist was Schreckliches passiert!«
Mit diesen Worten eilte Aurelia, nachdem sie den Einkaufskorb abgestellt hatte, ins Wohnzimmer der Schmerdaschen Wohnung. Auguste Schmerda saß in einem der beiden Ohrensessel, die vorne im Erker des Wohnzimmers standen und von denen man einen schönen Blick auf das

Wiental und den Naschmarkt hatte. Aurelia merkte, dass ihre Dienstgeberin mit einem Buch in der Hand eingenickt war und sie nun ganz verschlafen ansah.

»Was ist denn los, meine Liebe? Warum bist du denn so aufgeregt? Außerdem hab ich dir schon hundertmal gesagt, dass du Auguste und nicht gnädige Frau zu mir sagen sollst. Also, was gibt es denn?«

Wortlos reichte ihr Aurelia die Zeitung. Fassungslos starrte die Dame des Hauses auf die Titelseite und begann dann halblaut den Aufmacher zu lesen:

Attentat auf Bundeskanzler Dr. Dollfuß.

Im Parlamentsgebäude hat gestern nach zwei Uhr mittags der ehemalige Wehrmann Rudolf Dertil zwei Revolverschüsse gegen den Bundeskanzler Dr. Dollfuß abgegeben, durch die der Kanzler glücklicherweise nur leicht verletzt wurde.

Der Attentäter, der über die Beweggründe seiner Tat keine eindeutigen Auskünfte gibt, bezeichnet sich als Parteiloser.

Der Bundeskanzler, dem aus der ganzen Welt Kundgebungen der lebhaften Anteilnahme und Sympathie zugekommen sind, sprach noch gestern abends persönlich von seiner Wohnung aus im Rundfunk und bezeichnete seine Verletzung als einen »Tausend-Gulden-Schuß«.

Am Abend fand vor dem Bundeskanzleramt eine Kundgebung der Vaterländischen Front und des Wiener Heimatschutzes statt, die sich zu einer spontanen Huldigung für den Bundeskanzler gestaltete.«

Kopfschüttelnd blätterte Auguste Schmerda die Kronen-Zeitung durch, bis sie auf Seite 6 verweilte und laut vorzulesen begann:

»*Der Attentäter.*
Unmittelbar nach dem Anschlag und nach der Festnahme des Täters begann die Arbeit der Polizei. Der Verhaftete ist der am 26. März 1911 in Wien geborene und hier zuständige Rudolf Dertil, der bei seiner Mutter und seinem Stiefvater im Haus Paulanergasse 4 gewohnt hat. Bis zum Mai d. J. gehörte Dertil dem Bundesheer an, er war Gefreiter im Infanterieregiment N 8. Aus dem Heeresverband wurde er auf eigenes Ansuchen entlassen. Er bezeichnete sich als politisch indifferent, von ehemaligen Kameraden aber wird gesagt, daß er sich als Nationalsozialist betätigt habe. Die Erhebungen im Wohnhaus Dertils sind geeignet, diese Angaben zu bestätigen ...«

Seufzend ließ sie das Blatt sinken:

»Mein Gott, Aurelia! Was sind das für Zeiten, in denen wir leben?«

Auguste Schmerda griff nach Aurelias Hand und zog sie zu sich, sodass die Köchin neben ihr auf dem zweiten Ohrensessel Platz nehmen musste. Aurelia, die Augustes eiskalte Hand hielt, erwiderte:

»Das sagt mein Mann auch immer. Stellen Sie sich vor – entschuldige bitte – stell dir vor, unlängst ist er in aller Früh in eine Schießerei auf der Mariahilfer Straße hineingeraten ...«

»Was? Mitten auf der Mariahilfer Straße? Das gibt's doch nicht!«

»Das hab' ich mir auch gedacht. Aber da haben ein paar Strizzis* und ein leichtes Mädl eine Auseinandersetzung gehabt. Gott sei Dank ist niemand verletzt worden. Mein

---
* Zuhälter, Verbrecher

Mann war Zeuge und ist dann aufs Mariahilfer Kommissariat gegangen, wo er einem alten Bekannten, der es mittlerweile bis zum Oberleutnant gebracht hat, alles in Ruhe erzählt hat. Und weißt, was das Ärgste an dieser ganzen G'schicht ist?«

Auguste sah sie mit großen neugierigen Augen an.

»Das Ärgste ist, dass sich beim Plaudern mit diesem Oberleutnant herausgestellt hat, dass auch der ein Nazi ist. Mein Mann war erschüttert.«

Auguste nickte und sah versonnen hinaus auf den Naschmarkt, auf dem ein reges Treiben herrschte, und wo es so wie an jedem anderen Werktag vor Menschen wimmelte.

»Wenn man aus dem Fenster hinausschaut, könnt' man glauben, dass alles so wie immer ist. Aber so ist es nicht. Fünfzehn Jahre sind seit dem Kriegsende vergangen, und eine Zeit lang hat es so ausgesehen, wie wenn wir in eine Art von Normalität zurückfinden würden. Das war ein Irrtum. Es war nur eine Atempause, bevor jetzt wieder alles schlimmer wird. Am helllichten Tag eine Schießerei auf der Mariahilfer Straße, ein Attentat auf den Bundeskanzler im Parlament ...«

Auguste Schmerda schüttelte den Kopf.

»Ich bin froh, dass das mein Mann nicht mehr miterleben muss.«

*

Was für ein schöner Nachmittag. Seiner Frau hatte er gesagt, dass er für das Haus etwas besorgen müsse, und ehe sie fragen konnte, was, war er schon bei der Tür draußen gewesen. Um wenig später in seinem Stammbeisl aufzutauchen und mit einem gut gelaunten »Hawedere!« den Wirt Leopold Wenhoda sowie die anwesenden Gäste zu begrüßen.

»Das Übliche?«

»Das Übliche.«

Rudolf Loibelsberger nickte bestätigend und ließ sich zufrieden ächzend am Stammtisch nieder, wo bereits der Dumpl Fritz und der Schebesta Karl hockten. Letzterer fragte ihn grinsend:

»Na, hast nix zu tun in deinem Haus?«

»Das geht dich einen feuchten Dreck an.«

»Ja ... ja vom Dreck verstehst was.«

»Geh gusch! Hacknstad* wie du bist, bist mir ja nur meine fixe Anstellung als Hausmeister neidig.«

»Meine Herren, tuts net streiten. Da! Rudi, trink einen Schluck Bier. Frisch für dich gezapft. Das wird dich beruhigen.«

Wenhoda knallte ein Krügel Bier vor den Hausmeister auf den Wirtshaustisch. Der nahm einen Schluck, wischte sich den Schaum vom Mund und protestierte:

»Ich bin eh ruhig. Die beiden Vögel da ham zum Stänkern ang'fangen.«

»A Ruah is!«, grantelte Wenhoda und schaute unter seinen buschigen schwarzen Augenbrauen und einem ebensolchen Schnurrbart grimmig in die Runde. Dumpl und Schebesta zogen die Köpfe ein. Schebesta murmelte:

»'s war ja nur a Spaß. War net so gemeint.«

Rudolf Loibelsberger nickte, erhob sein Krügel und sagte:

»Prost, meine Herren!«

---

* arbeitslos

Die anderen erhoben ebenfalls ihr Glas und prosteten ihm zu. Schebesta nahm einen neuen Anlauf:

»Wie geht's dir denn, Rudl? Alles leiwand?«

»'s könnt' net besser sein. Die Sonne scheint, ich bin für heut' mit der Arbeit fertig, und das Bier schmeckt mir immer noch. Kurzum: Ich kann net klagen.«

Drei Krügeln später, als die Sonne schon hinter den Dächern verschwunden war, stand er auf, zahlte und verließ beschwingt das Wirtshaus. Vor der Tür rannte er fast eine Frau um. Gut gelaunt wie er war, zog er den Hut, verbeugte sich und sagte:

»Verzeihung, die Dame. Hab' Sie nicht gesehen.«

Dann erst bemerkte er, dass das ja die Frau Kern aus dem Nachbarhaus war. Und er sah auch, dass sie sich mit zwei schweren Einkaufstaschen abmühte.

»Waren S' am Naschmarkt einkaufen? Warten S', i helf Ihnen beim Tragen.«

Ohne eine Antwort abzuwarten, nahm er der Nachbarin zuerst die eine und dann auch die andere Tasche aus der Hand.

»Das ist aber ganz lieb von Ihnen«, seufzte Henriette, und beide gingen nebeneinander das kurze Stück zum Haus Mollardgasse N° 1. Plötzlich stammelte er verlegen:

»Was ich noch ... noch ... sagen wollt ... danke, dass Sie den Erich gestern zu sich genommen haben. I war gestern ... gestern war i wieder einmal ...«

»Ganz schön narrisch«, ergänzte die Kern und fügte mit einem vorwurfsvollen Blick hinzu:

»Wie so oft in letzter Zeit.«
»Ja … i waß eh …«
Er trug die beiden Taschen in die Kernsche Wohnung, stellte sie dort auf den Küchentisch und wollte sich mit einem leisen »Meine Verehrung …« verabschieden.
»Warten S' einen Augenblick. Eigentlich ham Sie sich für das Tragen der Taschen jetzt a Stamperl verdient. Aber Alkohol kriegen S' von mir keinen, Sie narrischer Kerl, Sie. Aber einen Kaffee mach ich Ihnen gerne.«
Loibelsberger zögerte kurz, setzte sich dann doch an den Küchentisch. Während die Kern Kaffee zubereitete, las sie ihm die Leviten. Er ließ alles über sich ergehen, hin und wieder nickte er. Still trank er seinen Kaffee aus, stand auf, bedankte sich für alles, verabschiedete sich und verließ bedrückt die Wohnung der Nachbarin.

Kaum hatte er die Tür zu seiner eigenen Wohnung aufgesperrt, begann seine Frau zu keifen:
»Wo warst denn so lange? Warst schon wieder beim Wirt'n?«
»Na!«
»Wo warst?«
»Zuerst hab i was besorgt und dann hab' i a Gespräch mit unserer Nachbarin, mit der Frau Kern, gehabt.«
»Was? Drei Stunden hast dich mit ihr unterhalten? Was habt's denn in der Zeit getrieben? Spielst jetzt den Witwentröster?«
Siedend heiß stieg die Wut in ihm hoch. Nein, nicht schon wieder brüllen. Sein Schädel wurde knallrot. Doch er beherrschte sich. Er ballte die Fäuste und wendete sich

seiner Frau zu. Aus den Augenwinkeln sah er, dass sich sein Sohn zitternd in einem Eck der Küche verkroch. Er ließ die Fäuste sinken, stürmte ins Schlafzimmer und schmiss die Tür hinter sich mit einem Knall zu. Mit den Fäusten trommelte er gegen die Zimmerwand. Dann trat er mit dem rechten Fuß gegen den Schlafzimmerkasten, dass das Biedermeiermöbel in allen Fugen ächzte. Schließlich warf er sich mit dem Kopf voran aufs Ehebett und vergrub sein Gesicht im Kopfpolster. Voll ohnmächtiger Wut traten ihm Tränen in die Augen, und er verbiss sich in den Polster.

*

Kein Wort wurde gesprochen. Seine Alte sah ihn nicht an, und auch sein Sohn vermied jeglichen Blickkontakt. Als der Bub sich auf den Weg in die Schule gemacht hatte, herrschte eisiges Schweigen in der Wohnküche, die dem Hausmeisterehepaar auch als Vorzimmer diente. Rudolf Loibelsberger hatte das Gefühl, dass ihn die Wände zu erdrücken begannen. Er sprang vom Frühstückstisch auf, setzte sein Hausmeisterkapperl auf und stürzte bei der Wohnungstür hinaus auf den Gang. Raus! Einfach nur raus. Weg von hier. Schon bei den ersten Schritten am Gang fühlte er, wie der Druck auf seiner Brust nachließ. Er stolperte die wenigen Stufen hinunter zur Hauseinfahrt, bog um die Ecke und hielt abrupt inne. In der Einfahrt standen die alte Nemeth und die etwas jüngere Bocksrucker und tratschten. Als sie ihn sahen, hielten sie inne und starrten ihn mit großen Augen an. Die zwei Rauchfangtauben haben sich sicher gerade über mich das Maul zerrissen, dachte Loibelsberger. Er verlangsamte seinen Schritt, lüftete sein Hausmeisterkapperl und sagte mit zuckersüßer Stimme:

»Guten Morgen, die Damen! Na, was gibt es Neues?«

Da er stehen geblieben war und die beiden angrinste, blieb der Bocksrucker nichts anderes übrig, als zu murmeln:

»Über den Krawäu* hamma geredet … den Krawäu, den's vorgestern Abend im Haus gegeben hat …«

»Krawäu? Was für einen Krawäu? Also i hab nix g'hört. Das is aber net weiter verwunderlich, denn vorgestern Abend hab i mit meiner Frau g'stritten, dass die Fetzn g'flogen sind. Da hab i keine Ohren für irgendeinen anderen Krawäu g'habt.«

Immer noch grinsend lüftete Rudolf Loibelsberger neuerlich sein Kapperl und verabschiedete sich höflich:

»Meine Damen, ich wünsch' Ihnen einen schönen Tag. Habe die Ehre!«

Hoch erhobenen Hauptes schritt er davon, und die Nemeth keifte:

»So a unverschämter Kerl!«

*

An diesem regnerischen Montagmorgen im Oktober hatte Nechyba ein Stimmungstief. Seine Frau war wie immer in der Früh aus dem Haus gegangen, um zu arbeiten. Nechyba saß allein am Küchentisch und seufzte. Wie sehr hatte er sich damals im Dezember 1918 gefreut, als er Minis-

---
* Krawall

terialrat im Innenministerium geworden war, dass seine Frau mit der Arbeit aufhören würde. Er hatte schon ganz konkrete Pläne geschmiedet, wie sie beide in Zukunft ihr Leben gestalten würden. Doch da hatte er die Rechnung ohne den Hofrat Schmerda gemacht. Kaum hatte Aurelia Nechyba verkündet, dass sie in Zukunft privatisieren wolle, hatte Hofrat Schmerda ihr eine saftige Lohnerhöhung zugestanden. Außerdem hatte er sich nicht geniert, sie in Tränen aufgelöst zu bitten, doch als Köchin zu bleiben. Aurelia war daraufhin so gerührt gewesen, dass sie ihrem Gatten beschied, es sich überlegt zu haben und doch weiter zu arbeiten. Nach einem kurzen, heftigen Ehekrach hatte Nechyba resigniert. Seit damals werkte Aurelia weiterhin unverdrossen bei der Familie Schmerda.

»Es hilft alles nix«, murmelte er und stand mühsam auf. Das Kreuz schmerzte, und in allen Knochen spürte er, dass die Kälte und die Feuchtigkeit des Herbstes zurückgekehrt waren.

»Es hilft alles nix, und deshalb geh ich jetzt ins Kaffeehaus.«

Er kleidete sich an, hielt aber in seinen Verrichtungen inne, dachte kurz nach und grinste. Es war heute zwar nicht Sonntag, sondern Mittwoch, aber er hatte unbändige Lust auf ein heißes Bad. Die Sehnsucht nach heißem Wasser, in das er seine krachenden Gelenke und schmerzenden Knochen versenken konnte, übermannte ihn. Mit routinierten Handgriffen heizte er den Badeofen an, und als in ihm ein fröhlich knisterndes Feuer entfacht war, schlurfte er vergnügt in die Küche, wo er sich noch eine Schale Kaffee einschenkte. Zurück im Bad setzte er sich auf einen Sessel neben dem Ofen und genoss die Wärme, die dieser auszustrahlen begann. Da er es nicht erwarten konnte, drehte er ziemlich bald den Warmwasserhahn auf und war enttäuscht, dass das Wasser erst lauwarm war. Also drehte er den Warmwasserhahn wieder zu und geduldete sich. Eine Viertelstunde später war es dann so weit. Wunderbar heißes Nass plätscherte in die Wanne. Nechyba entkleidete sich und stieg mit einem leisen »Huch!« in das Wasser, das sich im unteren Teil der Wanne aufgestaut hatte. Eine Zeit lang trat er von einem Bein auf das andere, merkte, wie seine Füße krebsrot wurden, und genoss die im Körper aufsteigende Wärme. Ja, dachte er, Wärme ist wichtig, wenn man alt ist.

Herrlich aufgewärmt, gesäubert und gut gelaunt trat er eineinhalb Stunden später auf die Gasse hinaus. Bei diesem Wetter trieb man normalerweise keinen Hund vor die Haustür, aber Nechyba ließ sich die gute Laune nicht verderben. Er zog die Krempe der Melone tiefer ins Gesicht, stellte den Kragen seines Mantels auf und spazierte flotten Schrittes vor zur Hofmühlgasse und diese dann hinauf zur Gumpendorfer Straße. Trotzdem war er froh, als er in die verrauchte, aber trockene Atmosphäre des Café Jelinek eintauchte. Das Rascheln der Zeitungen und das Klirren und Klimpern der Kaffeeschalen und Kaffeelöffel waren doch wesentlich nettere Geräusche als das Plätschern des Regens draußen auf der Straße. Nechyba ging zu seiner Lieblingsloge, nicht ohne zuvor einige Zeitungen vom Zeitungsständer genommen zu haben. Mit einem zufriedenen Seufzer entledigte er sich seines Hutes und seines Mantels, die er an einem Kleiderhaken, der sich an der Wand neben dem Sitzplatz befand, aufhängte.

»Wie immer, Herr Ministerialrat?«
Nechyba nickte und setzte sich. Ja, es war schön, wenn man ein Stammcafé hat. Verträumt sah er durch die Fensterscheibe, an der Tropfen herunterrannen, hinaus in die regennassen Straßen. Herr Engelbert servierte den großen Mokka samt einem Glas Wasser, Nechyba griff zum Zuckerstreuer und versah seinen Kaffee mit einer Prise. Nachdem er umgerührt hatte, nahm er einen Schluck und griff hernach zur Arbeiter-Zeitung. Augenblicklich verabschiedete sich seine gute Laune. Was er sah, ärgerte ihn: Auf der Titelseite gab es schon wieder etliche weiße, von der Zensur verursachte Flecken. Sofort kamen in ihm die Erinnerungen an die Kriegsjahre hoch, in denen die Zeitungen andauernd mit derartigen Leerstellen gespickt waren. Der Leitartikel, der solchermaßen verunstaltet war, berichtete vom Arbeitersängerfest, das am Vortag stattgefunden hatte und das Nechyba ganz gerne, nachdem er auf seine alten Tage die Liebe zur Musik entdeckt hatte, besucht hätte. Da er aber keinen Streit mit seiner Frau riskieren wollte, hatte er davon abgesehen. Er musste schmunzeln, wenn er sich seine Aurelia inmitten von Zehntausenden Genossinnen und Genossen vorstellte. Und das auch noch an ihrem freien Tag, den sie am liebsten in trauter Zweisamkeit mit ihm verbrachte. Also hatte er gestern nichts gesagt und war mit seiner Frau draußen in Neustift und Salmannsdorf spazieren gegangen. Die ersten Absätze des Leitartikels überflog er und begann erst ab der Zwischenüberschrift *Das Festkonzert im Stadion* den Artikel konzentriert zu lesen:

Der Arbeitersängerbund Alsergrund hat mit seinem Fest Glück gehabt. An dem Ehrentag seines vierzigjäh-

rigen Bestehens hat er nicht nur strahlend schönes Wetter, nicht nur ein Publikum von 60.000 festesfrohen Menschen in der schönsten und größten Arena Wiens zu Gast gehabt und nicht nur ein erlesenes künstlerisches Programm geboten, sein Fest ist zugleich der Anlaß einer prächtigen Kundgebung des Gesamtproletariats geworden.

Als er dies und die folgenden Zeilen las, nahm Nechyba einen Schluck Kaffee und dachte: schade. Das muss wirklich beeindruckend gewesen sein. Etwas gedankenversunken überflog er die nächsten Absätze und konzentrierte sich erst wieder auf den Inhalt des Geschriebenen, als er den Satz *Die Festrede hielt Seitz* las. Der Wiener Bürgermeister war vom Sprecher der Veranstaltung mit folgenden Worten begrüßt worden:

»Das Wort hat nun unser freigewählter Führer Seitz«, worauf Seitz, der beinahe nach jedem Satz vom Beifall der Sechzigtausend unterbrochen wurde, ausführte:

Ich bin kein »Führer«, ich bin nur heute Euer Sprecher. (Lebhafter Beifall.) Ich werde auch keine neuen großen Parolen geben und mich nicht mit hochtrabenden Redensarten aufspielen. Ich werde hier nur aussprechen, was Sie alle empfinden, und was noch wichtiger ist in dieser Zeit, was Sie alle wollen. (Minutenlang andauernde brausende Rufe: Freiheit, Freiheit, Freiheit!) Und ich werde aussprechen, wozu Sie alle entschlossen sind. Wir feiern hier das Fest eines Arbeitergesangsvereines eines Bezirks von Wien. Man kann sagen ein schöner sonniger Sonntag hat diese sechzigtausend Menschen hierher gelockt. Aber die Massen in der größten Arena dieser Stadt, sie sind gekommen, (Stürmische Rufe: Nieder mit dem Fascismus!), denen nun gezeigt werden soll, daß es noch ein größeres Wien gibt, das rote Wien.

Nechyba ließ die Zeitung sinken und sah vor seinem geistigen Auge die jubelnden Menschen bei der Ansprache des Wiener Bürgermeisters. Schade, dachte er neuerlich, da wäre ich wirklich gerne dabei gewesen. Er nahm einen Schluck Kaffee und begann, ins Narrenkastl zu starren.

»Vielleicht ist doch noch nicht alles verloren«, murmelte er und nahm einen Schluck Kaffee. Dann blätterte er weiter, bis ihm die Überschrift eines schmalen Artikels auffiel: *Gutheißung des Attentats.*

Aus Graz wird gemeldet: Der ehemalige Propagandaleiter der Nazi in Raaba, der 31jährige Gutsbesitzer Alexius Fleck, wurde verhaftet und dem Landesgericht eingeliefert, weil er das Attentat auf Bundeskanzler Dollfuß gutgeheißen hatte. – Aus Linz wird gemeldet: Der Student Wilhelm Hörnisch aus Steyr wurde verhaftet und zu einer Woche Arrest verurteilt, weil er seinem Bedauern Ausdruck gegeben hat, daß der Attentäter Dertil nicht besser getroffen hat. – Gleichfalls in Steyr erhielt ein fünfzehnjähriges Mädchen, das der Hitler-Jugend angehört hatte, wegen einer ähnlichen Aeußerung achtundvierzig Stunden Arrest. – Aus Klagenfurt wird gemeldet: Der Kaufmann Josef Spieler, der seiner Freude darüber Ausdruck gab, daß der Bundeskanzler angeschossen wurde, erhielt drei Wochen Arrest und zweihundert Schilling Geldstrafe.

*

Als Engelbert Novak am nächsten Morgen die von den Kolporteuren der einzelnen Verlage zugestellten Zeitungen nach und nach in die Zeitungshalter einspannte, fiel ihm auf, dass die Arbeiter-Zeitung fehlte. Das irritierte ihn. Hatte der Kolporteur des Vorwärts Verlags vergessen, sie zuzustellen? Wie konnte das passieren? Schließlich war der Vorwärts Verlag, wo die Arbeiter-Zeitung erschien, ein gut organisiertes und professionell geführtes Unternehmen.

»Frau Chefin! Uns wurde heute die Arbeiter-Zeitung nicht zugestellt!«

»Hat mein Mann am Ende vergessen, die Rechnung zu bezahlen?«

»Hoffentlich nicht. Das wär net gut fürs G'schäft. Wir haben nämlich eine ganze Reihe von Stammkunden, die sie lesen.«

»Ah so? Ich hab gar net g'wusst, dass wir so viele Sozis unter unseren Kunden ham. Und Sie, Herr Engelbert, Sie hab' ich ja auch schon in der Arbeiter-Zeitung schmökern gesehen.«

»Frau Chefin, ich bitt' Sie! Die Arbeiter-Zeitung ist die auflagenstärkste Tageszeitung Wiens. Die muss man einfach lesen.«

Die Eingangstür des Cafés wurde geöffnet, und Herr Engelbert rief:

»Mir ham no net offen!«

Er eilte durch den Gastraum und sah den Postler mit zwei Exemplaren der Arbeiter-Zeitung in der Hand.

»Guten Morgen, Herr Engelbert! Ab sofort bin ich Ihr Zeitungskolporteur.«

»Was? Wieso denn?«

»Das können S' gleich selbst nachlesen. Da auf der Titelseite steht's. Einen schönen Tag noch, hawedere!«

Der Ober blickte dem Briefträger verblüfft nach, der die beiden Zeitungsexemplare auf einen Kaffeehaustisch gelegt hatte. Dick und fett stand auf der Titelseite:

Verbreitungsverbot für die Arbeiter-Zeitung

Amtlich wird mitgeteilt: Das Bundeskanzleramt hat auf Grund des § 1 der Verordnung vom 10. Juni 1933 den Vertrieb der Arbeiter-Zeitung, Erscheinungsort Wien, durch Straßenverkauf und Zeitungsverschleißer und ihre Zustellung ins Haus auf anderm Weg als durch die Post für die Dauer eines Monats (Endtag 8. November 1933) verboten. Uebertretungen werden mit Verwaltungsstrafe bis 2000 Schilling oder drei Monaten Arrest geahndet.

Engelbert Novak ging aufgeregt in die Küche:

»Frau Chefin, der Dollfuß hat den Vertrieb der Arbeiter-Zeitung verboten!«

»Na der traut sich was! Aber wie kommt es, dass Sie jetzt eine in der Hand halten?«

»Das steht da, auf der Titelseite zu lesen:

An unsere Leser!

Die Arbeiter-Zeitung wird von heute an jedem unserer Bezieher, auch denjenigen, die sie bisher in der Trafik abgeholt haben oder durch einen Vertriebs- (Haus-) Kolporteur zugestellt erhielten mit der ersten Frühpost zugestellt.«

»Dann war das vorher kein Gast, sondern der Briefträger?«

»So ist es, Frau Chefin.«

Sie drückte ihm einen Kaffee verkehrt in die Hand, und Engelbert Novak ging zurück in die Gasträumlichkeiten, wo er nun auch die beiden Exemplare in die Halter einspannte. Dann setzte er sich, schlürfte seinen Kaffee und begann, die Arbeiter-Zeitung durchzublättern. Er erfuhr, dass die Dollfuß-Regierung nicht nur das Verbreitungsverbot erlassen hatte, sondern dass per Bescheid auch der Arbeitersängerbund Alsergrund aufgelöst wurde. Der Grund: Der Verein hatte mit der Großveranstaltung im Stadion letzten Sonntag seinen statuarisch festgelegten Zweck, der in der Pflege des Gesanges und der Musik bestand, überschritten. Novak schüttelte den Kopf und dachte: Wie sehr müssen Dollfuß und seine Regierung Angst vor den Menschen in Wien haben, dass sie einen Verein zur Pflege der Musik verbieten? Die politische Lage in Österreich wird immer schlimmer. Als er weiterblätterte, las er Nachrichten, die ebenfalls nicht dazu angetan waren, seine Stimmung an diesem Morgen zu heben: In Tirol war es zu einem Feuergefecht zwischen Heimwehr und Nazi gekommen, Selbstmord eines jungen Liebespaares, und ein Artikel über den Selbstmord eines verzweifelten alten Mannes:

Das Testament eines Arbeitslosen.
Heute hat sich in seiner Wohnung der 62jährige Schlosser Vajda wegen Arbeitslosigkeit vergiftet. In einem hinterlassenen Schreiben bittet er, man möge auf seinen Grabstein die Inschrift setzen: Gelebt und gestorben wie ein Hund.

*

»Da! Da schaun S' her!«
Rudolf Loibelsberger fühlte sich ertappt. Leise war er an diesem Morgen durchs Haus geschlichen, weil er nieman-

dem von den Hausparteien begegnen wollte. Und dann stand plötzlich die Nemeth, die alte Xantippe, vor ihm. Verkatert, wie er war, zog er das Hausmeisterkapperl tiefer in die Stirn, vermied jeglichen Blickkontakt und murmelte:
»I hab ka Zeit, gnä' Frau.«
Er versuchte, einen Bogen um sie zu machen, doch penetrant, wie diese Schastrommel nun einmal war, stellte sie sich ihm in den Weg und hielt ein Stück Papier vor sein Gesicht. Es war die gestrige Ausgabe der Kronen-Zeitung.
»Haben S' das g'sehen? Zwangsaufenthalt gibt's jetzt in Österreich. Da sollte man Sie einweisen, Sie!«
Rudolf Loibelsberger las blinzelnd die Schlagzeile:
Zwangsaufenthalt für staatsfeindliche Personen
Er schüttelte den Kopf und grantelte:
»I bin doch ka Staatsfeind, hörn S'! I bin a anständiger Mensch. I bin bei der Vaterländischen Front.«
»Was sind Sie? A anständiger Mensch sind Sie? A Wahnsinniger sind Sie! Was Sie gestern wieder in Ihrer Wohnung aufgeführt haben, geht auf ka Kuhhaut. Ihre Frau hat wie am Spieß g'schrien, pumpert hat's, Gläser sind g'flogen, und dann hat auch noch ihr Bua plärrt[*].«
Rudolf Loibelsberger senkte sein Haupt und seufzte:
»Es tut mir leid, gnä' Frau. I hab gestern Abend kurz meine Beherrschung verloren.«
»Was? Kurz soll das g'wesen sein? A Viertelstund lang ham Sie umadum gebrüllt wie a Aff in Schönbrunn[**].«
»Ich hab' schon g'sagt, dass es mir leid tut. Aber deswegen bin i ka Staatsfeind.«

---
[*] der Junge hat geweint
[**] Tiergarten in Wien

»Ah so? Und warum haben S' dann so laut g'schrien, dass man es bis ausse auf die Straßn g'hört hat, dass Sie alle am Arsch lecken können? Vom Bundeskanzler ang'fangen über die ganze Regierung bis zu den Arschwarzen hier im Haus.«
»Des hab i net g'schrien.«
Die Stimme der Nemeth war mittlerweile laut und schrill:
»Doch. Das ham S' g'schrien. Sie Staatsfeind, Sie!«
Nun brüllte der Hausmeister zurück:
»Hab i net! I waß, wos i waß!*«
Die Nemeth war nun kurz vorm Überschnappen:
»Einsperren! Zwangsaufenthalt! Notarrest! Einsperren!«
Rudolf Loibelsberger war nahe daran, der Alten eine zu schmieren**. Mühsam beherrschte er sich, schob die Nemeth samt ihrem Zeitungsblattl zur Seite und stürmte davon. Nur nicht die Nerven verlieren und eine Hauspartei insultieren …

*

Nechyba machte das Haustor auf und hielt verdutzt inne. Er hörte eine weibliche Stimme schrill keifen. Die Frau schrie etwas, was sich wie »Zwangsaufenthalt« und »Notarrest« anhörte. Welche Weibsperson politisierte denn da so lautstark im Stiegenhaus? Als er um die Ecke des Hausflurs bog, wurde er fast vom Hausmeister umge-

---
* Ich weiß, was ich weiß.
** reinzuhauen

rannt. »Sind S' narrisch?«, fauchte er ihn an, und der Hausmeister erwiderte erschrocken:

»'tschuldigung! Bitte vielmals um Entschuldigung, aber die alte Keif'n* is hinter mir her.«

Wie von Furien gehetzt rannte Loibelsberger zum Haustor, riss es auf und verschwand. Alte Keif'n? Was für eine alte Keif'n?, dachte Nechyba, und dann stand die Furie vor ihm:

»Gut, dass ich Sie treff', Herr Ministerialrat! Ich muss nämlich eine Anzeige machen. Und Sie sind mein Zeuge!«

»Was? Was bin ich?«

»Mein Zeuge! Sie kommen jetzt mit auf die Polizei, und dort zeig ich den Hausmeister an. Der hat nämlich gestern Nacht ganz laut g'schrien, dass ihn der Dollfuß am Arsch lecken kann.«

»Ich hab' nix g'hört.«

»Sind Sie derrisch**? Das hat doch das ganz Haus g'hört.«

»Na, dann soll das Haus als Zeuge gehen.«

Die Nemeth funkelte Nechyba böse an. Ihre Stimme wurde noch schriller:

»Wollen S' mich papierln***?«

Nechyba antwortete sanft:

»Niemand will Sie papierln, liebe Frau Nemeth. Außerdem sind Sie ja ka Zuckerl, das man in ein Papierl einwickelt.«

»Ich bin net Ihre liebe Frau Nemeth! Merken S' Ihnen

---

* zänkisches Weib
** taub
*** verkackeiern

das! Und im Übrigen kommen Sie jetzt mit auf die Wachstube!«

Energisch watschelte die Nemeth in Richtung Haustor, während Nechyba wie vom Blitz getroffen stehen blieb, ihr mit offenem Mund nachschaute und murmelte:

»Das glaubt's aber selber net, das Huastnzuckerl, das grausliche …«

Plötzlich drehte sie sich um und zeterte:

»Was stehen S' denn wie ein Mamlas in der Gegend umadum*? Schaun S' net so kariert! Machen S' mir lieber das Haustor auf und gemma!«

Mittlerweile hatte Nechyba seine Fassung wiedergefunden. Er bekam einen dicken Hals und schrie: »Wissen S' was? Rutschen S' mir den Buckel runter und haun S' Ihnen über die Häuser! Sie Bissgurn**, Sie!«

*

Seit Rudolf Loibelsberger vor ein paar Tagen die Vorladung aufs Kommissariat bekommen hatte, war er sehr kleinlaut. Er hatte, wie man so schön sagt, Fracksausen. Als er dann im Wartezimmer des Kommissariats Mariahilf saß, war ihm immer noch nicht klar, was die Polizei von ihm wollte. Er musste eine Zeit lang warten, bevor er aufgerufen und in das Zimmer eines leitenden Beamten geführt wurde. Der forderte ihn auf, Platz zu nehmen, und kam sofort zur Sache:

»Stimmt es, dass Sie in der Nacht des 27. Oktobers in Ihrer Wohnung randaliert haben? Und dabei mehrmals

---
* Was stehen Sie wie versteinert in der Gegend herum?
** bissiges Weib

geschrien haben, dass unser Herr Bundeskanzler Sie am Arsch lecken kann?«

Rudolf Loibelsberger wurde weiß die Wand. Er räusperte sich und stammelte:

»Nicht mehrmals, Herr Inspector. Einmal vielleicht.«

»Oberleutnant, wenn ich bitten darf.«

»Einmal. Höchstens. Herr Oberleutnant.«

»Wir haben da die Zeugenaussage einer Partei Ihres Wohnhauses, die folgendermaßen lautet: Rudolf Loibelsberger tat das, was er so oft tut. Er schmiss mit Gegenständen um sich und brüllte mit seiner Frau sowie mit seinem Sohn. Die Schreierei gipfelte in dem Satz – ich zitiere: … dass Sie alle am Arsch lecken können. Vom Bundeskanzler ang'fangen über die ganze Regierung bis zu den Arschwarzen hier im Haus.«

Nach einer Weile des Schweigens gab Rudolf Loibelsberger folgende Antwort:

»I sag Ihnen das eine: Das war sicher die grausliche Schabrackn*, die Nemeth, die mich angezeigt hat. Die hat nämlich an Pick auf mich.**«

»Also geben Sie's zu?«

»Ja, Herr Oberleutnant.«

Der Polizist lehnte sich zurück und musterte den Hausmeister mit strengem Blick.

»Sie wissen schon, dass laut der heuer im März erlassenen Notverordnung die öffentliche Beleidigung der Bundesregierung mit einer Geldstrafe von bis zu zweitausend Schilling und Arrest bis zu drei Monaten bestraft wird?«

---

* altes Weib
** auf jemanden einen Groll haben

Loibelsberger schüttelte den Kopf. Er saß ganz in sich zusammengesunken da. Ein Häufchen Elend. Der Oberleutnant räusperte sich und fuhr nun in einem freundlicheren Tonfall fort:

»Schaun S' nicht so verzweifelt. Wir Polizisten sind ja auch nur Menschen. Und nicht alle von uns sind mit dieser Bundesregierung unbedingt einverstanden.«

Neuerlich machte der Oberleutnant eine Pause. Er lehnte sich in seinem Sessel zurück, dachte kurz nach und wandte sich dann an den Polizisten, der Loibelsberger hereingeführt hatte und der während des gesamten Gesprächs diskret im Hintergrund gestanden hatte:

»Was mach' ma da? Was meinen Sie, Herr Gruppeninspector?«

Der Angesprochene zuckte mit den Schultern. Aber der Oberleutnant ließ nicht locker und schlug mit flachen Hand auf den Tisch:

»Gruber, sagen S' was! Was täten Sie an meiner Stelle?«

Der Gruppeninspector brummte:

»Vielleicht sollt ma a Verwarnung aussprechen und die ganze Angelegenheit auf sich beruhen lassen?«

Der Oberleutnant dachte kurz nach, nickte sodann und sagte in strengem Ton:

»Rudolf Loibelsberger, ich verwarne Sie hiermit wegen ungebührlichen Betragens zu nächtlicher Stunde. Stehen S' auf und gehen S'. Und benehmen Sie sich in Zukunft anständig.«

Mit offenem Maul stand der Hausmeister auf, nickte verdattert und schlich, Danksagungen murmelnd, aus dem Zimmer. Da die Zimmertür hinter ihm nicht geschlos-

sen wurde, hörte er im Weggehen den Gruppeninspector brummen:
»Der Dollfuß kann uns alle am Arsch lecken. Nicht nur den Loibelsberger.«

*

Mit den üblichen blöden Schmähs* wurde Rudolf Loibelsberger vom Schlosser Hradek, dem Schuster Lechner und dem Trafikanten Wasnigg am Stammtisch empfangen.
»Na wie is die Hausmeisterhackn heut g'wesen?«
»Hast überhaupt schon Feierabend?«
»Feierabend mach i, wann i will«, brummte der Hausmeister, griff nach dem Krügel Bier, das der Wirt vor ihn hingestellt hatte, und nahm einen kräftigen Schluck.
»Na servas, der hat an Durst.«
»Wahrscheinlich hat er heut' ausnahmsweise was gearbeitet. Und net nur die Parteien in seinem Haus geärgert.«
»Übrigens, Rudi, weißt eh, dass du a Verehrerin hast?«
Loibelsberger schaute verblüfft.
»Die redet andauernd nur von dir ... Nemeth heißt sie.«
Ihm wurde mit einem Schlag bewusst, dass er der Nemeth in Zukunft tunlichst aus dem Weg gehen sollte. Die zerriss sich anscheinend überall im Bezirk den Mund über ihn. Das konnte ihm immens schaden und vielleicht sogar die Hackn kosten. Schließlich war sein Arbeitgeber zutiefst im christlichsozialen Milieu verankert. Als ihm der Hausherr vor ein paar Monaten nahegelegt hatte, Mitglied

---
* Scherzen

der Vaterländischen Front zu werden, hatte er dies ohne jegliche Sympathie für Dollfuß und seine Politik getan. Er nahm einen langen Schluck Bier und dachte sich, dass der Dollfuß ihn nach wie vor am Arsch lecken konnte.

»Eure g'fäulten[*] Schmähs könnt's euch in die Haar' schmieren«, grantelte Loibelsberger, nahm sein Krügel Bier und verfügte sich in eine stille Ecke, wo ein einsamer Herr saß.

»Ist es gestattet, dass ich hier bei Ihnen Platz nehme?«

Obwohl Engelbert Novak sich in seiner Ruhe gestört fühlte, nickte er. Loibelsberger setzte sich ächzend nieder und versuchte, eine Erklärung für seinen Platzwechsel zu geben:

»Am Stammtisch sind s' heut besonders deppert. Alle miteinander. Die Wappler[**] wollen mich unbedingt ärgern, und am End wollen s' auch noch politisieren.«

Abwehrend hob Novak die Hände.

»Nur net politisieren! Nur das nicht.«

*

Die stille Ecke hatte es Rudolf Loibelsberger angetan. Statt am Stammtisch ließ er sich nun immer hier nieder. Ein Platz, wo er in Ruhe sein Bier trinken und seinen Gedanken nachhängen konnte. Hier hatte er auch nach einem fürchterlichen Streit mit seinem Eheweib die Eingebung gehabt, den Buam[***] der alten Frau Kern in Pflege zu geben. Auf diese Idee hatte ihn der stille Herr gebracht, der hier des Öfteren bei einem Bier saß. Loibelsberger wusste nicht

---
[*] blöden
[**] unfähiger Depp
[***] Buben

mehr wie, aber irgendwie waren sie an einem jener Tage, an dem er wieder einmal mit seiner Frau gebrüllt hatte, dass die Wände gewackelt hatten, auf den kleinen Erich zu sprechen gekommen. Nach dem vierten Krügel Bier hatte er dem Fremden, der nun auch schon beim dritten Krügel war, sein Herz ausgeschüttet. Dass er mit seiner Frau immer wieder fürchterliche Wickel* habe und dass er dann regelmäßig explodiere. Das Schlimme daran war, dass die Parteien im Haus, in dem er als Hausmeister tätig war, seine Wutanfälle allmählich unerträglich fanden und dass sie das im ganzen Bezirk herumerzählten. Mittlerweile hatte er das Gefühl, dass an jeder Straßenecke über ihn getratscht wurde.

»Es is a Jammer … a fürchterlicher Jammer …«, seufzte Loibelsberger und bestellte das fünfte Krügel Bier. Sein Gegenüber lehnte sich zurück und begann plötzlich mit leiser Stimme zu erzählen:

»Als ich im 18er-Jahr aus dem Krieg zurückgekommen bin, hab ich eine Menge Blödsinn g'macht. Das war damals wurscht**, weil eh alles drunter und drüber gegangen ist und der Staat praktisch nicht existiert hat.«

Loibelsberger nickte und ergänzte:

»Ich weiß. Wie ich zurückgekommen bin und am Nordbahnhof ausgestiegen bin, war dort ein Zeltlager von Tausenden böhmischen Soldaten, die alle zurück nach Böhmen wollten und für die es keinen Zug gab. Alle waren ang'fressen***, und das mit leerem Magen …«

---

* Streit
** egal
*** sauer sein

»Sehen Sie, genau das war der Punkt damals. Der Hunger, den ich verspürt hab', hat mich dazu verleitet, dass ich allerlei angestellt hab'. Zu Weihnachten ist mir dann meine jetzige Frau übern Weg gelaufen. Eine zerbrechlich wirkende junge Dame mit großen traurigen Augen, die versucht hat, eine goldene Brosch' gegen Brot einzutauschen. Irgendwie hat sie mir leidgetan und ich hab' ein Stückl Bims* mit ihr geteilt. Es war ein kalter Weihnachtstag, und sie hat mich einfach zu sich nach Hause mitgenommen. Eine Frau Mitte Zwanzig, deren Mann bereits im 14er-Jahr gefallen war. Und ich: ein Kriegsheimkehrer, der mit einigen anderen herummarodierte und sich alles nahm, was er bekommen konnte. Wir haben die halbe Nacht geredet, und dann is es halt gekommen, wie's kommen musste.«

»Dann hast du dir die Kleine g'nommen ...«, Loibelsberger war unwillkürlich ins Du verfallen, doch das störte den anderen nicht. Der erzählte nun ebenfalls in der Du-Form weiter.

»Nein, da irrst du dich. Die Kleine war eine Dame, sehr distinguiert. Sie war nicht eine der narrischen Kriegerwitwen, die auf Männer ganz wild waren. Meine Frau ist ein feiner Mensch. Etwas, was ich so bis dahin nicht erlebt hatte. Jedenfalls hat sie mich bei sich aufgenommen. Die nächsten Wochen wurde ich von ihr durchgefüttert und von meinen marodierenden Kameraden ferngehalten. Im Februar hab' ich dann a Hackn g'funden. Jetzt sind wir immer noch zusammen. Geheiratet hamma aber erst vor kurzer Zeit.«

»Ob das g'scheit war? Vorher hättest sie jederzeit verlas-

---
* Brot

sen können. Aber jetzt? Schau mich an: I kann meine Alte net verlassen, vor allem wegen unserem Buam. An dem häng' i sehr. Wegen dem tuat's mir im Nachhinein auch immer leid, wenn i an Gachen krieg*. Wenn er sich wieder einmal in einem Winkerl verkriecht und vor Angst fast in die Hosn macht ...«

»Ich hab' zum Glück keine Kinder. Und wie gesagt, meine Dorli ist ein wunderbarer Mensch. Wenn ich einmal ang'soffen bin und es Streit gibt, ist sie mir nie lange bös'. Gott sei Dank.«

»Meine Alte is a Drachen, wie du wahrscheinlich schon bemerkt hast. Aber im Großen und Ganzen hab ich sie trotzdem gern. Nur manchmal ...«

Loibelsberger trank sein fünftes Krügel aus. Langsam begann er zu lallen.

»Mei Bua tuat ma lad.** Der hat sich so einen Vater wie mich net verdient. Das is a braver Bua. A ganz a braver.«

»Wenn das so ist, dann solltest ihm deine Anfälle nicht mehr zumuten. Da solltest dir was überlegen.«

---

* Wutanfall bekommen
** Mein Sohn tut mir leid

FRAU JELINEKS APFELSTRUDEL

Oranienburg, Oranienburg ...
Der »Manchester Guardian« veröffentlicht einen Bericht seines deutschen Korrespondenten, der auf die wachsende Unzufriedenheit und die wachsende Bespitzelung innerhalb der Naziformationen hinweist. Nicht nur Marxisten, Demokraten, Katholiken und Juden füllen heute die Konzentrationslager, sondern in steigender Zahl auch SA.- und SS.-Männer, die sich als »unverlässliche Elemente« erwiesen haben. Das Organ des Terrors, der innerhalb der Naziorganisation ausgeübt wird, ist die Geheime Staatspolizei. Spitzelwesen und Denunziantentum stehen hoch in Blüte. Oft genügt schon eine einzige kritische Bemerkung oder ein Witz, der von einem Spitzel aufgeschnappt wird, um den Verdacht unzuverläßlicher Gesinnung zu wecken, der geradeswegs ins Konzentrationslager führt. Vor einiger Zeit wurden 89 Mann eines einzigen SA-Sturms ins Konzentrationslager gesteckt, weil sie Witze über Hitler, Göring und Göbbels gemacht haben. Solche Witze gehen in großer Zahl heimlich im Flüsterton durch die braunen Reihen.

Das Konzentrationslager Oranienburg – in den ersten Zeiten des braunen Terrors berüchtigt wegen der Mißhandlungen marxistischer Opfer – ist heute der Aufenthaltsort zahlreicher rebellischer Braunhemden geworden. Das zeigt am besten das Lied, das als Parodie auf »O Tannenbaum,

o *Tannenbaum, wie grün sind deine Blätter«* heimlich in den Kasernen der SA. gesungen wird. *Es lautet:*
Oranienburg, Oranienburg, wie braun bist du geworden.
Einst waren nur Marxisten da, jetzt sind es nur SS., SA.,
Oranienburg, Oranienburg, wie braun bist du geworden.

Die braunen Bestien zerfleischen sich jetzt gegenseitig, dachte Nechyba, als er diesen Artikel in der Arbeiter-Zeitung las. Er konnte nicht anders und musste grinsen. Herr Engelbert, der das beobachtete, servierte dem alten Ministerialrat ein frisches Glas Wasser und sagte:

»Darf man fragen, was Sie erheitert?«

»Das werde ich Ihnen nicht verraten, weil Sie mir sonst mit Ihrem Standardsprücherl daherkommen.«

»Tun Sie jetzt nur mehr im Geiste politisieren?«

»Das kann mir keiner verbieten.«

»Da wäre ich mir nicht so sicher.«

»Jetzt tun Sie politisieren. Hören S' sofort auf damit.«

»Ah geh! Das ist doch Ihr Metier.«

Nechyba grinste, und Herr Engelbert wechselte das Thema:

»Wissen S' eh, dass Sie heute schon die morgige Zeitung lesen?«

»Ah so? Wie geht das?«

Der Ober lächelte, und bevor er sich abwandte, bemerkte er süffisant:

»Unsere Regierung macht's möglich. Solche Sachen können die …«

Nechyba schaute dem Ober verblüfft nach. Dann sah er auf das Datum der vor ihm liegenden Arbeiter-Zeitung, und da stand tatsächlich *1. November 1933.* Er schüttelte verwundert sein Haupt, blätterte zurück zur Titelseite und sah, dass auch unter dem Zeitungskopf *Wien, Mittwoch, 1. November 1933* zu lesen stand. Er rieb sich die Augen und starrte irritiert auf die Titelseite und dann kopfschüttelnd ins Leere. Plötzlich stand Engelbert Novak wieder neben ihm und reichte ihm ein weiteres Exemplar der Arbeiter-Zeitung.

»Was soll ich damit? Ich hab eh eine.«

»Ja, die von morgen. Ich hab' mir gedacht, dass Sie vielleicht auch die heutige Ausgabe lesen wollen.«

»Was? Wie meinen S' das?«

Novak deutete auf die Titelseite der Ausgabe, wo *Wien, Dienstag, 31. Oktober 1933* stand, und sagte:

»Da! Da schaun S' her.«

Nechyba nahm die heutige Zeitung und las links die Meldung, auf die Herr Engelbert gezeigt hatte:

An unsere Leser!

Am 1. November (Allerheiligen) findet keine Postzustellung statt. Infolge des Verschleißverbotes ist es uns daher unmöglich, unseren Lesern die Arbeiter-Zeitung am 1. November selbst zukommen zu lassen. Wir sind also genötigt, ausnahmsweise die morgige Nummer früher fertigzustellen, damit sie noch heute nachmittag zugestellt werden kann.

Heute Dienstag erhalten daher unsere Leser Nachmittags mit der letzten Post das Mittwochsblatt.

Das in vollem Umfang eines Feiertagsblattes erscheint und die letzten möglichen Nachrichten enthält.

Wir bitten für diese nicht von uns verschuldete Verschiebung des Erscheinungstermins um Entschuldigung; wir

geben uns alle Mühe, die über uns verhängten Schwierigkeiten so zu bewältigen, daß unsere Leser nicht zu Schaden kommen. Die nächstfolgende Nummer der Arbeiter-Zeitung erscheint dann Donnerstag früh zur gewohnten Stunde.
Die Verwaltung der Arbeiter-Zeitung.

*

Mit einem deutlich vernehmbar knurrenden Magen spazierte Nechyba die Gumpendorfer Straße stadteinwärts. Im Laufe der letzten Viertelstunde hatte sich ein seltsamer Gusto in ihm breitgemacht. Es gelüstete ihn unbändig nach gebackenen Blunzenradeln. Und so marschierte er zu seiner Stammfleischhauerei, die jahrzehntelang von Vinzenz Moosbichler und nun von dessen Sohn Vinzenz junior geführt wurde. Ein bisschen trauerte Nechyba dem alten Moosbichler nach, der nun schon seit mehr als zwei Jahren die Radieschen von unten betrachtete. Radieschen! Eine schlimme Sache für einen, der sich sein Leben lang den fleischlichen Genüssen gewidmet hatte, dachte er und musste ob dieses Paradoxons grinsen.
»Ah, der Herr Ministerialrat. Kompliment! Womit kann ich dienen?«
»Heut' will ich Blut, alles andere ist mir wurscht.«
Der junge Moosbichler, der nicht auf den Kopf gefallen war und generell gerne Schmäh führte, antwortete lachend:
»Gehe ich recht in der Annahme, dass der Herr Ministerialrat eine Blutwurst möchte?«
»So ist es, mein lieber Moosbichler, so ist es.«

Der Fleischhauer holte aus dem Eisschrank eine zu einem Ring geformte Blutwurst, hielt sie in die Höhe fragte: »Wie viel darf's denn sein? Die Hälfte?« Nechyba sah die prall gefüllte Blutwurst, die in einem weißlich schimmernden Naturdarm steckte, und dachte, dass er heute nicht alles panieren müsse. Einen Zipfel könnte er ja morgen kalt mit Senf, Kren und einem Stück frischem Brot verzehren.

»Keine halben Sachen!«, replizierte er, und Moosbichler packte lächelnd die ganze Blunze in ein Stück Papier ein. Nechyba zahlte, nahm das Packerl, grüßte und machte sich beschwingt auf den Heimweg.

Daheim schlüpfte er aus Überzieher, Sakko und Schuhen heraus und in seine Patschen hinein. Er machte es sich in seinem Ohrensessel gemütlich, drehte das Hornyphon-Radio auf und lauschte einem Klaviervortrag von Emmy Schopf. Als um 18.05 Uhr ein Beitrag über die praktische Entwicklung des Raketenflugzeugs begann, schaltete Nechyba ab und begab sich in die Küche. Er halbierte das Blunzenkranzl, entkleidete die dunkle Schönheit von dem Naturdarm und schnitt anschließend appetitliche Scheiben ab. Nachdem er sich zwei dieser Wurstradln gierig in den Mund gestopft hatte, brachte er die andere Hälfte der Wurst in die kühle Speis'. Die übrigen Scheiben wälzte er in Mehl. Dann erhitzte er in einer Pfanne Schmalz und ließ die mehlierten Blunznradeln in dem heißen Fett so lange schwimmen, bis sie schön knusprig waren. Dann platzierte er sie auf einem großen Teller, den er in das vorgeheizte Backrohr stellte. Dort wurden sie warm gehalten, bis Aurelia heimkommen würde. In der Zwischenzeit hatte er eine Krenwurzn* geputzt und die Krenreibe bereitgestellt. Als seine Frau von der Arbeit kam, bat er sie ohne Umschweife zu Tisch und servierte die knusprigen Blunzenradln, über die er frischen Kren rieb, sodass sie wie angezuckert aussahen. Dazu gab es Weißbrot. Aurelia aß wie immer mit Appetit und sparte, nachdem sie fertig gegessen hatte, nicht mit Lob:

»Das war eine glänzend Idee von dir. Das hast gut gemacht. Haben wir vielleicht ein Schluckerl Wein?«

Er nickte, erhob sich und ging in die Speis', wo er ein Flascherl Grünen Veltliner aus Stammersdorf hervorholte. Aurelia hatte inzwischen Weingläser auf den Tisch gestellt, er öffnete die Flasche und schenkte ein. Sie prosteten einander zu, spülten mit dem reschen Weißen die deftige Blunze hinunter und waren rundum zufrieden, bis Aurelia plötzlich folgende Frage stellte:

»Weißt du eigentlich, was morgen für ein Tag ist?«

»Wieso?«

»Morgen ist Allerheiligen, du alter Heide, du. Da sollten wir das Grab deiner Eltern und der Antschi-Tant'** besuchen.«

»Darauf hätt' ich glatt vergessen.«

»Schäm dich, Nechyba.«

»Ja, ich weiß eh … So bin ich halt. Und obendrein bin ich kein Kerzlschlicker***.«

»Das hat damit nichts zu tun. Aber unserer lieben Verstorbenen sollten wir gedenken.«

---

* Meerrettichwurzel
** Anna Grubenschlager, Nechybas Ziehmutter
*** Frömmler

»Ist schon gut. Fahr' ma morgen am Vormittag halt hinaus zum Zentralfriedhof. Nachher lad ich dich zum Essen in einem der Wirtshäuser dort ein.«
»Ans Essen denkst du immer, aber an den Tod denkst du nie.«
»Geh, der kommt eh viel zu schnell und oft auch viel zu früh. Dem Tod kann keiner die Stirn bieten.«
Und als er das sagte, fiel ihm ein Satz ein, den er heute in einem Artikel der Arbeiter-Zeitung gelesen hatte: *Aber vom Tode gezeichnet ist die Stirn des Fascismus.*

*

»Ich mach' mir ernsthaft Sorgen.«
»Wieso? Was ist denn so besorgniserregend?«
Engelbert Novak hielt beim Abendessen inne und schüttelte verzweifelt den Kopf:
»Wenn man in der Zeitung liest, wie sich die Nazi in Deutschland aufführen, wird einem angst und bang.«
Dorli strich ihrem Mann liebevoll über den Kopf:
»Komm, iss dein Hühnersupperl auf. Das wärmt den Magen und gibt Kraft. Außerdem vertreibt so ein heißes Supperl trübe Gedanken.«
Engelbert tat, wie ihm geheißen. Obwohl die Suppe köstlich schmeckte – eine der Speisen, deren Zubereitung Dorli von ihrer Großmutter gelernt hatte –, wurden seine Sorgen dadurch nicht vertrieben. Später, als die beiden es sich im Salon bequem gemacht hatten und Dorli mit Genuss eine Zigarette paffte, griff er in seine Hosentasche und holte ein klein zusammengelegtes Stück Zei-

tungspapier hervor. Er faltete es auf und hielt es ihr vor die Nase.

»Da schau! So geht's da draußen in der Welt zu.«

Dorli nahm kurz die Zeitungsseite in die Hand, schüttelte dann aber den Kopf und gab sie ihm zurück. Sie tötete die Zigarette ab, kuschelte sich an ihn und bat:

»Lies' du es mir vor. Bitte.«

Seufzend begann Engelbert, aus dem Arbeiter-Sonntag zu zitieren:

»*Grabschändungen zu Allerheiligen sind die neuesten Heldentaten der österreichischen Nazi. Am ärgsten trieben sie es im jüdischen Friedhof in Hohenau, wo sie sechzig Gräber zerstörten.*

Zuerst fallen sie über die Toten her, später sind die Lebenden dran: Juden wie du und politisch Unverbesserliche wie ich. Davon berichtet der lange Artikel, der gleich neben der Kurzmeldung über die Gräberschändungen steht. Hör zu:

Flüchtlinge, Emigranten – der Strom der gepeinigten, gefolterten Menschen aus dem Land der Dichter und Denker, in dem jetzt die Stahlrute regiert, ist noch nicht versiegt. Täglich kommen Männer, Frauen und auch Kinder irgendwo irgendwie über die Grenzen des Dritten Reiches, und dann sind sie eines Tages da, stehen im Büro der sozialdemokratischen Flüchtlingsstelle, atemlos noch vom Erlebten, und berichten ihr Schicksal. Und dann nehmen sie die kleine Spende – die Mittel sind karg, die zur Verfügung stehen – und gehen wieder. Wohin? Wenn es einer allein ist, mag er sich vielleicht noch irgendwie durchschlagen. Aber was ist mit den Frauen, mit den Kindern? Namenlos ist das Elend der aus ihrer Heimat Vertriebenen.

Jedem Flüchtling wird ein Fragebogen vorgelegt. Um seine Personaldaten, um seine Partei- und Gewerkschaftszugehörigkeit wird gefragt und um seine Erlebnisse. In knappen Worten werden da Schicksale niedergeschrieben, die furchtbare Anklage erheben gegen die Machthaber des Dritten Reiches. Aus den hundertfach übereinanderliegenden Schicksalsbogen der sozialdemokratischen Flüchtlingsstelle seien nur einige wahllos herausgegriffen, damit sie erzählen von der Brutalität der Gegner und vom Heldenmut des deutschen Proletariats.

Ich überspringe jetzt einige Absätze, die von zahlreichen Misshandlungen und Folter berichten, und komme zu dem Absatz, den ich zuvor meinte:
In welchem Konzentrationslager waren Sie? Steht ganz oben auf dem Fragebogen. Und der Genosse berichtet nun: Erst in Bremen, dann nach der Auflösung in Osnabrück.

Wie lange und warum wurden Sie dort festgehalten? – Ich wurde am – folgt Datum und Ortsangabe, die wir nicht veröffentlichen können, weil Verwandte des Genossen noch in Deutschland sind – aus der Wohnung geholt. Am – folgt wieder das Datum – gelang es mir und neun Genossen zu fliehen. Das Konzentrationslager ist in sogenannte Barackengruppen eingeteilt. Barackengruppe 1 besteht aus lauter Juden, in der Barackengruppe 2 sind die Sozialisten , die Barackengruppe 3 besteht aus den sogenannten Unverbesserlichen. Seite Mitte August machten nur noch SS-Leute Dienst. Die SA. ist über Nacht aus dem Lagerdienst verschwunden.«

Engelbert ließ die Zeitung sinken und starrte ins Leere. Auch Dorli war still. Schließlich murmelte sie:

»Wenn uns die Nazi verhaften würden, würden sie uns also trennen. Ich wäre in Baracke 1 und du in Baracke 3. Eine schreckliche Vorstellung.«

*

Engelbert Novak musste schmunzeln. Vorm morgendlichen Aufsperren des Café Jelinek gönnte er sich immer einen Kaffee, spannte die aktuellen Zeitungen in die Zeitungshalter und trug Blätter vom Vortag in die Küche, wo sie zum Heizen des Herdes verwendet wurden. Dann ordnete er alles, was nicht täglich, sondern periodisch erschien, am Zeitungstisch ein. Dazu gehörten auch die Witzblätter, wobei ihn das Witzblatt »Der Götz von Berlichingen« am meisten erheiterte und seine morgendlich melancholische Stimmung oft aufhellte. Aufgrund seiner antinationalsozialistischen Redaktionslinie war »Der Götz von Berlichingen« in Deutschland verboten worden, was dick und fett auf der Titelseite zu lesen stand. Quasi als Empfehlung. Zum Schmunzeln hatte ihn folgende Scherzfrage gebracht:

Wissen Sie schon, dass die Nazi ein Bittschreiben an die Bundesregierung richteten, man möge den für sie bestimmten Zwangsaufenthalt in Wöllersdorf mit Rücksicht auf ihre Bombenerfolge in Böllersdorf umbenennen!

Leider wurden dort nicht nur Nazi, sondern auch ehemalige Genossen inhaftiert. Vor 14 Tagen hatte er in der Kronen-Zeitung gelesen, dass im Lager Wöllersdorf 20 Personen inhaftiert waren. 18 Nazi und zwei kommunistische Agitatoren, wie es offiziell hieß.

»Kommunistische Agitatoren«, murmelte Engelbert Novak und nahm einen Schluck Kaffee. Seit er im Jahr 1918 desertierte, sich nach Wien durchschlug und während der Umbruchszeit der Roten Garde anschloss, hatte er losen Kontakt zu kommunistischen Freunden. Damals drängten sie ihn, Mitglied der Partei zu werden, doch dazu hatte er sich nicht durchringen können. Zu aggressiv verhielten sich die einzelnen Gruppierungen innerhalb der neu gegründeten Partei zueinander. Sie neigten dazu, eher gegeneinander als gegen den Klassenfeind zu kämpfen. Nach dem Motto: Feind, Todfeind, Parteifreund. Dass so eine Partei keine Zukunft hatte, war dem damals 19-Jährigen sehr bald klar. Und so schied er Anfang Jänner 1918 aus der Roten Garde aus und übersiedelte von der Stiftskaserne, wo seine revolutionären Genossen Unterkunft gefunden hatten, in den 4. Bezirk auf die Wieden. Hier schlüpfte er unter die Fittiche von Dorli, einer jungen Witwe aus gutbürgerlichen Verhältnissen, deren Mann bereits zu Beginn des Krieges bei der Schlacht von Gródek gefallen war. So wie viele andere Kriegswitwen war sie damals froh gewesen, wieder einen Mann im Haus und im Bett zu haben. Von den Genossen und Genossinnen hielt er sich ab diesem Zeitpunkt fern. Dorli hatte ihn in unzähligen Gesprächen überzeugt, dass die Kämpfer der Roten Garde und die Genossen der Kommunistischen Partei vom Krieg schwer gezeichnet waren und jetzt nach Kriegsende vor den Trümmern ihrer Existenz standen. Sie alle träumten von einer auf Gleichheit und Gerechtigkeit basierenden klassenlosen Gesellschaft. Seine Gefährtin, die um fünf Jahre älter und um einiges an Erfahrung reicher war, brachte ihn allmählich von seinen radikalen Ideen ab. Sie fütterte den halb verhungerten Rotgardisten mit dem Wenigen, das es damals zu kaufen gab. Auch wenn sie sich dafür stundenlang vor Geschäften anstellen musste. Nach und nach tauschte sie ihren Schmuck sowie allerlei wertvolle Dinge, die es in der Wohnung gab, gegen Lebensmittel ein. Als Engelbert Novak nach einiger Zeit mitbekam, welche Mühen es sie kostete, Lebensmittel und Heizmaterial zu beschaffen, machte er sich täglich frühmorgens auf, um Arbeit zu finden. Erfolgreich war er meist am Naschmarkt, wo er für Fratschlerinnen[*] Kisten und Säcke schleppte und ihnen, wo immer es notwendig war, zur Hand ging. Da er ein junger fescher Kerl war und auch die Marktweiber so ihre Bedürfnisse hatten, war er den Frauen, die ihn beschäftigten, hin und wieder auch auf eine sehr persönliche Art zu Diensten. Das geschah nicht aus Spaß an der Freude, sondern um zu überleben. Bei einer der Standlerinnen, der Kohl-Reserl, lernte er dann den Herrn Jelinek kennen, der hier Stammkunde war. Mit Vergnügen feilschte er mit der Fratschlerin um jeden Kreuzer. Dabei fiel nie ein böses Wort. Es rannte vielmehr der Schmäh. Eines Tages im Februar 1919 begann es so:

»Ich begrüße Sie, schöne Frau ...«

»Jessas! Der Jelinek ...«

»Der liebe Herr Jelinek, wenn ich bitten darf!«

»Also, was will denn der liebe Herr Jelinek? Was derf's denn sein?«

»Meine Frau hat mich g'schickt um an Köch[**]. Aber Ihnerer Köch hat leider schon bessere Tage g'sehen.«

---

[*] Marktweiber
[**] Kohl

»Bessere Tage hamma alle g'sehn. Net nur mei Köch. Der is kein Einzelfall.«
»Was verlangen S' denn für Ihren Einzelfall?
»70 Kreuzer das Kilo.«
»Na servas! Wer soll sich das leisten?«
»Der, der Gusto auf einen Köch hat.«
»Hörn S', ich geb' Ihnen 60 Kreuzer. Weil sonst bekomm ich einen Köch* mit meiner Frau.«
»Ma! Tun Sie mir leid.«
»Schaun S', ich geb Ihnen 65 Kreuzer. Da is mei Frau zufrieden, ich bin zufrieden, und Sie sind auch zufrieden.«
»Warum soll i damit zufrieden sein?«
»Weil's mir, Ihrem Stammkunden, dem lieben Herrn Jelinek, an Köch mit seiner Frau ersparen. Und weil er wieder zu Ihnen einkaufen kommen wird.«
»Na von mir aus.«

Diesen Dialog würde Engelbert Novak sein Lebtag lang nicht vergessen. Da Jelinek gleich zehn Kilo Kohl kaufte und die Kohlköpfe nicht alleine nach Hause tragen konnte, half er ihm beim Transportieren. Das war das erste Mal, dass er das Café Jelinek betrat. In der Küche, wo er die Kohlköpfe ablud, stand er vor einer rundlichen Mama, die ihn anstrahlte. Aufgekratzt fragte sie ihren Mann:

»So einen feschen Jingl hast mitgebracht. Wo hast denn den aufgetrieben?«
»Ist der Gehilfe der Kohl-Reserl.«
»Leon, das hast gut gemacht.«

Dann nötigte Mama Jelinek den Engelbert Novak, sich in der Küche niederzusetzen und ihr beim Zerkleinern,

---
* In diesem Zusammenhang: Streit

Waschen und Putzen des Kohls zu helfen. Auf seine verwunderte Frage, warum sie in einem Kaffeehaus Hauptspeisen anbiete, antwortete die Kaffeesiedergattin:
»Weißt, in diesen lausigen Zeiten können es sich viele meiner Gäste nicht leisten, Brennholz zu kaufen. Die sitzen dann den ganzen Tag bei einem kleinen Braunen hier im warmen Kaffeehaus. Und eine warme Mahlzeit in irgendeinem Tschecherl* oder in einem Beisl können sie sich schon gar net leisten. Da hab ich mir gedacht, dass ich einen warmen Mittagsteller anbiete. Irgendein Gemüse oder Erdäpfel, die mein Mann günstig am Naschmarkt einkauft. Mein Mittagsteller kostet nicht viel mehr als der kleine Braune. Das kann sich so ein armer Schlucker gerade noch leisten. Er hat dann was Warmes im Magen, und ich verkauf nicht nur den Kaffee, sondern auch ein Mittagessen.«
»Heute gibt's Kohl?«
»Den gibt's morgen. Der muss einen Tag stehen und durchziehen. Dann schmeckt er noch einmal so gut. Morgen gibt's Kohl, und für die, die ein bisserl mehr Marie** haben, gibt's Kohl mit Klobasse***. Wenn ich an früher denke, wo ich als junge Köchin im Restaurant Meissl & Schadn gearbeitet hab, da hat's den Kohl zu allen nur denkbaren Rindfleischspezialitäten gegeben: vom Tafelspitz angefangen über das weiße und das schwarze Scherzl, die Fledermaus, das magere Meisl bis hin zum fetten Beinfleisch. Jeder Rindfleisch-Connaisseur wurde da auf seine Façon selig. Dazu gab's einen herrlichen Erdäpfelschmarrn sowie auf Wunsch auch Apfel-

---
* Kleines, mieses Lokal
** Geld
*** Paprizierte, grobe Brühwurst

kren* und Schnittlauchsauce. Wenn ich daran denk, rinnt mir auf der Stelle das Wasser im Mund zusammen.«

Jelinek beobachtete mit Argwohn, wie sich sein Eheweib angeregt mit dem Jingl unterhielt. Er sagte aber nichts. Schließlich hatte er Gäste im Kaffeehaus, um die er sich kümmern musste. Als plötzlich ein weiterer Schwall Gäste hereinkam, wurde er nervös und begann zu schwitzen. Hilfsbereit, wie Engelbert Novak war, ging er dem Cafetier beim Servieren zur Hand. Als alle versorgt waren, sah ihn Jelinek streng an und fragte:

»Du kannst ja drei Schalen Kaffee auf einer Hand hinaustragen. Das Servieren – wo hast du das gelernt?«

»Im Krieg. Ich war Ober im Offizierskasino.«

»Und jetzt? Suchst Arbeit?«

»Ja.«

»Gut, dann fangst morgen um sechs Uhr in der Früh bei mir an. Ein Monat Probezeit.«

»Und wie viel zahlen Sie?«

»Das werden wir nachher sehen.«

So wurde er Kellner im Café Jelinek. Was die aufdringlichen Weiber betraf, gehörte Mama Jelinek nicht dazu. Hin und wieder raspelte sie ein bisschen Süßholz, und wenn sie besonders gut aufgelegt war, gab sie ihm ein Tatschkerl** auf den Hintern. Mehr nicht. Gott sei Dank! Nach Dienstschluss zog es Engelbert Novak oft in ein Beisl in der Margaretenstraße, wo er sich in ein stilles Eck setzte und mit Genuss ein Krügel Bier trank. Hierher kam er,

---

* Geriebener Apfel mit Meerrettich
** Klaps

wenn er nachdenken wollte. Heute hatte ihn der Nechyba mit seiner Politisiererei hergetrieben und all die Erinnerungen an die schlimme Zeit nach dem Krieg aufleben lassen. Wenn der wüsste, dass der seriöse Herr Engelbert aus dem Café Jelinek einmal Rotgardist gewesen war und um ein Haar der kommunistischen Partei beigetreten wäre. Aber das wusste der alte Ministerialrat nicht, und das ging ihn auch nichts an. Niemanden ging seine Vergangenheit etwas an, schon gar nicht in Zeiten wie diesen. Denn Engelbert Novak hatte die düstere Vorahnung, dass bald schon viel mehr seiner ehemaligen Genossen im Lager von Wöllersdorf einsitzen würden.

*

»Herr Engelbert, ich habe eine Frage oder besser gesagt eine Bitte.«
»Wenn's nix Politisches ist, bitte sehr.«
»Ich bin a bisserl verlegen.«
»Wieso? Wollen S' wissen, wann die Frau Chefin wieder einmal einen Apfelstrudel macht?«
»Ja, das sowieso. Das interessiert mich immer, aber ich möcht' Sie was anderes fragen.«
»Und das wäre?«
»Es ist aber ein bisserl was Politisches.«
»Mein Gott! Können S' denn keine Ruhe geben?«
»In diesem Fall nicht. Ich wollt' Sie nämlich fragen, ob ich eine von Ihren beiden Ausgaben der heutigen Arbeiter-Zeitung mit nach Hause nehmen darf. Es steht da nämlich was drinnen, was ich meiner Frau unbedingt zeigen möcht'.«

»Ihre arme Frau! Jetzt tun S' mit der auch schon politisieren.« Damit wandte sich der Ober abrupt ab und ließ einen verdutzt dreinschauenden Nechyba zurück. Ich hätte ihn das nicht fragen sollen, schließlich ist das ja nicht seine Zeitung, sondern die des Kaffeehauses, machte sich Nechyba Vorwürfe. Betreten schaute er zum Fenster hinaus und genierte sich. Plötzlich stand Herr Engelbert wieder neben ihm und schob ihm zu seiner Verblüffung eine zusammengefaltete Arbeiter-Zeitung über den Kaffeehaustisch. Leise bat ihn der Ober:
»Stecken Sie's ein. Sofort.«
Nechyba nickte und antwortete:
»Warten S'! Sie kriegen noch 22 Groschen von mir.«
»Die ist gratis, wir haben hier sowieso noch ein weiteres Exemplar. Also lassen S' das Geldbörsl stecken.«
Nechyba freute sich narrisch. Jetzt hatte er den Artikel, den er seiner Frau unbedingt zeigen wollte, in der Innentasche seines Sakkos stecken.

Als er ein wenig später aus der rauchig warmen Atmosphäre des Cafés hinaus auf die Straße trat, erschrak er über die bissige Kälte, die ihn empfing.
»Heut' rennen schon wieder die Eisbären umadum«, murmelte er, und eine weiße Atemfahne entwich seinem Mund. Der Winter hatte sich eingestellt, daran gab es keinen Zweifel. Er stellte den Kragen seines Überziehers auf, zog die Melone tiefer ins Gesicht und vergrub die Hände in den Manteltaschen. Mürrisch machte er die paar Schritte vor zur Gumpendorfer Straße, blieb an der

Kreuzung stehen und überlegte. Denn die ihn umfangende Kälte hatte plötzlich einen Gusto in ihm erweckt. Nach kurzem Zögern begab er sich zur Bäckerei, wo er einen halben Wecken Schwarzbrot erstand. Dann ging er weiter zur Fleischhauerei Moosbichler, wo er ein großes Stanitzel voll Grammeln* kaufte. Daheim angekommen, stellte er eine Gusseisenpfanne auf den Herd, leerte die Grammeln hinein, und schon wenig später durchzog ein wunderbarer Duft die Wohnung. Er nahm die Pfanne von der Flamme, drehte den Gasherd ab, salzte die Grammeln und schob dann eine nach der anderen in den Mund. Dazu kaute er das saftige Schwarzbrot. Nun erinnerte er sich, dass es heute um 19 Uhr im Radio eine Stunde lang den weltberühmten Cellisten Gaspar Cassadó zu hören gab. Und so leckte er flugs das Schmalz von seinen Fingern, drehte das Radio auf, lehnte sich in seinem Ohrensessel zurück und lauschte den Celloklängen. Kurz vor acht Uhr kam seine Frau nach Hause. Sie schnupperte und sagte:

»Hmmm! Hast du Grammeln gekauft und warm gemacht?«

Er nickte, drückte ihr ein Busserl auf die Wange, schnitt vier Scheiben Schwarzbrot ab, wärmte die Grammeln noch einmal kurz auf und stellte dann die heiße Pfanne auf einen Untersetzer in die Tischmitte. Mit Genuss verzehrten die Nechybas die warmen Köstlichkeiten und das frische Brot. Dazu tranken sie einen Grünen Veltliner, ein richtig resches Tröpferl aus Neustift am Wald. Und dann war es so weit: Mit sanfter Stimme begann er das zu sagen, was ihm seit seinem Besuch im Café Jelinek auf der Seele brannte:

---
* Grieben

»Darf ich dir was vorlesen? Schau! Das hat dein Bundeskanzler letzten Sonntag bei einer Kundgebung in Kärnten von sich gegeben:
Weg mit den »Volksfremden«!
Am Sonntag hat der Bundeskanzler in Klagenfurt eine sehr beachtenswerte Rede gehalten. Er sprach in dieser Rede die Ueberzeugung aus, daß auch »unsere brave bodenständige Arbeiterschaft« mit der Vaterländischen Front mitgehen, daß sie sich von dem »volksfremden Führerklüngel in Wien« befreien werde.
Die Klage darüber, daß sich die Arbeiterschaft von einem »volksfremden Führerklüngel« mißbrauchen und verhetzen lasse, ist nicht neu. Schon vor vierzig Jahren haben die Christlichsozialen diese Klage oft erhoben. Sie pflegten damals zu sagen, daß die Arbeiter an sich mit ihrem Los zufrieden, daß sie bescheiden und ruhig wären. Aber die Arbeiter würden von bösen »jüdischen Führern« gegen die Unternehmer und gegen die Einrichtungen des Staates aufgehetzt. So oft die Arbeiter damals die Verkürzung der Arbeitszeit von elf auf zehn Stunden im Tag oder eine Erhöhung der Löhne verlangten, so oft die Arbeiter forderten, daß auch sie das Wahlrecht haben sollen und nicht nur die Besitzenden, konnte man von den Christlichsozialen jener Zeit hören, daß nur die »jüdischen Führer« die Arbeiter zu solchen Forderungen verleiten. Und als die Arbeiter gar daran gingen, sich in Gewerkschaften zusammenzuschließen, war es ein alltägliches Argument, daß diese Gewerkschaften nur zu dem Zwecke gegründet würden, damit sich die »jüdischen Führer« von den »blutigen Arbeiterkreuzern mästen« könnten ...«

»Hör auf! Ich bitt' dich, hör auf! Das ist ja ganz schrecklich, was unser Bundeskanzler da gesagt hat.«
Nechyba ließ die Zeitung sinken und brummte: »Ich hab' dir schon des Öfteren gesagt, dass der Dollfuß ganz sicher nicht *mein* Bundeskanzler ist.«

Am selben Abend gab Engelbert Novak, der das zweite im Café Jelinek aufliegende Exemplar der Arbeiter-Zeitung mit nach Hause genommen hatte, diesen Artikel seiner Frau zu lesen. Wieder saßen die beiden nach dem Abendessen im Salon ihrer Wohnung in der Mühlgasse. Im offenen Kamin prasselte ein gemütliches Feuer, und Dorli hatte sich auf der Couch eng an Engelbert gekuschelt. Beim Lesen des Artikels wurden ihre zuvor roten Wangen bleich. Sie legte die Zeitung weg und nahm einen Schluck Rotwein.

»Ich muss den üblen Geschmack, der sich beim Lesen in meinem Mund gebildet hat, fortspülen. Was da steht, macht mir Angst. Vor allem der Absatz: *Es ist gewiss sehr wünschenswert, daß alles Volksfremde aus unserem öffentlichen Leben ausgemerzt werde. Die Frage ist nur, auf welchem Wege das wohl am besten bewirkt werden könnte.*«

Engelbert nickte, nahm ebenfalls einen kräftigen Schluck und sagte nach einiger Zeit:
»Wenn sich die Dinge so weiterentwickeln, müssen wir uns allmählich ernsthaft überlegen, ob wir Österreich nicht verlassen sollten. Solang es noch geht …«

*

Heute war Frau Jelinek gut aufgelegt. Das roch Nechyba in jenem Augenblick, als er, nachdem er daheim mittaggegessen hatte, das Kaffeehaus betrat. Immer, wenn die Jelinek einen guten Tag hatte, buk sie einen Apfel- oder Mohnstrudel. Heute duftete es ganz fantastisch nach Apfelstrudel. Nechyba lief das Wasser im Mund zusammen. Ja, die Strudel der Chefin waren unvergleichlich gut, obgleich sie immer Ziweben* hineingab, was Nechyba nicht so sehr mochte. Warum? Weil er der festen Überzeugung war, dass Weinbeeren zu Wein und nicht zu Ziweben verarbeitet gehören. Trotzdem liebte er Frau Jelineks Apfelstrudel, der ja zum Großteil aus Äpfeln, in Butter angerösteten Bröseln, Walnussstücken, Zucker und ein bisserl Zimt bestand. Die Ziweben hatten in dieser kulinarischen Inszenierung nur eine Statistenrolle. Deshalb bestellte Nechyba auf Herrn Engelberts Frage »Wie immer, Herr Ministerialrat?« nicht nur das Übliche, sondern auch ein Stück Apfelstrudel. Er nahm einen Schluck Mokka und einen Bissen vom Apfelstrudel. Wunderbar! Ächzend stand er auf, ging zum Ständer, an dem die Zeitungen hingen, und angelte sich die Arbeiter-Zeitung. Nach dem nächsten Stück Apfelstrudel, das er neuerlich mit Mokka hinunterspülte, begann er, sich mit der Titelseite der Ausgabe zu befassen. Der fast über die ganze Seite gehende Leitartikel war eine Würdigung des Lebenswerks von Viktor Adler. Nechyba schob einen Bissen Apfelstrudel in den Mund und brummte zustimmend. Doch dann fiel sein Blick auf die Spalte ganz links. Im selben Moment biss er auf eine Ziwebe und verzog verärgert das Gesicht.

---

* Rosinen

Amtliche Pflichtnachricht
Diese amtliche Mitteilung muß von allen Zeitungen im vollen Wortlaut ohne Zusätze oder Bemerkungen veröffentlicht werden.
Einführung der Todesstrafe.
Wien, 10. November. Weite Kreise der österreichischen Bevölkerung haben seit langem die Wiedereinführung der Todesstrafe in Oesterreich gefordert. Dies mit Rücksicht darauf, daß einerseits fast alle umliegenden Staaten in ihren Strafgesetzen die Todesstrafe vorgesehen haben und sich dadurch gegen verabscheuungswürdige Verbrechen schützen, deren Sühne das allgemeine Rechtsempfinden dringend fordert. In Oesterreich ist die Einführung der Todesstrafe infolge der verfassungsrechtlichen Bestimmungen im ordentlichen Verfahren nicht möglich. Eine Reihe von Verbrechen, welche geeignet sind, Ruhe und Ordnung und den wirtschaftlichen Aufbau des Staates auf das empfindlichste zu gefährden und welche die friedliche Bevölkerung Oesterreichs fortgesetzt in Unruhe zu halten versuchen, kann nach den bestehenden gesetzlichen Vorschriften einer entsprechenden Sühne nicht zugeführt werden, und fehlt, wie die Entwicklungen der letzten Monate trotz aller Warnungen bewiesen hat, jede Möglichkeit einer ernsten abschreckenden Wirkung ...

Nechyba ließ die Zeitung sinken und starrte aus dem Fenster hinaus. Ihm wurde bewusst, dass der Druck von Starhemberg und seinen Heimwehr-Spießgesellen allmählich so stark war, dass Dollfuß nun den faschistischen Staat mit all seinen grauslichen Eigenschaften umzusetzen begann. Treibende Kräfte waren nicht nur der Hei-

matblock und die Heimatschutzorganisationen, sondern auch die Nazi, die mit Morden, Bombenterror, Raufereien und Randalen die Umwandlung der österreichischen Republik vorantrieben. Nechyba nahm die Zeitung und las weiter:
Der Bundeskanzler hat im Einvernehmen mit dem mit der Leitung des Bundesministeriums für Justiz betrauten Bundesminister gemäß § 430 STPO. das standesgerichtliche Verfahren in den Fällen des Verbrechens des Mordes (§§ 134 bis 138 STB.), der Brandlegung (§§ 166 bis 168 STB.) und der öffentlichen Gewalttätigkeit durch boshafte Beschädigung fremden Eigentums nach § 85 STB. für das ganze Bundesgebiet angeordnet.

Dies wird mit dem Beifügen kundgemacht, daß jeder, der sich nach dieser Kundmachung eines der angeführten Verbrechen oder der Aufreizung hierzu oder der Teilnahme daran schuldig macht, standrechtlich gerichtet und mit dem Tode bestraft wird.

Diese Verordnung ist kundgemacht und daher in Kraft getreten.

Wien, 10. November 1933.
Die Bundesregierung.

Nechyba konnte sich eines flauen Gefühls im Magen nicht erwehren. Mit der Gabel stocherte er in der Apfelstrudelfülle herum. Als er eine Ziwebe gefunden hatte, schubste er sie an den Tellerrand und murmelte:

»Ang'fangen hat's mit der Geschäftsordnungskrise des Parlaments am 4. März. Die hat es dem Dollfuß und seinen Kumpanen ermöglicht, die Versammlungs- und die Pressefreiheit aufzuheben.«

Er fischte nun eine Ziwebe nach der anderen aus der Apfelstrudelfülle heraus, reihte sie nebeneinander am Tellerrand auf und fuhr fort:

»Weitergegangen ist's am 22. März mit der Vorzensur, die die Regierung über die Arbeiter-Zeitung und das Kleine Blatt verhängt hat. Ein Monat später kam das Streikverbot. Im Mai wurde die Vaterländische Front gegründet, die alle Parteien ablösen sollte. Am Katholikentag Anfang September hatte Dollfuß in seiner Trabrennplatzrede den Umbau der Republik zu einem Ständestaat verkündet. Dann kamen das Kolportageverbot für die Arbeiter-Zeitung, die Einführung des Zwangsaufenthalts samt Errichtung von Anhaltelagern und schließlich die Einführung der Todesstrafe.«

Betrübt betrachtete Nechyba die Ansammlung von Ziweben, die runzelig und braun am Tellerrand lagen.

»Lauter kleine braune Patzerln*. Im Moment sind's noch nicht allzu viele. Aber wenn die Regierung so weitermacht, wird Österreich bald nur mehr braun sein. Dann wird's keinen Unterschied mehr geben zwischen Dollfuß und seinen Klerikalfaschisten auf der einen Seite und dem braunen Pöbel, der Deutschland regiert, auf der anderen Seite der Grenze.«

Da er die letzten Worte etwas lauter gemurmelt beziehungsweise gebrummt hatte, überraschte es ihn nicht, dass er von Herrn Engelbert, der wie so oft plötzlich neben ihm stand, zu hören bekam:

»Hörn S' auf mit dem Politisieren.«

*

---

* Klümpchen

Mitten in der Nacht hat der Herr Vater mich ausm Bett g'holt, nachdem er wieder einmal mit der Frau Mutter g'stritten hat. Ich hab' mir die Schuh und meinen Mantel anziehen müssen, derweil hat er ein paar Sachen von mir in einen Rucksack gepackt, und dann sind wir auf die Straßn ausse und ins Nachbarhaus eine. Er hat dann so lang an die Tür der Etti-Tant' gepumpert, bis sie die Tür aufg'macht hat. Ganz verschlafen war sie, und der Herr Vater hat leise g'sagt: »Dürf ma einekommen?« Und dann haben wir uns an den Kuchltisch gesetzt, und er hat die Etti-Tant' g'fragt, ob sie sich um mich kümmern möchte. »Wie meinen S' denn das?«, hat sie geantwortet, und er hat ihr erklärt, dass er gerade seine Frau aus der Wohnung ausseg'schmissen hat und dass er deshalb den Buam bei ihr unterbringen möchte. Er würde ihr auch ein ordentliches Kost- und Quartiergeld zahlen. Die Etti-Tant' hat zuerst die Augen aufg'rissen, dann hat's mich lang ang'schaut und schließlich in die Arme g'nommen. Das war schön. Das hat die Frau Mutter nie g'macht.

*

»Ham S' schon g'hört?«

Jessasna! Die alte Nemeth, dachte Nechyba und wich ihr im Stiegenhaus ohne zu grüßen aus. Aber die Alte ließ nicht locker und rief ihm hinterher:

»Ham S' schon das Neueste von unserem Hausmeister g'hört?«

»Nein«, brummte Nechyba.

»Dann wissen S' ja noch gar nicht, was dieser Unmensch getan hat?«

Nechyba blieb stehen, drehte sich um und dachte: Hoffentlich hat er nicht seine Frau oder seinen Buben erschlagen.

»Was hat er denn g'macht, der Loibelsberger?«

»Na, er hat seinen Buben weggegeben.«

»Was?«

»Seinen Buben, den Erich, hat er weggegeben. Zu jemand Fremdem.«

»Das darf doch nicht wahr sein!«

»Ja, das hab' ich mir auch gedacht. Aber das hat der Unmensch wirklich gemacht. Ein Rabenvater ist er, wirklich wahr.«

»Und wo ist der Erich jetzt?«

»Im Nachbarhaus bei der Kern, der alten Schachtel. Das arme Kind!«

Nechyba fiel ein Stein vom Herzen. Wenn der Bub bei Henriette Kern war, war er gut aufgehoben. Das wusste er aus den Erzählungen seiner Frau.

»Der arme Bub ist weggegeben worden. Einfach so. Wie wenn einer ein Paket auf die Post tragt und dort abgibt. Grad, dass der Loibelsberger dem Kleinen nicht auch noch eine Briefmarke aufs Hirn gepickt hat, bevor er aufgegeben und fortgeschickt worden ist.«

In Nechyba brauste eine Woge von Wut hoch, und er brüllte die Nemeth an:

»Hörn S', was reden S' da für einen Stuss zusammen? Der kleine Erich wurde nicht in die Fremde geschickt, sondern in die Obhut der Frau Kern gegeben. Die wohnt nicht irgendwo weit weg, sondern im Nachbarhaus! Und überhaupt: Hören S' auf, den Loibelsberger, seine Frau und seinen Sohn dauernd zu vernadern*, Sie Dreckschleudern, Sie!«

*

Er fühlte sich besser, nachdem er der Nemeth ordentlich den Kopf gewaschen hatte**. Ja, er war richtig fröhlich. Der Gedanke, dass der kleine Erich jetzt bei der netten Frau Kern wohnen durfte und so nicht mehr den familiären Streitereien und den Wutausbrüchen seines Vaters ausgesetzt war, war wunderbar. Manchmal schien sich doch alles zum Guten zu wenden. Beschwingt betrat er das Café Jelinek, sah, dass seine Lieblingsloge frei war, schnappte sich die Arbeiter-Zeitung, bestellte einen Kaffee und nahm Platz. Er schlürfte seinen Mokka und stellte fest, dass sich heute auf der Titelseite der Arbeiter-Zeitung keine katastrophalen Nachrichten befanden. Manchmal ist das Leben doch gar nicht so übel, dachte er. Er überflog den Artikel zur Wahl des deutschen Reichstages, bei der es nur mehr die Einheitsliste der NSDAP zu wählen gab. Gleichzeitig wurde auch über Deutschlands Austritt aus dem Völkerbund abgestimmt. In einem knappen Bericht bezeichnete die Arbeiter-Zeitung diesen Vorgang als *Die deutsche Wahlkomödie*. Da er sich dadurch seine gute Laune nicht verderben lassen wollte, blätterte weiter und las auf Seite 2 folgende Überschrift: *Not treibt eine ganze Familie in den Tod*. Nein, das wollte er auch nicht lesen, und so überflog er in Folge nur die Überschriften,

---

* verleumden
** Jemandem seine Meinung auf eine grobe Art sagen

die sich auf dieser Seite befanden. Bei der Zwischenüberschrift *Was Starhemberg alles auflösen möchte* stutzte er und begann dann doch zu lesen:

Nachdem Herr Starhemberg am Vorabend des Staatsfeiertages in einer im Rundfunk übertragenen Rede wieder einmal die Einsetzung eines Regierungskommissärs in Wien verlangt hatte, hat er es sich über Nacht überlegt und seine allzu bescheidene Forderung erweitert. Wie die amtliche Politische Korrespondenz mitteilt, ist Sonntag in Graz in einer Führerbesprechung der Hahnenschwänzler unter dem Vorsitz Starhembergs folgende Forderung erhoben worden:

Oeffentliche Körperschaften, deren Mehrheit dem vaterländischen Kurs entgegensteht, sind sofort aufzulösen.

Wir fürchten, daß nicht viel übrig bleiben würde, wenn man daranginge die Forderung Starhembergs zu verwirklichen, denn der »vaterländische Kurs« verfügt nicht über sehr viel Mehrheiten in öffentlichen Körperschaften. Im übrigen verdient von den großmäuligen Heimwehräußerungen, die jeden Sonntag zu Dutzenden gemacht werden, die Erklärung des niederösterreichischen Heimwehrführers Alberti verzeichnet zu werden, der bei einer »Führertagung« des niederösterreichischen Heimatschutzes in Mautern erklärt hat:

Die Führer haben im Lande den Fascismus zu künden. Was zur Demokratie gehört, muß weggefegt werden.

Nechyba ließ die Zeitung sinken. Seine gute Laune war verflogen. Es machte ihn betroffen, dass die Führer der Heimwehr ausgerechnet zum Staatsfeiertag, der an die Ausrufung der Republik am 12. November 1918 erinnerte, öffentlich zur Abschaffung derselben aufriefen. Nach einiger Zeit des Vorsichhinbrütens und einigen Schlucken Kaffee griff er doch wieder zur Zeitung und blätterte weiter. Beim Studieren der Seite *Sport des Sonntags* besserte sich seine Laune dann wieder. Vor allem, als er folgende Meldung las:

Rapid gegen FAC. 4:1 (1:0). Bis zwanzig Minuten vor Schluß führte Rapid nur mit einem Treffer Vorsprung. Erst im Endkampf zeigte sich eine stärkere Ueberlegenheit der Hütteldorfer. Die besten Leute waren ihre Verteidiger und Bican. Tore: Binder(2), Bican (2) und Weiß.

»Ich sollt' wieder einmal hinaus nach Hütteldorf fahren und mir ein Match auf der Pfarrwiese anschauen«, murmelte Nechyba. Seiner spät erwachten Begeisterung für den Fußballclub Rapid hatte er schon eine Zeit lang nicht mehr gefrönt.

»Ich sollt' überhaupt wieder ein bisserl mehr unternehmen. Das würde die trüben Gedanken vertreiben«, murmelte er und bemerkte, dass Herr Engelbert, so wie es seine Art war, plötzlich neben ihm stand. Nechyba grinste ihn an und sagte:

»Diesmal hab' ich nicht politisiert, nur ein bisserl philosophiert.«

»So ist's recht«, erwiderte der Ober, »in unserem Kaffeehaus brauch ma die grausliche Politik net. Die bleibt am besten draußen.«

*

»Pack schlägt sich, Pack verträgt sich«, dozierte die Nemeth im Brustton der Überzeugung in Jörg Wasniggs

Trafik. In dem engen Raum befand sich außer ihr auch noch Sepp Lechner, der Schuster aus der nahen Hofmühlgasse. Er hatte gerade drei Stück Zigaretten, von denen er sich neben der Nemeth genussvoll eine anzündete, gekauft. Die anderen beiden steckte er jeweils hinter sein linkes und sein rechtes Ohr. Die Nemeth beobachtete das mit Missfallen, da der Schuster fettes, ungewaschenes Haar hatte. Wie immer konnte sie nicht den Mund halten:

»Sagen S', die Tschick*, die Sie da hinter Ihre Ohrwaschln stecken, schmecken die dann überhaupt noch gut?«

Grinsend nahm der Schuster eine Zigarette hinterm Ohr hervor und bot sie ihr an:

»Bitte sehr, gnädige Frau, probieren S' doch!«

»Sind S' narrisch? Glauben S', ich will das Fett von Ihren Haaren und obendrein Ihr Ohrenschmalz in den Mund bekommen?«

»I hab ka Ohrenschmalz.«

Nun schaltete sich Wasnigg ein:

»Aber meine Herrschaften, wer wird den gleich zum Streiten anfangen?«

Und zum Lechner sagte er:

»Sepp, ich komm am Nachmittag bei dir vorbei. Meine Schuhe müssen dringend gedoppelt werden. Da kannst mir die drei Tschick bezahlen. Bis später dann. Servus, baba.«

Der Schuster nickte grummelnd und ging, die Nemeth sah ihm mit einem abschätzigen Lächeln hinterher.

»Kennen Sie den Schuster gut?«

»Nur vom Wirtshaus. Er sitzt immer am Stammtisch.«

---
* Zigarette

»Ja, ja … das Saufen und das Rauchen. Das wird noch einmal der Untergang der Menschheit sein.«
»Aber gnädige Frau! Ich bitte Sie! Diese kleinen Genüsse tun doch niemandem weh.«
»Ah so? Und wie ist das bei unserem Hausmeister, dem Loibelsberger? Wenn der b'soffen ist, randaliert er regelmäßig.«
Dem Trafikanten gingen die Tiraden der Nemeth auf die Nerven, und so versuchte er abzulenken.
»Gnädige Frau, ich hab' Ihnen ja noch gar nicht die heutige Kronen-Zeitung gegeben. Nicht, dass wir vor lauter Reden darauf vergessen.«
Er reichte ihr das Blatt, das er täglich für sie zur Seite legte. Sie nahm es, warf einen Blick auf die Titelseite und fuhr sogleich mit dem Keppeln fort:
»Da! Haben Sie das gesehen? Da steht's ganz groß: *Keine städtischen Wohnhausbauten mehr!* Und drunter steht: *In einer Pressekonferenz hat Stadtrat Dr. Danneberg gestern mitgeteilt, die Gemeinde Wien werde nächstes Jahr keine Wohnbauten mehr errichten. Die im Bau befindlichen 3000 Wohnungen werden aber zu Ende geführt.* Endlich einmal a g'scheite Entscheidung von unseren Politikern. Ich hab nie eingesehen, dass von unserem Steuergeld Wohnungen für das ganze G'sindel gebaut werden. Wer sich keine Wohnung leisten kann, soll auf der Straße leben. So einfach ist das.«
Sie holte kurz Luft, bevor sie fortfuhr:
»Und schon sind wir wieder beim Thema von vorhin: Der Loibelsberger könnte sich auch keine eigene Wohnung leisten. Als Hausmeister wohnt er in einer Dienst-

wohnung, aus der er neulich nach einem Streit seine Frau ausseg'haut hat. Die ist dann mitten in der Nacht auf der Straße g'standen und hat nicht g'wusst, wo sie hin soll. Aber gestern war dann wieder alles eitel Wonne Waschtrog. Da sind sie Händchen haltend zum Wirten am Eck gegangen. Wie sagt man so treffend? Pack schlägt sich, Pack verträgt sich.«

Jörg Wasnigg schaute sie fassungslos an. Sie knallte ihm sieben Groschen, die die Kronen-Zeitung kostete, auf den Tresen und verabschiedete sich mit einem lautstarken:

»Als dann, bis morgen!«

Eine Verabschiedung, die der Trafikant als Drohung empfand.

*

Henriette Kern bemerkte, dass ihr das Mehl ausgegangen war. Also beschloss sie, hinauf auf die Gumpendorfer Straße in die Bäckerei zu eilen und ein Packerl zu kaufen. Schließlich wollte sie, wenn der Erich um ein Uhr hungrig von der Schule heimkam, Gebackene Mäuse servieren. Sie schlüpfte in die warmen Winterschuhe und den Wintermantel, steckte die Geldbörse ein und machte sich auf den Weg. Es war ein feuchtkalter Wintertag mit grauem Himmel und Schneematsch auf den Gehsteigen. Als sie in das wohlig warme Innere der Bäckerei eintrat, sah sie die Nemeth vor dem Verkaufspult stehen und mit der Bäckerin tratschen. Am liebsten hätte Henriette auf der Stelle kehrtgemacht. Aber dazu war es zu spät, denn die Bäckerin begrüßte sie herzlich. Die

Nemeth drehte sich um und sagte mit falscher Freundlichkeit in der Stimme:

»Ja grüß Sie, meine liebe Frau Kern. Wie geht's denn immer so? Und wie geht's dem kleinen Erich? Bringt so ein Kind, wenn man ein Alter wie das unsrige erreicht hat, nicht eine Menge Unruhe ins Leben?«

»Aber geh!«, antwortete Henriette Kern gutmütig, »der Erich ist so ein braves Kind, und außerdem bringt er Lebensfreude und Abwechslung in mein Leben.«

»Na, dass Ihnen der Bub Freude macht, kann ich mir net unbedingt vorstellen. Aber wahrscheinlich freut es Sie, wenn S' aus ihm einen eifrigen Kerzlschlicker machen können. Der arme Bub …«

Henriette verschlug es ob so viel Gemeinheit die Sprache. Sie schluckte und stammelte:

»Wie kommen S' denn darauf?«

»Na, weil der Erich wie er noch bei seinen Eltern war, nie in die Kirche gegangen ist. Und jetzt seh ich Sie den Buben jeden Sonntag zu den Pfaffen schleppen.«

Nun schaltete sich die Bäckerin ein:

»Was haben S' denn, Frau Nemeth? Was sind S' denn so grauslich zur lieben Frau Kern?«

»Ich? Ich hab gar nix. Ich mach mir halt so meine Gedanken.«

»Frau Kern, was hätten S' denn gern? Womit kann ich dienen?«

»Ich bräuchte ein Kilo Mehl, bittschön.«

Die Bäckerin nickte und verschwand in der Backstube. Währenddessen hatte die Nemeth in der Kronen-Zeitung geblättert, die sie zuvor zusammengerollt in der Hand

gehalten hatte. Sie knallte das Blatt auf das Verkaufspult und deutete mit dem Zeigefinger auf einen Artikel, der sich auf Seite 7 befand.
»Da! Haben S' das in der heutigen Kronen-Zeitung gelesen?«
»Ich lese keine Zeitung.«
»Ah so. Na, dann werde ich Ihnen das kurz vorlesen. Ist eh kein langer Artikel:
Die letzte Bischofskonferenz hat folgenden Beschluß gefaßt:
Nach reiflicher Erwägung, ob es günstig oder ungünstig sei, daß katholische Geistliche unter den gegenwärtigen besonders heiklen politischen Verhältnissen als politische Mandatare weiter sich betätigen, hat die österreichische Bischofskonferenz den Beschluß gefaßt, die für die Ausübung des Mandates erforderliche bischöfliche Zustimmung vorübergehend und allgemein zurückzunehmen. Jene hochwürdigen Herren, die Mandate als Nationalräte, Bundesräte, Landtagsabgeordnete oder Landesräte, Gemeinderäte oder Gemeindeausschußmitglieder innehaben, werden hiemit aufgefordert, ihr Mandat bis zum 15. Dezember l. J. niederzulegen. Dasselbe gilt von jeder führenden politischen Stellung. Geistliche, die sich sonst politisch betätigen wollen, bedürfen der besonderen Erlaubnis ihres zuständigen Ordinarius.«
Henriette Kern war fassungslos. Doch bevor sie etwas sagen konnte, fuhr die Nemeth fort:
»Sehn S', jetzt haben die Pfaffen nicht einmal mehr in der Politik was zu sagen. Und Sie, Sie schleppen den armen Buben in die Kirche! Dabei hat schon mein vor Jahren verstorbener Gatte immer wieder gepredigt: los von Rom!«

Damit schnappte sie die Zeitung sowie den Brotwecken, den sie zuvor erstanden hatte, und verließ den Bäckereiladen mit einem lautstarken:
»Habe die Ehre!«

*

»Vermaledeite Saukälte«, grantelte Nechyba, als er hinaus auf die Mollardgasse trat. Was heißt trat? Er musste stapfen. Denn seit Stunden fiel Schnee. Zum Glück hatte er daheim seine Gamaschen über die Schuhe gezogen, sodass diese nicht gleich durch und durch nass werden konnten. Er machte einige rutschende Schritte durch den zusammengetrampelten Schnee und beschloss, auf die heutige Einkaufsrunde zu verzichten. Am liebsten hätte er auf der Stelle umgedreht, um zurück in die heimelige Wärme seiner Wohnung zu flüchten.
»Warten S', Herr Ministerialrat! I schaufel Ihnen den Weg frei.«
Nechyba zuckte zusammen. In Gedanken versunken, wie er war, hatte er den Hausmeister, der hinter ihm aus dem Haus getreten war, nicht bemerkt. Energisch schwang Rudolf Loibelsberger die Schaufel und befreite ein schmales Stück des Gehstiegs für wenige Augenblicke vom Schnee. Als er an der Straßenecke angekommen war, stieß seine Schaufel auf vereisten, harten Schnee. Loibelsberger bekam einen roten Kopf und begann, mit kräftigen Schaufelstößen und Hieben den eisigen Schnee zu traktieren. Die Eisstücke flogen wie wild durch die Luft, und Loibelsberger fluchte laut:

»So a Scheißdreck! So a verhurter Scheißdreck!«
Nechyba war stehen geblieben und wartete, bis der Hausmeister den Kampf mit Eis und Schnee gewonnen hatte. Dann sagte er begütigend:
»Danke schön für Ihre Mühe. Aber die Aufregung jetzt zum Schluss wär wirklich net notwendig gewesen.«
»Ja, i waß. Aber i bin heut sowieso haß wie nur[*]. Heut' hat mi net nur der depperte Schnee, sondern auch meine Alte geärgert.«
Der Ministerialrat seufzte, bedankte sich noch einmal für die Mühe und stapfte weiter. Ja, ja, Frauen können einen schon ganz schön reizen und einem auf die Nerven gehen. Seit Tagen lag ihm seine Aurelia nun schon in den Ohren, dass er endlich einen Weihnachtsbaum besorgen solle. Der Kauf so eines völlig unnützen Besens kostete ihn jedes Jahr aufs Neue eine Überwindung. Der Weihnachtsbaum samt dem ganzen festlichen Getue rundherum war ihm im Grunde genommen wurscht und unangenehm. Das einzig Erfreuliche zu Weihnachten waren die beiden kulinarischen Höhepunkte: der panierte Karpfen am 24. und der gerollte Kalbsnierenbraten am 25. Dezember. In Gedanken versunken, schritt er mühevoll die Hofmühlgasse bergauf und konzentrierte sich darauf, nicht auszurutschen. Auf der Steigung knapp vor der Gumpendorfer Straße war ein Pferdegespann, das Kohlen auslieferte, im Schnee stecken geblieben und blockierte einen Tramwayzug der Linie 13, einige Kraftfahrzeuge sowie ein Lohnautomobil. All das tangierte ihn nicht. Er hatte nur ein Ziel vor Augen: das Café Jelinek.

---

[*] wütend sein

In der wohligen Wärme des Kaffeehauses sitzend, betrachtete er durch das Fenster das wilde Schneetreiben draußen. Er rieb sich zufrieden die Hände, schlürfte einen Schluck Mokka und griff danach zur aktuellen Ausgabe der Arbeiter-Zeitung. Was auf der Titelseite stand, schmeckte ihm gar nicht. Trotzdem begann er den Artikel zu lesen:
Die Heimwehr will den Fascismus durchsetzen!
Die Pressestelle des Heimatschutzes teilt mit:
Die Donnerstag begonnene Bundesführersitzung des österreichischen Heimatschutzes wurde Freitag fortgesetzt.
Das Ergebnis ist die erfolgte Einmütigkeit in allen Fragen. Der österreichische Heimatschutz steht in voller Einmütigkeit hinter seinem Bundesführer, fest entschlossen, das bekannte Kampfziel des österreichischen Heimatschutzes: die Durchsetzung des österreichischen Fascismus gegen jeden Widerstand zu erreichen und mit aller Entschiedenheit den Kampf gegen Korruptionsdemokratie und den Marxismus in allen ihren Erscheinungsformen rücksichtslos fortzusetzen.
Auf Ersuchen des Bundesführers gab Bundeskanzler Dr. Dollfuß den Landesführern und ihren Vertretern in den Ländern die Gelegenheit, ihm ihre Auffassung über die politische Lage mitzuteilen und ihn über die politischen Verhältnisse in den Bundesländern zu unterrichten. Die Ausführungen nahm Bundeskanzler Dr. Dollfuß mit großem Interesse zur Kenntnis.

Verärgert legte Nechyba die Zeitung weg, orderte einen doppelten Sliwowitz und spülte damit seine Betroffenheit hinunter. Er atmete tief durch, sah eine Zeit lang dem wilden Treiben der Schneeflocken zu und griff dann zur Kro-

nen-Zeitung. Im Allgemeinen war die Lektüre der Kronen-Zeitung unterhaltsamer und leichter zu verdauen als die akkurate politische Berichterstattung der Arbeiter-Zeitung. Doch als er das Titelblatt sah, zuckte er zusammen und dachte: Jetzt macht die Regierung mit dem Vollzug der Todesstrafe ernst.
Das erste Urteil des Standgerichtes.
Doch dann las er, was beim Titelbild stand, und entspannte sich:
Im Angesicht des Galgens begnadigt.
Der Mädchenmörder Breitwieser wurde vom Standgericht in Wels zum Tod verurteilt, doch in letzter Minute, als er zum unten aufgerichteten Galgen geführt werden sollte, kam die telephonische Meldung, daß der Bundespräsident ihn zu lebenslänglichem Kerker begnadigt hat.
Als ehemaliger k.k. Polizeiagent hatte Nechyba keinerlei Sympathie für den Mädchenmörder, aber der Vollzug der Todesstrafe war ihm trotzdem nicht sympathisch. Nechyba blätterte weiter, studierte auf Seite 2 das heutige Radioprogramm. Um 16.45 Uhr wurden Weihnachtslieder gesendet. Ein Programmpunkt, der ihn erschaudern ließ. Auf Seite 3 stand dann ganz groß: *Schneekalamitäten in Wien.* Mit Interesse las er den Bericht über das allgegenwärtige Schneechaos, die stecken gebliebenen Straßenbahnzüge, die Störungen bei der Stadtbahn und die großen Verspätungen im Bahnverkehr. Er erfuhr, dass gestern mit minus 16 Grad der kälteste Tag des bisherigen Jahres war und dass in Wien 40 Zentimeter Neuschnee gefallen waren. Pelzwesten waren an die Verkehrspolizisten verteilt worden, außerdem durften sie nach drei Stunden Stra-

ßendienst eine halbe Stunde Wärmepause in der nächsten Wachstube machen. Dann las er Folgendes:
Ein Schlepper mit Christbäumen stecken geblieben.
In der Wachau blieb ein mit 3000 für Wien bestimmten Christbäumen beladener Schlepper auf der Donau stecken. Die Besatzung harrte eine Nacht bei grimmiger Kälte auf dem Schiff aus, das erst am nächsten Tag umgeladen und wieder flott gemacht werden konnte. Jetzt sind die Christbäume schon in Wien eingelangt.

Nechyba legte mit breitem Grinsen das Blatt zur Seite, zahlte und stapfte zurück nach Hause. Abends, als er mit Aurelia nach einem leichten Nachtmahl bei einem Gläschen Wein saß, erwähnte er in beiläufigem Tonfall:

»Weißt eh, in der Wachau auf der Donau sind 3.000 Christbäume stecken geblieben. Die müssen erst alle umgeladen und umständlich nach Wien gebracht werden.«

Aurelia sah ihn scharf an und fragte:

»Was willst du damit sagen?«

»Na, dass das mit den Christbäumen heuer gar nicht so einfach sein wird.«

»Nechyba, auch wenn das mit den Bäumen und dem Schiff in der Wachau wahr sein sollte, ist das keine Entschuldigung, dass du bisher keinen erstanden hast.«

Er senkte den Kopf, nahm einen Schluck Wein und nickte. Am nächsten Tag machte er mit Aurelia einen Sonntagsspaziergang hinunter zum Naschmarkt, wo es eine Woche vor Weihnachten von Christbäumen nur so wimmelte. Er erstand einen besonders großen, den er hernach in Aurelias Begleitung schwitzend und innerlich fluchend nach Hause schleppte.

JAHRESWECHSEL

Am Freitag, dem 29. Dezember, meldete der amtliche Wetterbericht: Eine Südströmung vom Mittelmeer führt Warmluft heran. Als Nechyba das in der Zeitung las, dachte er: Na, sehr warm ist die Luft nicht, die uns der Mussolini heraufschickt. Als er heute auf das Thermometer, das außen auf seinem Schlafzimmerfenster befestigt war, geschaut hatte, hatte es gerade einmal null Grad gehabt. Warmluft vom Mittelmeer? So eine Chuzpe! Ein bisserl wärmer war es geworden, aber mehr nicht. Diese Südströmung war eine halbe Sache, wie so vieles, was der italienische Faschismus hervorbrachte. Grantig, weil er die Winterkälte nicht ausstehen konnte, glitt sein Blick vom Wetterbericht nach rechts zu einem Artikel, der eine knappe Überschrift trug und so seine Aufmerksamkeit erregte:

Trick ...?
Ein kleines Eßrestaurant in der Mariahilfer Straße. Schäbige Tapeten, winzige Tische – wie das schon so ist, wenn die Ration nur siebzig Groschen kostet; dazu jener schwammig-warmfeuchte Geruch, der aus einem Gemisch vielen Essens und vieler Esser entsteht. Die da ihr Essen hinunterschlingen, sind Arbeiter, Kommis, Vertreter, alle ärmlich, alle eilig, alle stumm, weil keine Zeit bleibt zum Schwatzen.
Plötzlich eine laute Stimme – nein, sie ist gar nicht laut, sie spricht sogar leise, aber mit so scharfem Ton, daß alle Köpfe sich ihr zuwenden: »Jedenfalls sage ich dir, daß ich

nicht für dich zahle.« Es ist ein junger Mann von vielleicht zwanzig Jahren, der das in jenem Tonfall bringt, den im Film und nur dort, vornehme Leute bei Ehrenhändeln anzuwenden pflegen; und es ist ein etwas jüngeres blasses vollippiges Mädchen, das erregt antwortet: »Das werden wir sehen.«

Der Jüngling, der Erscheinung nach abgebauter Verkäufer, setzt sich, vertieft sich in die Speisenkarte, tut so, als sehe er nicht, daß ihm gegenüber sich auch das Mädchen gesetzt hat; als der Kellner kommt, sagt er kurz: »Rindsgulasch.«

Da ergänzt sie: »Zweimal.«

Der Kellner läuft schnell weg, er hat viel zu tun, er hört wohl nicht mehr, da er ihr zuruft: »Nochmals: ich zahle nicht!«

Jetzt legt sie los, laut genug, daß die Umsitzenden dies und jenes verstehen können: »Strizzi, du, o du infamer Strizzi, du hast mir meine Handtasche gestohlen, wo mein Geld drin war, jawohl, so einer bist du, man kann sich gar nicht mit dir sehen lassen.«

»Also, dann geh doch.«

»Ich soll wohl hungern, weil du ein Handtaschenräuber bist, hö? Nein, mein Essen sollst du schon bezahlen, das noch, nachher zeig ich dich an.«

Der Kellner bringt zweimal Gulasch. Das erste steht kaum vor dem Mädchen, da ist es auch schon mit der Gabel hineingefahren und hat einen großen Bissen hinuntergeschluckt. Nun aber wendet sich der junge Mann an den Kellner und sagt ihm vernehmlich:

»Ich sag's Ihnen ausdrücklich, daß die Dame kein Geld hat.« Dabei spricht er das Wort »Dame« als Schimpfwort aus.

Der Kellner ist hilflos oder verfügt über so etwas wie Herzenstakt; also hält er diese Auslassung für eine Unüberlegtheit, die man übergehen muß, und geht wortlos weg.

»Wirst schon sehen, daß sie dich nachher anhalten, wenn du ohne Bezahlung wegläufst!«, zischt er sie an.

»Und ich werde sehen, daß du bezahlst, du Weiberschänder, du Lump, elendiger!«

Da ist sie mit ihrem Essen fertig, steht rasch auf und geht hinaus. Der Mann ruft durchs Lokal: »Herr Ober, ich zahle nicht für die Dame!« Aber ehe der Kellner einen Entschluß gefaßt hat, ist sie weg. Der Kavalier zuckt die Achseln: »Ich habe es Ihnen schon gleich gesagt.« Auch der Kellner zuckt die Achseln – und streicht mit bitterer Miene und als Opfer des Vorgangs die siebzig Groschen für die eine Portion ein. Nun geht auch der Jüngling.

Dem folge ich sofort. Was ich feststellen will, was mir während des Streites bald sicher, bald unmöglich schien, was zu der Echtheit des Hasses, der aus beiden sprach, in schroffem Gegensatz steht und doch der Tatsache allein einen vernünftigen Sinn geben kann, trifft ein: drei Straßenecken weiter treffen beide zusammen ...

Trick!

Nun gehen sie nebeneinander die lärmende Straße entlang, zwei Gesättigte, und ich könnte mich zufrieden geben; aber es fällt mir auf, daß sie so wortlos, so verbittert nebeneinander her gehen. Etwas ist da nicht ganz so einfach, wie es jetzt aussieht.

Ich spreche die beiden an. Sie werden blaß – zwei Ertappte. Ich beute ihre Furcht nicht aus; aber ich wecke ihre Redelust; das ist nicht schwer, sonderlich nicht bei ihr.

»*Es ist alles wahr*«, *sagt sie*, »*er hat mir die Tasche gestohlen und das Geld, ich zeig' ihn noch an, wenn du auch mit den Achseln zuckst, jawohl, ich tu es noch*...« *Wann das war? Vor vierzehn Tagen, grad wie wir essen gehen wollten; und da bin ich hinter ihm her in ein Lokal gegangen, und da ist alles gewesen wie heut, nur damals zufällig. Und ich hasse ihn heut noch, den Lumpen, den elendigen.*«
»*Und ich dich, du Schlampen, du Hur!*«, *flüsterte er böse.*
»*Höhö, was mir das schon macht! Und ich schimpfe auch nicht nur beim Essen, das müssen Sie nicht glauben, und nicht nur wegen des Essens, und ich möcht' am liebsten weit weg von ihm sein, ihn gar nicht mehr sehen, den Strizzi ... Aber wie wir am nächsten Tag wieder Hunger gehabt haben und kein Geld und wir so an einem andern Lokal vorbeigekommen sind – wir haben uns gar nicht vorher verständigt, wir sind gleich hineingegangen, und es ist wieder so gekommen, und das war vor vierzehn Tagen, und nun ist das immer so, wir nehmen bloß Lokale, wo alles ganz billig ist und wo sich's nicht lohnt, daß sie den Wachmann holen. Es ist immer gegangen bisher. Wir können uns nicht sehen, nicht leiden, aber wir haben doch Hunger ...*«

Nechyba ließ die Arbeiter-Zeitung sinken und starrte vor sich hin. Was sind das für Zeiten? Was war das für ein Jahr? Wie wird das neue Jahr werden? Wie soll das alles weitergehen? Eine düstere Ahnung überkam ihn, und er brummte:

»Die Regierung Dollfuß wird uns alle ins Verderben stürzen.«

Herr Engelbert hörte die halblaute Bemerkung und sagte das, was er in so einem Fall immer sagte: »Hörn S' auf mit dem Politisieren.«

*

I freu mich wie narrisch. Morgen hab i nämlich Geburtstag, und die Etti-Tant' werkt schon den ganzen Nachmittag in der Kuchl umadum. Dermal werd i lauter gute Sachen zum Geburtstag kriegen. Wieso i des weiß? Weil es ganz wunderbar aus der Kuchl ausse riecht. I darf leider net eine, weil die Etti-Tant' g'sagt hat, dass des morgen eine Überraschung sein soll. Aber ausschlecken hab' i vorher wenigstens schon den Weidling dürfen, in dem sie den Teig angerührt hat. So Teig schlecken is ganz besonders leiwand. Weil so a Teig schmeckt schon vorm Eineschieben ins Backrohr köstlich. Da is er, der Teig, halt noch net fest, sondern gatschig*. Deswegen kann man ihn ja auch mit den Fingern ausse schlecken. Ja, die Etti-Tant' is so gut zu mir, und i bin so gern bei ihr. Zu Weihnachten war's auch sehr schön. Wir haben »Stille Nacht« gesungen, i hab' Weihnachtskeks gegessen, bis i glaubt hab, dass i platzen werd. Und in die Mitternachtsmette samma auch gegangen. Es war a stille Nacht, niemand hat umadum geschrien. Und g'stritten wurde auch net. Bei der Etti-Tant' is es immer still. Da kann i in aller Ruhe meine Hausaufgaben, die mir die Frau Lehrerin aufgibt, machen. Die mach i ja gern, wenn's still is. Wenn mir vor lauter Streitereien und Lärm net der Schädel brummt. I hab auch bei allen Prü-

---
* matschig

fungen jetzt lauter Einser bekommen, und die Frau Lehrerin is voll des Lobes. Und am Sonntag geh i immer mit der Etti-Tant' in die Kirch'n. Gemeinsam mit der Frau Nechyba, die viel netter is als der Herr Nechyba. Der tut nämlich immer nur so, wie wenn er a netter Mensch wär', aber in Wahrheit is er a alter Grantscherm*. Und die Frau Nechyba tut mir leid, dass sie mit dem verheiratet is. Der sitzt den ganzen Tag im Kaffeehaus, so wie mein Herr Vater den ganzen Tag im Wirtshaus sitzt. Wenn i einmal groß bin, werd i net so sein und meine ganze Zeit im Kaffeehaus oder im Wirtshaus verbringen.

*

»Was soll das für ein Jahr werden, wenn man schon am ersten Tag kein Geld verdient?«, war der Lieblingssatz von Frau Jelinek, den sie zum Jahreswechsel gebetsmühlenartig wiederholte. Aus diesem Grund war das Café Jelinek am 1. Jänner im Gegensatz zu so manch anderem Kaffeehaus geöffnet. Engelbert Novak hatte sich damit abgefunden, am Neujahrstag arbeiten zu müssen. Immer etwas übermüdet und meist auch verkatert versah er an diesem Tag seinen Dienst. Da bis Mittag kaum Gäste kamen, schlug er die Zeit bis dahin mit Kaffeetrinken und Zeitunglesen tot. Angenehm war, dass er in der Früh nur wenige Zeitungen in die Zeitungshalter spannen musste, da am 1. Jänner die meisten Tageszeitungen nicht erschienen. Und so saß er da und blätterte in aller Ruhe im »Der Morgen. Wiener Montagblatt«. Eine Wochenzeitung, die, wie der

---
* Griesgram

Namen schon sagt, auch an diesem Montag druckfrisch erschienen war. Mehrmals gähnend schmökerte er ohne großem Interesse in Artikeln wie *Die Neujahrsbotschaft des Bundeskanzlers Dr. Dollfuß. Der Kampf gegen die Sozialdemokraten und Nationalsozialisten.* Beim Lesen der Überschrift *Dr. Buresch fährt nach Genf* dachte er: Der Herr Finanzminister wird wahrscheinlich beim Völkerbund in Genf um Geld betteln, und der Artikel *Steidle-Attentäter Alvensleben begnadigt* entlockte ihm folgenden Kommentar:

»Da ist die österreichische Regierung vor Hitler-Deutschland in die Knie gegangen.«

Einzig die Anzeige rechts unten entlockte ihm ein zustimmendes Nicken: *Allen Phoenix-Krawatten-Freunden ein Prosit Neujahr 1934.*

Er blätterte um, und auch die Seite 2 langweilte ihn. Hier gab es die Fortsetzung des Artikels über Dollfuß' Neujahrsbotschaft sowie einen Bericht über Gerüchte vom Kriegsausbruch Russland – Japan. Was scheren mich Russland und Japan, dachte er, die sollen sich von mir aus die Schädeln einschlagen. Doch dann sah er etwas Interessantes:

2 Todesopfer eines Leuchtgasunfalls.

Gestern mittag wurde in Mariahilf ein Leuchtgasunfall entdeckt, der zwei Todesopfer gefordert hat.

In dem Hause 6. Bezirk, Mollardgasse 1, wohnte in der im Parterre gelegenen Wohnung die 64jährige gewesene Bedienerin der Friseurgenossenschaft Henriette Kern, die den Sohn des Hausbesorgerehepaares des Nachbarhauses, den 9jährigen Erich Loibelsberger, an Kindesstatt ange-

nommen hatte. *Der kleine Erich, der der ausgesprochene Liebling der Frau Kern war, und auch in deren Wohnung schlief, hätte, Silvester, seinen neunten Geburtstag feiern sollen.*

Samstag wurde Frau Kern noch gesehen, als sie in der Küche Bäckereien für das Geburtstagsfest des kleinen Erich zubereitete.

Als nun gestern gegen halb 12 Uhr mittags Herr Loibelsberger an der Wohnung der Frau Kern vorbeikam, fiel ihm auf, dass sich niemand rühre. Als er zur Eingangstür trat, verspürte er Gasgeruch, der aus dem Innern der Wohnung zu dringen schien. Herr Loibelsberger stieg sofort von der Gasse her in die im Parterre gelegene Wohnung ein und fand zu seinem Entsetzen Frau Kern sowie seinen Sohn Erich leblos auf. Der herbeigerufene Arzt konnte bei beiden Personen nur mehr den bereits im Laufe der Nacht erfolgten Eintritt des Todes feststellen.

Den Erhebungen des Polizeikommissariats Mariahilf zufolge liegt zweifellos ein Unfall vor, der dadurch entstanden sein dürfte, daß Frau Kern vergessen hat, nach Beendigung des Backens die Gaszuleitung zum Backrohr abzudrehen oder sie vielleicht mangelhaft geschlossen hat, so daß Gas unverbrannt entweichen konnte. Die Staatsanwaltschaft wurde von dem Unglück verständigt.

Engelbert Novak legte die Zeitung weg und starrte hinaus in die Stadt. Er war erschüttert. Nach Dienstschluss machte er sich schnurstracks zum Beisl in der Magdalenenstraße auf, um Rudolf Loibelsberger, falls er dort war, zu kondolieren. Er betrat die Gastwirtschaft und warf einen suchenden Blick zu dem Ecktisch hinten, an dem die beiden in letzter Zeit oft zusammengesessen waren. Und wirklich: Rudolf Loibelsberger befand sich dort. Er sah fürchterlich aus. Die Augen rot geschwollen, die Wangen eingefallen, unrasiert, das Haar wirr. Novak setzte sich grußlos an den Tisch, ließ sich vom Wirt ein Krügel servieren, nahm einen langen Schluck und sagte schließlich:

»Mein zutiefst empfundenes Beileid.«

Loibelsberger blickte kurz auf und nickte. Dann nahm er ebenfalls einen Schluck Bier und sagte leise:

»Danke schön. Aber das macht meinen Buam auch nicht wieder lebendig.«

EPILOG

(Wien, 26. Juli 1934)

Engelbert Novak trat aus dem prachtvollen Hauseingang in der Mühlgasse und gähnte. Es war kurz nach sechs Uhr morgens, und er machte sich so wie an jedem anderen Arbeitstag auf den Weg ins Café Jelinek. Der Morgen war ruhig und schön, noch nicht allzu heiß. Das Gewitter der letzten Nacht hatte die Luft deutlich abgekühlt und erfrischt. Er atmete tief durch und begab sich über den Naschmarkt, durch die Margaretenstraße und die Hofmühlgasse hinauf zur Gumpendorfer Straße und in die Kasernengasse, wo sich gleich am Anfang auf Nummer 5 das Café Jelinek befand. Er hob den Stapel Zeitungen auf, der so wie jeden Morgen vor der Tür lag, trat ein und knallte ihn auf den Zeitungstisch. Von der Küche kam ein zarter Kaffeeduft. Novak schaute ums Eck in die Küche, grüßte freundlich »Guten Morgen« und bekam so wie jeden Morgen von der Chefin eine mürrisch verschlafene Antwort. Heute hörte er:

»Ob das a guter Morgen wird und darüber hinaus ein guter Tag, das wird sich weisen.«

Herr Engelbert grinste und schlüpfte in seinen abgetragenen Smoking, der an den Ellbogen und am Hosenboden schon arg glänzende Stellen hatte. Nachdem er die Fliege umgebunden und sich aus der Küche seinen ersten Kaffee verkehrt geholt hatte, ging er zum Zeitungstisch und den frischen Tageszeitungen zurück. Nach mehreren Schlucken Kaffee, mit denen er einige – bei Weitem noch nicht alle! – Lebensgeister weckte, begann er, die alten Zeitungen aus den Zeitungshaltern zu nehmen und die aktuellen einzuspannen. Er begann mit der Reichspost und stutzte. Ein fetter schwarzer Balken umrahmte die gesamte Titelseite, die Überschrift, die von einem weiteren schwarzen Balken unterstrichen war, lautete: *Bundeskanzler Dr. Dollfuß einem Mörderhandstreich erlegen!*

Er starrte auf die Reichspost und konnte nicht glauben, was er da las. Hektisch griff er zum nächsten Blatt, zur Neuen Freien Presse. Auch hier war die Überschrift der Titelseite von einem dicken schwarzen Rahmen umgeben: *Bundeskanzler Dr. Dollfuß tot. Das Opfer eines Putsches.* Links davon stand zu lesen:

Der Tod des Bundeskanzlers.

Bundeskanzler Dr. Engelbert Dollfuß ist ein Opfer des Überfalles auf das Bundeskanzleramt geworden. Die Aufständischen drangen in das Arbeitszimmer des Kanzlers ein, in dem Dr. Dollfuß nach der Beratung mit anderen Ministern sich zurückgezogen hatte und verwundeten ihn durch Pistolenschüsse schwer. Einige Stunden lag der Kanzler auf dem Diwan seines Arbeitsraumes, bis er gegen 18 Uhr seine Seele aushauchte, der Geistliche, der endlich zugelassen wurde, fand ihn bereits tot auf.

Ähnlich sah die Titelseite des Neuen Wiener Tagblattes aus. Die schwarzumrandete Überschrift lautete: *Dr. Dollfuß Opfer eines Putschversuches*, und die amtliche Wiener Zeitung, deren Herausgeber und Eigentümer die

Bundesverwaltung war, titelte: *Dr. Dollfuß für Österreich gestorben.*

Er legte die Zeitungen mit zitternden Händen zur Seite, kam dabei am Stoß der alten Zeitungen, die im Halter eingespannt waren, an, und alles fiel scheppernd zu Boden. Wie von einer Tarantel gestochen war er aufgesprungen, um die Halter aufzufangen, und war dabei an einem Stoß Teller angekommen. Der begann zu wackeln, und die obersten zwei Teller rutschten hinunter. Einen der beiden konnte er noch auffangen, der andere machte beim Aufprall am Boden einen Riesenkrach, zerbrach aber nicht. Aus der Küche erklang Frau Jelineks Stimme:

»Was ist denn los? Was machen S' denn in aller Herrgottsfrüh für einen Wirbel?«

»Es ist was passiert!«

»Haben S' einen Teller zerbrochen? Macht nix. Den Zerbrochenen zieh ich Ihnen von Ihrer nächsten Gage ab. Holen S' Schauferl und Besen und kehren S' die Scherben zamm.«

»Das kann i net.«

»Und warum net?«

»Da! Da schaun S' her!«

Die Chefin kam verschlafen aus der Küche herausgeschlapft. Als er ihr die Titelseiten der Tageszeitungen unter die Nase hielt, wurde sie weiß im Gesicht und sagte schließlich leise:

»Da haben S' recht. Diesen Scherbenhaufen kann kein Mensch zusammenkehren.«

Später, nachdem er die neuen Tageszeitungen in die

Zeitungshalter eingespannt und sich einen weiteren Kaffee verkehrt aus der Küche geholt hatte, setzte er sich nieder und griff zur Kronen-Zeitung. Auf ihrer Titelseite befand sich ausnahmsweise kein großes Titelbild, sondern ein Wirrwarr von größeren und kleineren Überschriften. Einige davon waren mit schwarzen Balken unterlegt:

Bundeskanzler Dr. Dollfuß ermordet.

Von Aufrührern, die sich Uniformen von Heersangehörigen und Polizei verschafft hatten und dadurch ins Bundeskanzleramt eindringen konnten, wurde Bundeskanzler Dr. Engelbert Dollfuß tödlich verletzt.

Der Kanzler mußte verbluten, da die Aufrührer das Gebäude besetzt hielten, sodaß dem schwerverwundeten Regierungschef keine ärztliche Hilfe gebracht werden konnte.

Vorübergehende Gefangenhaltung mehrerer Minister.

Von den Aufrührern, die den Bundeskanzler tödlich verletzt hatten, wurden nebst Dr. Dollfuß auch Minister Fey und Staatssekretär Karwinsky gefangen gehalten. In den Abendstunden, nachdem die Terroristen aus dem Gebäude abgezogen waren, erlangten Minister Fey und Staatssekretär Karwinsky wieder ihre Freiheit.

Die »Ravag«* vorübergehend besetzt.

In ähnlicher Weise wie ins Bundeskanzleramt verschaffte sich eine Gruppe nationalsozialistischer Terroristen Eingang ins Ravaggebäude in der Johannesgasse.

Mit vorgehaltener Pistole zwangen sie den Ansager, eine

---

* Radio-Verkehrs-AG. Die erste 1924 gegründete österreichische Rundfunkgesellschaft.

falsche Meldung über den Rücktritt der Regierung zu verlautbaren.
Kaum drei Stunden nach dem Ueberfall war das Gebäude von den Aufrührern gesäubert.
Minister Dr. Schuschnigg – Regierungschef.
Bundespräsident Miklas, der sich in Velden aufhält, hat verfügt, daß Bundesminister Dr. Kurt von Schuschnigg bis zur Rückkehr des Vizekanzlers Starhemberg die Regierungsgeschäfte leitet.
Dr. Schuschnigg hielt abends im Rundfunk an die Bevölkerung eine Rede, in der er in schmerzbewegten Worten den Tod des Kanzlers mitteilte.
Standrechtliches Verfahren gegen Aufrührer.
Eine Verfügung der Sicherheitsbehörden besagt, daß mit heutigem Tag im Gebiet der bundesunmittelbaren Stadt Wien gegen Aufrührer die Bestimmungen des standrechtlichen Verfahrens Anwendung finden. Von heute an müssen die Haustore um 20 Uhr abends gesperrt sein, weiters dürfen sämtliche Gaststätten nur bis 20 Uhr abends offenhalten. Gruppenbildungen und Ansammlungen auf der Straße sind strengstens untersagt.
Die Regierung Herrin der Lage.
Abgesehen von kleineren Aufruhrversuchen in Steiermark herrscht in Oesterreich Ruhe – die Regierung beherrscht die Situation.

Herr Engelbert ließ die Zeitung sinken und murmelte: »Das glauben die Kronen-Zeitungs-Schreiberlinge ja selber nicht, dass die Regierung irgendwas beherrscht, geschweige denn im Griff hat.«
Als er diesen Satz halblaut von sich gegeben hatte, erin-

nerte er sich an den alten Ministerialrat Nechyba, der meist in der Loge vis-à-vis gesessen war und seine Kommentare auch immer halblaut geäußert hatte.

»Mein Gott«, murmelte der Ober, »der Nechyba hat jetzt auch schon seit über einem Monat den Holzpyjama an. An dem nagen schon die Würmer umadum.«

Irgendwie hatte er den alten Herrn gemocht. Scherzhalber hatte er ihn immer wieder ermahnt, dass er im Kaffeehaus nicht politisieren solle. Ja, der Nechyba ... Wie er immer da gesessen ist und die Arbeiter-Zeitung gelesen hat. Hätte man sich gar nicht gedacht, dass der alte Herr mit den Sozialdemokraten sympathisiert. Allein deshalb hatte er ihn geschätzt. Außerdem hatte er von ihm immer ein anständiges Trinkgeld bekommen. Das war noch ein echter Wiener vom alten Schlag gewesen. Solche wie ihn gab's nimmer viele. Genauso wie es seit dem Februar die Arbeiter-Zeitung nicht mehr gab. Die hatte die Regierung Dollfuß während des Bürgerkriegs verboten. Er konnte sich noch genau erinnern, wie sich Nechyba aufgeregt hatte. Gar nicht halblaut wie sonst, sondern mit rotem Kopf hatte er lautstark gewettert. Gegen den Dollfuß und seine Klerikalfaschisten, gegen Starhemberg und die Hahnenschwänzler und überhaupt gegen die ganzen Arbeitermörder in der Regierung. Da dies an einem Tag im Februar geschah, an dem sich sonst keine Gäste im Café Jelinek befunden hatten, hatte er den Alten lautstark wettern lassen. Auch weil er ähnlich wie Nechyba dachte und er ihm aus diesem Grund nicht das Wort verbieten wollte. Und was den Ausdruck »Arbeitermörder« betraf: Das schimpfte Engelbert Novak im Geist den Dollfuß und seine Regierung auch.

Die feinen Herren hatten das Bundesheer auf Gemeindebauten, in denen sich Mitglieder des Schutzbundes verschanzt hatten und in denen sich auch unbeteiligte Familien, Frauen und Kinder befanden, schießen lassen. Mit schweren Geschützen und Maschinengewehren. Als der Aufstand des Schutzbundes niedergeschlagen worden war, wurde von der Regierung Dollfuß alles verboten, was auch nur im Entferntesten mit der Sozialdemokratie zu tun hatte. »Gegen die Nazi sollte der Dollfuß kämpfen! Die sollte er bekriegen. Die sind die wahre Gefahr für Österreich und seine Demokratie. In diesem verdammten Bürgerkrieg schlachtete der Dollfuß das falsche Schwein.«

So hatte Nechyba damals im Februar gewettert. Ab diesem Zeitpunkt ging es mit dem alten Herrn bergab. Oft saß er, ohne eine Zeitung anzurühren, in seiner Lieblingsloge und starrte stundenlang beim Fenster hinaus. Zwischendurch orderte er immer wieder einen doppelten Schnaps, wobei er meist einen Trebernen verlangte. Aber er trank auch Barack, Cognac und Sliwowitz. Engelbert Novak hatte zunehmend den Eindruck, dass der alte Ministerialrat seine Verzweiflung über den Gang der Welt in Alkohol zu ertränken versuchte. Wenn er dann nach Stunden des vor sich Hinbrütens zahlte und das Jelinek verließ, konnte man beobachten, dass er meist nicht mehr ganz sicher auf seinen Beinen unterwegs war. Jedes Mal, wenn er das sah, hoffte Novak, dass Nechyba, ohne zu stürzen, sicher seine Wohnung erreichen würde. Als er Dorli einmal davon erzählte, schlug sie ihm vor, Nechyba maximal zwei doppelte Schnäpse zu servieren. Da hatte er den Kopf geschüttelt und geseufzt: »Das kann ich doch nicht tun. Der Nechyba könnte mein

Vater oder sogar mein Großvater sein. Das wäre respektlos. Außerdem ist er mein Trauzeuge, und ich versteh ihn nur zu gut. Der Mann hat noch die gute alte Zeit vor dem Weltkrieg erlebt. Da ist es kein Wunder, dass er angesichts der derzeitigen Situation in Österreich seine Verzweiflung in Alkohol ertränkt.«

Die Nachricht vom Ableben Nechybas erfuhr er im Beisl in der Magdalenenstraße von Rudolf Loibelsberger. Der alte Herr Ministerialrat hatte im Zuge des Feierns seines 74. Geburtstages beim Essen und Trinken so sehr über die Stränge geschlagen, dass er noch in derselben Nacht den 71er bestieg[*]. Als in der Früh Nechybas Ehefrau dann einen Arzt gerufen hatte, konnte der nach einer kurzen Untersuchung nur mehr Tod infolge eines Herzversagens feststellen. Loibelsbergers lakonischer Kommentar zu Nechybas Tod lautete:

»Er war halt nicht mehr der Jüngste. Und zu blad[**] war er auch.«

---

[*] Synonym fürs Sterben, da die Straßenbahnlinie 71 zum Wiener Zentralfriedhof fährt.
[**] dick

POSTSCRIPTUM

(Brünn, Dezember 1936)

Er saß in dem kleinen Café und sah in den trüben Wintertag hinaus. Allerdings befand er sich nicht als Gast hier, sondern als Ober, der gelangweilt auf Gäste wartete. Mit Wehmut erinnerte er sich an das Café Jelinek, wo er selten über einen Mangel an Gästen klagen konnte. Aber das war hier eben nicht das Café Jelinek in Wien Mariahilf, sondern das Café Novak in Brünn, das seinem Cousin Antonín Novak gehörte. In Wien hätte man zu diesem Etablissement nicht Kaffeehaus, sondern Tschecherl gesagt. Das Lokal war jahrelang von seinem Cousin alleine geführt worden. Einzig eine Kaffeeköchin hatte ihn dabei unterstützt. Da Antonín Novak um zwanzig Jahre älter als Engelbert war, war er etwas müde geworden. Und so hatte er seinem Cousin, als er von dessen Auswanderungsplänen hörte, angeboten, zu ihm nach Brünn zu kommen und ihn zu unterstützen. Engelbert versah im Café Novak nun den Tagesdienst, während Antonín um 18 Uhr erschien und danach die Abend- und Nachtschicht antrat. Letztere konnte bis in die Morgenstunden dauern. Schließlich war das Café Novak ein Treffpunkt der 1934 nach Brünn geflüchteten Schutzbündler und Sozialdemokraten. Hier hatten sie mithilfe des Brünner Stadtrates Wenzel Kovanda und der Konsumgenossenschaft Vcela in einigen Räumen des Hauses der Genossenschaften Unterschlupf gefunden, wo sie das Auslandsbüro österreichischer Sozialdemokraten betrieben. Außerdem entstand hier die Exilausgabe der Arbeiter-Zeitung, die ab dem 25. Februar 1934 nicht mehr täglich, sondern nur mehr wöchentlich erschien. Deren Redakteure trafen sich regelmäßig im Café Novak, wo sie nächtelang diskutierten. Das trug dazu bei, dass sich Engelbert Novak im Café Novak zwar nicht daheim, aber trotzdem irgendwie zu Hause fühlte.

Als er nach über einem Jahr Emigration nun traurig in den Schneeregen hinaussah, erinnerte er sich an die endlosen Diskussionen mit seiner Frau Dorli, ob sie überhaupt und wenn ja wohin sie emigrieren sollten. Die Initialzündung dafür, dass sie nach monatelangen Diskussionen endgültig Abschied von Wien genommen hatten, war ein kleiner Artikel, der am 9. August 1935 im Neuen Wiener Abendblatt erschienen war:

Streicher-Versammlung in Berlin
Berlin 9. August. Der »Stürmer« meldet eine weitere Reihe von Verhaftungen wegen »Rassenschande« und berichtet, daß ein Jude wegen Rassenschande zu einem Jahr und sieben Monaten Gefängnis verurteilt worden sei. Das Blatt Streichers schließt mit folgendem Satz: »Wann kommt endlich das Gesetz, das für jedes jüdische Sittlichkeitsverbrechen und Rassenschande nur eine Strafe ausspricht, die Todesstrafe?«

Als er das seiner Frau vorgelesen hatte, hatte Dorli die Angst gepackt. Vor allem auch deshalb, weil die Nazi immer mehr an Einfluss gewannen und immer größere

Zustimmung in Österreich fanden. Und das, obwohl die NSDAP nach wie vor verboten war. Bei Engelbert hingegen sorgte der Klerikalfaschismus der Regierung Schuschnigg für eine permanent düstere Stimmung und für den Wunsch, endlich von Wien wegzukommen und auszuwandern. Ein Jahr später erinnerte er sich nun immer wieder an einen Abend, kurz bevor sie abreisten. Sie saßen gemütlich in ihrer Wiener Wohnung auf dem Sofa, und es entspann sich folgendes Gespräch:

»Irgendwie hab ich das Gefühl, dass die Regierung Schuschnigg mit ihrem Ständestaat uns alle zurück ins Mittelalter führt.«

»Na geh!«, hatte Dorli protestiert, »so schlimm ist der Ständestaat auch wieder nicht. Schließlich hat er gründlich mit dem Austromarxismus aufgeräumt.«

Dorli strich ihm liebevoll über die Wange und fuhr fort:

»Genauso wie ich dich gründlich bekehrt hab' und aus einem roten Revoluzzer einen anständigen Bürger gemacht hab'.«

Engelbert schüttelte widerwillig den Kopf.

»Hör auf, solchen Unsinn zu reden.«

Dorli entschuldigte sich lächelnd, argumentierte aber weiter:

»Schau, der Ständestaat ist halt ein Versuch. Wenn du so willst, ist das der österreichische Weg, um gegen die Arbeitslosigkeit und die Wirtschaftskrise anzukämpfen. Mit dem Mittelalter hat das nichts zu tun.«

»Und? Zeitigt das Beschreiten dieses Weges irgendwelche Erfolge?«

»Na ja, so streng darfst du das nicht sehen. Das wird schon.«
»Gar nix wird. Was schon bald sein wird, ist, dass die Nazi die Macht in Österreich übernehmen. Und dann gute Nacht. Dann werden du und ich schlimme Zeiten erleben.« Er beugte sich zu seiner Frau, umarmte sie und gab ihr einen Kuss. Dann strich er zärtlich ihr Haar, das das Ohr bedeckte, zur Seite, liebkoste ihr Ohrläppchen und flüsterte: »Denn das, was wir da machen, ist Rassenschande.«

Im September 1935, nachdem in Deutschland auf dem 9. Nürnberger Parteitag der NSDAP die Rassengesetze beschlossen worden waren, hatten Engelbert und Dorothea Novak schließlich Österreich den Rücken gekehrt und waren nach Brünn übersiedelt. Die Bilder der Wohnungsauflösung und des Umzugs zogen vor seinem geistigen Auge vorbei, und es gab ihm einen Stich im Herzen. Dorlis großbürgerliche Wohnung in der Mühlgasse vermisste er sehr. Hier hatte er sich Anfang 1919 in Dorlis Obhut begeben und hier hatte er nach dem Weltkriegswahnsinn und seinem jugendlich-revolutionären Aufbegehren Ruhe, Stabilität und vor allem Liebe gefunden. Die Mühlgasse war wie ein gemachtes Nest gewesen, in das er sich damals gesetzt hatte. Engelbert seufzte, stand auf und begann, die heute zugestellten Tageszeitungen in die Zeitungshalter einzuspannen. Das machte er im Café Novak nicht in der Früh, sondern immer erst kurz vor Mittag, da dann die ersten Gäste erschienen, Kaffee tranken und Zeitung lasen.

Das Café Novak war ein zweisprachiges Kaffeehaus. Antonín Novak war zweisprachig aufgewachsen, und so gab es in seinem Kaffeehaus nicht nur tschechische, sondern auch deutschsprachige Blätter. Engelbert hatte sich in seinem ersten Jahr in Brünn relativ schnell Redewendungen und Worte angeeignet, die er als Ober für seine tschechischen Gäste brauchte. Er konnte sich des Gefühls nicht erwehren, dass er langsam, aber unaufhörlich zu seinen familiären Wurzeln zurückkehrte, die hier in Mähren lagen. Und wenn er nach einem Vokabel oder nach bestimmten Ausdrücken suchte, fand er in seinem Cousin einen geduldigen Sprachlehrer. Auch das Lesen der tschechischen Publikationen gelang immer besser. Trotzdem bevorzugte er die Lektüre österreichischer Zeitungen. Das Lesen dämpfte für kurze Zeit sein Heimweh nach Wien, das ihn immer wieder plagte. Die österreichischen Zeitungen des vorherigen Tages legte er immer auf einem Stapel zur Seite. Sie nahm er abends für Dorli mit, die früher nie Zeitung gelesen hatte, nun aber die Lektüre als eine Art Nabelschnur zu ihrem früheren Leben betrachtete. Im Übrigen war er überrascht, wie leicht sie sich im Umgang mit der tschechischen Sprache tat. Er selbst schmökerte an den Vormittagen, an denen nichts zu tun war, zuerst in den tschechischen und dann in den österreichischen Zeitungen. Vor allem die Lokalnachrichten aus Wien las er mit großem Interesse. Interesse, das mit Wehmut gepaart war. Besonders wehmütig stimmten ihn alle Artikel, deren Inhalte sich mit der Gegend rund um den Naschmarkt beschäftigten. Und so erregte ein kleiner Artikel, der auf Seite 7 ganz unten in Der Morgen zu lesen stand, seine Aufmerksamkeit:

Selbstmord im Friseurmuseum
Im Friseurmuseum, Mollardgasse 1, verübte in der Nacht von Samstag auf Sonntag der 59jährige Hausbesorger des Hauses Rudolf Loibelsberger Selbstmord mit Leuchtgas. Rudolf Loibelsberger hatte Samstag abends Streit mit seiner Frau gehabt und verließ noch spät am Abend die Wohnung. Als er Sonntag früh noch nicht heimgekehrt war, suchte ihn seine Gattin vergebens. Als sie dann feststellte, daß der Schlüssel zum Friseurmuseum nicht an seinem Platz hing, suchte sie ihn auch dort und fand ihn leblos auf dem Boden liegen. Der Raum war von Leuchtgas erfüllt. Loibelsberger hatte den am Boden befindlichen Gashahn in den Mund genommen.

Erschüttert ließ Engelbert Novak die Zeitung sinken, nahm einen Schluck von seinem Kaffee verkehrt und murmelte:

»Hoffentlich hat seine zerrüttete Seele endlich Ruhe gefunden.«

Ihr Jungen, schließt die Reihen gut!
Ein Toter führt uns an.
Er gab für Österreich sein Blut,
Ein wahrer deutscher Mann.
Die Mörderkugel, die ihn traf,
die riss das Volk aus Zank und Schlaf.
Wir Jungen stehn bereit!
Mit Dollfuß in die neue Zeit!

Das »Lied der Jugend«, auch Dollfuß-Lied genannt. Ab 1936 Hymne des Austrofaschismus.

GLOSSAR
DER WIENER AUSDRÜCKE

Apfelkren	geriebener Apfel mit Meerrettich
Bahöö	Wirbel, Krach
Bims	Brot
Bissgurn	bissiges Weib
blad	dick
blazn	weinen
Blunzerl	junges Mädchen
Blunzn	Blutwurst
derrisch	taub
Doppler	2 l-Weinflasche
Erdäpfel	Kartoffel
Erdgeschoß	Parterre
Fallot	Halunke
fett wie eine Haubitze	stockbesoffen
Fetzen	Lappen
Flammoh	Hunger
Fleischer/Fleischhauer	Metzger
Fratschlerin	Marktweib
gach	schnell
Gachen kriegen	einen Wutanfall bekommen
Ganeff	Gauner
Gasbock	Ziegenbock
gatschig	matschig

g'fäult	mies, blöd
Gfraßt	Schimpfwort; wird wie »Arschloch« eingesetzt
Gfraßtsackl	nervendes Kind
Grammeln	Grieben
Grantscherm	grantiger Mensch
Großkopferter	ein besser situierter Mensch
G'sindel	Pack
Habe die Ehre!/ Hawedere!	Altwiener Gruß oder Ausruf der Verwunderung
haaß sein	wütend sein
Hackn	Arbeit
hacknstad	arbeitslos
Hahnenschwänzler	Mitglied der austrofaschistischen Heimwehr
herumkraxeln	herumklettern
ins Narrenkastl schaun	sich geistig ausklinken
Keif'n / keifen	zänkisches Weib / zetern
keppeln	schimpfen
Kerzlschlicker	Frömmler
Klobasse	paprizierte, grobe Brühwurst
Koloniakübel	Mistkübel
Köch	Kohl / der auch: Streit
Krachn	Pistole
Kren	Meerrettich
Krenwurzn	Meerrettichwurzel
Krügel	großes, offenes Bier
Lavoir	Waschschüssel
leiwand	super
Lercherlschas	Kleinigkeit

Lohnautomobil	Taxi
Marie	Geld
Mensch (das)	junges Ding/Mädchen
Mamlas	wie ein Mamlas herumstehen = regungslos dastehen
Netsch	Kleingeld
niederlegen	gestehen
owe	hinunter
Packlrass	Familie (despektierlich)
papierln	jemanden verkackeiern
Paradeiser	Tomate
Patschen	Hausschuhe
Patzerl	Klümpchen
Pick haben	auf jemanden einen Groll haben
plärren	weinen
Prater	Wiener Erholungs- und Grüngebiet samt Vergnügungspark
Schmäh	scherzhafte Rede
Schmäh führen	scherzen
schmieren	jemandem eine reinhauen
Schabrackn	altes Wein
Schastrommel	alte, von Darmwinden geplagte Frau
speiben	kotzen
Stesser	Stoß
Strizzi	Zuhälter
Tatschkerl	Klaps
Topfen	Quark
Trafik	Laden für Tabakwaren, Zeitungen etc.

Tschecherl	kleines mieses Lokal
tramhapert	verschlafen
Tschick	Zigarette
umadum	herum
Ungustl	unangenehmer Mensch
Untergatte	Unterhose
vernadern	verleumden
Wappler	unfähiger Depp
Wickel	Streit
wischerln	pinkeln
wurscht	egal
wuzeln	drehen
Ziweben	Rosinen

QUELLEN

Wien. Geschichte einer Stadt
Wolfgang Maderthaner
Bd. 3, Die Krise einer Kultur (S. 429 – 488) und Endspiel (S.489-545)
Peter Csendes/Ferdinand Oppl (Hg.)
Wien/Köln/Weimar 2006

Die wechselvolle Geschichte der Inflation in Österreich
Christian Beer, Ernest Gnan, Maria Teresa Valderrama
Österreichische Nationalbank, Abteilung für volkswirtschaftliche Analysen
Wien 2016

ANNO – AustriaN Newspapers Online
Der virtuelle Zeitungslesesaal der Österreichischen Nationalbibliothek

ZWEI TAGE IM MÄRZ

5. März 1933

5. März 1933

6. März 1933

8. März 1933

15. März 1933

16. März 1933

1. Jänner 1921

DIE DRITTE HÖLLE

26. März 1933

3. April 1933

8. April 1933

22. April 1933

23. April 1933

FEUERSPRÜCHE

12. Mai 1933

20. Mai 1933

13. Juni 1933

27. Juni 1933

HUNDSTAGE

24. Juli 1933

4. August 1933

CHRISTENMENSCHEN

3. September 1933

8. September 1933

9. September 1933

11. September 1933

12. September 1933

27. September 1933

4. Oktober 1933

9. Oktober 1933

10. Oktober 1933

28. Oktober 1933

FRAU JELINEKS APFELSTRUDEL

1. November 1933

31. Oktober 1933

5. November 1933

8. November 1933

10. November 1933

11. November 1933

13. November 1933

15. November 1933

6. Dezember 1933

16. Dezember 1933

JAHRESWECHSEL

29. Dezember 1933

1. Jänner 1934

EPILOG

26. Juli 1934

POSTSCRIPTUM

9. August 1935

7. Dezember 1936

Weitere Titel finden Sie auf den folgenden Seiten und im Internet:

WWW.GMEINER-VERLAG.DE

Die Nechyba-Saga:

1. Band: Die Naschmarkt-Morde
ISBN 978-3-8392-1006-2

2. Band: Reigen des Todes
ISBN 978-3-8392-1068-0

3. Band: Mord und Brand
ISBN 978-3-8392-1217-2

4. Band: Todeswalzer
ISBN 978-3-8392-1467-1

5. Band: Kaiser, Kraut und Kiberer (Kurzgeschichten)
ISBN 978-3-8392-1577-7

6. Band: Der Henker von Wien
ISBN 978-3-8392-1732-0

7. Band: Schönbrunner Finale
ISBN 978-3-8392-2210-2

8. Band: Morphium, Mokka, Mördergeschichten (Kurzgeschichten)
ISBN 978-3-8392-2502-8

9. Band: Zerrüttung
ISBN 978-3-8392-0521-1

Weitere Bücher von Gerhard Loibelsberger

Quadriga
ISBN 978-3-8392-2247-8

Nechybas Wien
ISBN 978-3-8392-1254-7

Wiener Seele (Hrsg.)
ISBN 978-3-8392-1606-4

MICKY COLA
ISBN 978-3-8392-0050-6

Lyrik, Songs & Kurzprosa

Ants & Plants
ISBN 978-3-7349-9459-3

Young Dummies
ISBN 978-3-7349-9461-6

WWW.GMEINER-VERLAG.DE
Wir machen's spannend

Für alle Nechyba-Fans, die kriminell gut kochen möchten!

Seine 50 Lieblingsrezepte versammelt in einem liebevoll gestalteten Kochbuch.

Zusätzlich entführen sechs neue Kurzgeschichten in die Welt der Märkte, Fleischhauereien und Kaffeehäuser der Zeit

Alt-Wiener Küche
Inspector Nechybas mörderisch gute Rezepte
144 Seiten, Hardcover
ISBN 978 3 8000 7779 3

www.ueberreuter.at